AF286935

Céline Spierer
Bevor es geschah

Céline Spierer

Bevor es geschah

Roman

Aus dem Französischen
von Sina de Malafosse

KEIN&ABER

Die Originalausgabe erschien 2023 unter dem
Titel *Noyade* bei Éditions Héloïse d'Ormesson, Paris

© 2023 by Éditions Héloïse d'Ormesson
This edition is published by arrangement with
Literarische Agentur Gaeb & Eggers, Berlin

Deutsche Erstausgabe
Alle Rechte vorbehalten
Copyright © 2024 by Kein & Aber AG Zürich – Berlin
Coverbild: Jessica Brilli
Coverdesign: Maurice Ettlin
Satz: satz-bau Leingärtner, Nabburg
Druck und Bindung: GGP Media GmbH, Pößneck
ISBN: 978-3-0369-5045-7
Auch als eBook erhältlich
www.keinundaber.ch

Für Corinne und Laurent

Im abnehmenden Licht des Nachmittags erscheinen die flüchtig in der Luft schwebenden Wassertropfen wie winzige Glitzerperlen. Am Rand des Pools verdampft eine Reihe feuchter Fußabdrücke langsam in der Julihitze. Von der Terrasse werden Geräusche herübergetragen, das Klirren von Besteck an Tellern, Stühlerücken. In diese süßen Klänge mischen sich die Gespräche der Erwachsenen um den Tisch, das ferne Bellen eines Hundes, das Lachen eines Kindes im Nachbargarten, das kurze Klacken eines Sonnenschirms, der wieder geschlossen wird.

Der Pool glitzert im prallen Sonnenlicht, die Chlorschwaden mischen sich mit dem Geruch von Grillfleisch und frisch gemähtem Rasen. Irgendwo geht ein automatischer Sprinkler an, und der zurückhaltende Gesang der Grillen wird lauter.

Zwei kleine rundliche Füße treten auf die erste Stufe des Pools, ein Schritt ins Wasser, der von einem Freudenschrei begleitet wird. Auch die Beine werden vorsichtig eingetaucht, gefolgt von Taille und Oberkörper. Ein paar Zentimeter über der Oberfläche vollführen die Arme, in einer Linie parallel über dem Wasser, schnelle Kreise in die eine, dann in die andere Richtung. Plötzlich werden sie eingezogen, die Finger sind gekrümmt, als würden sie einen Akkord spielen, und hinterlassen ein leichtes Wirbeln auf der Oberfläche.

Die linke Hand stützt sich auf den gekachelten Rand, während die Füße unter Wasser auf der Stelle hüpfen. Dann vollführen die Beine eine halbe Drehung und setzen sich in Bewegung, bevor sie auf halber Strecke, mitten auf der Stufe, innehalten. Fünf kleine Finger tauchen wie ein Paddel ins Wasser, ziehen eine Wolke aus Luftbläschen hinter sich her. Der zweite Arm folgt, bringt das Handgelenk sanft zum Kreisen.

Ungefähr einen Meter von der Treppe entfernt, taucht eine Libelle auf und bleibt leise brummend auf der Oberfläche sitzen, der blaue Rumpf schimmert in der Sonnenachse. Die Doppelflügel streifen das Wasser wie winzige Propeller, dann steigt das Insekt abrupt wieder auf, um zu den Rosenbüschen am anderen Ende des Pools zu fliegen.

Ein Lächeln zeichnet sich auf dem Gesicht des Kindes ab, es streckt sein speckiges Händchen nach der Libelle aus, die bereits im Blattwerk verschwindet. Und in dem Augenblick rutscht der rechte Fuß ab. Die Ferse streift die Kante und sinkt in die Tiefe. Der Rest des Körpers, aus dem Gleichgewicht gebracht, kippt nach vorne, während die Arme vergeblich rudern, um ihn aufzurichten. Die Schultern und der Kopf tauchen unter, so schnell, dass das Kind nicht einmal schreien kann. Nur ein Büschel seines Haars schaut noch hervor. Arme und Beine durchpflügen hektisch das Wasser, bilden kleine Wellen, die gegeneinanderprallen.

Desorientiert dreht das Kind sein Gesicht in alle Richtungen. Sein erschrockener Blick erfasst abwechselnd den gekachelten Boden des Pools, die halbkreisförmige Treppe – die unerreichbare Rettung – und die erloschenen runden Lampen an der Nordwand. Es windet sich, seine Augen erhaschten verschwommene Fetzen der Landschaft: die Bäume mit den im Wind wehenden Blättern, die perfekt geschnittene Hecke, der von zarten Wolken durchgezogene Himmel, der gestreifte Sonnenschirm. Und dann nichts mehr.

Der erste Schrei ertönt, als Lucas Brentwood in den Pool springt. Von der Terrasse folgt ein zweiter, vielstimmiger, begleitet vom Geräusch von sieben Paar Füßen im Gras, dann panisch gebellte Aufforderungen, das Kreischen der Jugendlichen und, bald alles andere auslöschend, das Klagegeheul der Mutter.

Sieben Stunden zuvor

Mit schlafverklebten Augen blickt Sean auf die Leucht-
ziffern des Weckers auf dem Nachttisch. Acht Uhr zwei-
unddreißig. Viel zu früh für einen Samstagmorgen, beschließt er, während er mit halbem Ohr dem Hin und
Her von Emma im angrenzenden Bad lauscht. Auf dem
Rücken liegend konzentriert er sich auf ihre gedämpften
Schritte auf dem Marmorboden. Er hört das Gebläse des
Föhns und stellt sich seine Frau vor, wie sie sich nackt
über das Waschbecken beugt, während ihre Finger durch
ihr wirres Haar streichen, ihr schönes Gesicht im Spiegel. Sean genießt diese moderat erotische Vorstellung in
dem Wissen, dass sie nur in seiner Fantasie existiert.
Emma kann es nicht ausstehen, nackt zu sein, auch wenn
niemand sie sieht, und hat sich bestimmt gleich nach
dem Duschen ein Tuch umgebunden, die unvermeidli-
che Bewertung fürchtend, die der Anblick ihres Körpers
jedes Mal nach sich zieht.

Die Ohren nach dem Zischen des automatischen
Sprinklers spitzend, dreht Sean sich auf die Seite und
schaut durch die halb geöffneten Läden in den wolken-
losen Himmel. Die meteorologische Voraussicht seiner
Schwester in Sachen Barbecue grenzt an Hexerei. Jedes
Mal, wenn sie einen Termin festlegt – auch Wochen
vorher –, ist das Wetter schön. Sie werden dem Brunch,

der um dreizehn Uhr bei ihrer Mutter ansteht, also nicht entgehen. Sean könnte auf eine Begegnung mit ihr gut verzichten, doch er freut sich auf seine Nichten. Auch wenn diese Freude immer von Wehmut getrübt ist. Sean ahnt, dass Lisa und Naomy sich diesen mühseligen Zusammenkünften in naher Zukunft entziehen werden, zugunsten aufregenderer Verheißungen ihrer Jugend. Und Sean würde vom coolen Onkel zum altbackenen Typen verkommen, für den seine Nichten nur noch einen herablassenden Blick übrig hätten.

Sean nimmt das Älterwerden recht gelassen, es ist die Veränderung der anderen, die ihm nicht gefällt, da ihr Fortschritt seinen eigenen Stillstand beleuchtet. Oder eher seine Rückwärtsentwicklung.

Hinter ihm wird leise die Badezimmertür geöffnet, und Emma geht auf Zehenspitzen durchs Zimmer. Sean hört, wie sie eine Schublade öffnet, dann eine zweite, sie auf der Suche nach Unterwäsche durchwühlt, und er dreht sich um, als er hört, wie das Handtuch raschelnd auf den Teppich fällt. Da sie mit dem Rücken zu ihm steht, bemerkt sie seinen Blick nicht gleich, und er studiert ihre Gestalt im Gegenlicht, bedauernd, dass er den Körper seiner Frau nur bewundern kann, wenn sie es nicht merkt. Sie zieht einen schwarzen Slip an, dessen Schnitt ihren runden Po betont, und dreht sich um, einen Finger nachdenklich auf die Lippen gelegt.

»Emma?«

Beim Klang seiner Stimme zuckt sie zusammen und zieht rasch ihre Hände vor die Brüste. Sean klopft auf die leere Stelle der Matratze, damit sie sich zu ihm legt.

Zögernd kommt sie näher und setzt sich mit verschränkten Armen auf die Bettkante. Darauf bedacht, seine Ungeduld zu verbergen, umfasst Sean sanft, aber entschieden ihr Handgelenk und zieht sie zu sich. Daran, wie langsam sie sich hinlegt, spürt er ihren Widerstand und versucht zu ignorieren, dass er für diese Anspannung verantwortlich ist. Diese Zurückhaltung ist neu, oder aber er bemerkt sie erst jetzt. Ohne sich entmutigen zu lassen, schiebt er seinen Arm unter den feuchten Nacken seiner Frau und atmet den fruchtigen Duft ihres Shampoos ein.

Die Morgensonne dringt durch die Fensterläden und taucht den Raum in ein intimes Licht, das Seans Verlangen weiter anheizt. Emmas biegsamer und warmer Körper neben seinem schürt seine erwachende Lust, und der Daumen seiner freien Hand gleitet unter den Saum ihres Slips. Sie weist ihn nicht ab, nicht wirklich, aber die Art, wie sie ihre Hand an seine Brust legt, ist eine eindeutige Antwort auf seine Einladung, und diese Antwort ist Nein. Sean unterdrückt ein Seufzen und lässt seinen Arm wieder sinken.

Nachdem sie hastig einen Morgenmantel übergestreift hat, geht Emma aus dem Zimmer, mit dem Gefühl des Unvollendeten, beschämt und wütend auf sich selbst. Sie spürt Seans Blick auf ihrem Rücken, und sie bedauert, ihre Gedanken nicht besser vermitteln zu können. Sie würde ihm so gern sagen, dass es ihr leidtut, dass sie sich wegen ihrer empfundenen Gefühle ebenso schuldig fühlt wie wegen ihrer nicht empfundenen, dass sie seit Kurzem den Eindruck hat, neben sich zu stehen und passiv das Tun und Treiben einer Fremden zu beobachten. Ihre Unfähigkeit, diese beunruhigenden Widersprüche auszudrücken, belastet und ängstigt sie, aber ihr fehlen die Worte, also schweigt sie.

Der Teppichboden im Wohnzimmer erstickt ihre Schritte, und Emma denkt bitter, dass sie in dieser flauschigen Stille durchs ganze Leben geht und niemand daran Anstoß nimmt. Plötzlich wirft sich ein beiger Fellberg zwischen ihre Füße, sodass sie beinahe stürzt, und sie kniet sich vor Enzo, ihren Afghanischen Windhund. Mitten in dem dichten verzottelten Fellvorhang taucht seine Zunge auf und tastet über Emmas Wange. Sie lacht und vergräbt ihr Gesicht am Hals des alten Hundes, atmet gierig seinen Geruch ein.

Nachdem sie lange Enzos Bauch gestreichelt und ihm einen Schwall lobender Worte ins Ohr geflüstert hat, die er schwanzwedelnd empfängt, geht die junge Frau zur Kaffeemaschine. Während sie darauf wartet, dass das Wasser heiß wird, isst sie im Stehen eine Schüssel Cornflakes und richtet den Blick auf die Bäume hinter der großen Glasfront im Wohnzimmer. Durch das gekippte Fenster des Schlafzimmers ist das Rauschen der Blätter zu hören, und Emma betrachtet die Idylle ihres taubenetzten Gartens mit quälender Sorge. Sie kneift leicht die Augen zusammen, auf der Suche nach einer Anomalie, von der sie weiß, dass sie in keinem Bezug zu dem Bild steht, das sich ihr bietet, wendet sich dann ab, unerklärlicherweise mit zugeschnürter Kehle.

Kurz überlegt sie, ins Schlafzimmer zurückzugehen, um ihre Begegnung mit Sean anders zu beenden. Sie würde sich zu ihm legen und ihm gestatten fortzuführen, was er angedeutet hatte, obendrein mit der Illusion, dass sie seine Lust teilt. Sie sieht sich über dem Bett schweben, gleichgültig gegenüber den doch so fähigen Händen ihres Mannes, und sagt sich mit einer gewissen Bitterkeit, dass diese Aussicht nicht die schlimmste ist. Vielleicht würde es ihre Schuldgefühle für den Augenblick lindern. Vielleicht würde Emma in den abstrakten geometrischen Formen der Deckenlampe Ablenkung finden, zumindest ausreichend, um ihre Gedanken nicht dahin wandern zu lassen, wohin sie sich seit einiger Zeit ausnahmslos verirren.

Sie zögert, taub gegenüber Enzo, der vor seiner leeren Futterschüssel ungeduldig japst. Dann schaut sie kurz auf die einen Spaltbreit offene Tür, hin- und hergerissen zwischen ihren Befürchtungen und dem Bedürfnis, sich einer zu lange aufgeschobenen Pflicht zu entledigen. Sie stellt sich Sean vor, der quer im Bett liegend schnarcht, stellt ihn sich dann ganz wach vor, auf jede ihrer Bewegungen achtend. Sie erstarrt, schnell atmend, und schilt sich dann für ihr albernes Benehmen.

Sie geht zur Glastür, öffnet sie ruckartig, wie um ihre eigene Unsicherheit auszugleichen, und geht auf die Terrasse, wohin ihr Enzo zappelnd folgt. Die junge Frau setzt sich auf die Schaukel und betrachtet den Garten, zwingt sich zur Ruhe.

Sie wird jedoch das Gefühl nicht los, dass sie nicht ganz in diese Welt gehört, sie nie zu ihrer machen wird, trotz ihrer Heirat, ihres Beitrags zur Einrichtung des Hauses und der Monate, die sie nun schon in diesem Viertel lebt. Emma hat ihren Abschluss an einer exzellenten Universität gemacht, sie spricht fließend Italienisch und begegnet im Rahmen ihrer Arbeit regelmäßig namhaften Künstlern. Aber egal, was man erreicht, man ändert nicht, woher man kommt. Und Emma kommt ganz sicher nicht von hier.

Enzo bellt mehrmals fröhlich, als hinter der Gartenhecke ein Auto vorbeifährt, und Emma überlegt, was der Fahrer oder jeder andere Passant wohl durch die Blätter sehen mag. Was können sie von ihrem Leben erahnen? Kümmert es sie?

Die Sonne steht schon hoch am Himmel und wirft lange einladende Strahlen auf die Terrasse, Emma schließt die Augen in der Hoffnung, ihre unwillkommenen Gedanken zu vertreiben. Die Furcht vor der Grillfeier ihrer Schwiegermutter trägt sicher zu ihrer trüben Stimmung bei. Wie gewohnt, hat sie ihre Angst die ganze Woche mit Gedanken an die zu führenden Gespräche gefüttert, an ihre Schwiegermutter, deren strengen Blick und spitze Zunge sie fürchtet, an das endlos währende Essen und das fehlende Interesse, das sie für diese Leute hegt, die zwar höflich sind, mit denen sie aber eine nur oberflächliche Verbindung unterhält. Da ist natürlich Lisa, die älteste Tochter ihrer Schwägerin Jacquelyn, in der Emma die schüchterne Jugendliche erkennt, die sie einst selbst war. Für sie empfindet sie Sympathie und Zärtlichkeit, kann sich aber kaum vorstellen, wie sie ihre Sozialisierungsversuche auf eine Vierzehnjährige beschränken soll.

Sie dramatisiert alles und zu sehr, wie immer, schilt sie sich. Sie ist weder ein Eindringling noch eine Hochstaplerin, wiederholt sie sich, bevor sie sich vom Garten mit seinen prächtigen Blumen und dem zu grünen Gras abwendet.

Jacquelyn schreckt wie so oft aus dem Schlaf hoch. Sie wirft einen panischen Blick auf den Wecker, gepackt von der Angst, die sie in ihren Collegejahren am Morgen vor Prüfungen empfand, und seufzt erleichtert, als sie feststellt, dass es noch vor acht ist. Lucas schnarcht neben ihr, und ihr Blick streift seine in das Laken gewickelte Gestalt, seinen nackten Rücken, der sich ihm Rhythmus seines Atems hebt, seine breiten Schultern, übersät von Altersflecken, und seinen immer spärlicheren Haarschopf. Er schlägt im Schlaf seine Lesebrille zu Boden, die dort mit einem dumpfen Geräusch aufkommt.

Verärgert, ohne zu wissen, warum, steht Jacquelyn auf, geht um das Bett herum, hebt die Brille auf und legt sie vorsichtig auf den Nachttisch. Dann geht sie zu ihrem Schminktisch, fährt sich kurz mit der Bürste durchs Haar, schlüpft in ihre Pantoffeln, in ihren Morgenmantel und geht runter in die Küche.

Sie bereitet sich eine Schüssel Haferflocken zu, der Geruch des aufkochenden Kaffees kitzelt in ihrer Nase, sie stützt sich auf die Ablage, die Lider halb geschlossen, und genießt diese wertvollen Augenblicke in einsamer Stille. Ein Kardinal zwitschert vor dem Fenster, fliegt in das Futterhäuschen, das sie im letzten Frühling aufgestellt hat, und wieder hinaus. Sein rotes Federkleid leuchtet im Morgenlicht. Ist er sich seiner Schönheit bewusst? Nein, folgert Jacquelyn, Tiere sind von Eitelkeit nicht betroffen.

Sie schaut runter auf ihre Fußnägel, die ihre Stammkosmetikerin Lily lackiert hat, und stellt fest, dass der Lack, auf den ihre Wahl gefallen war und der vom gedämpften Licht des Spas hübsch zur Geltung gebracht wurde, dieser Farbton mit dem poetischen Namen Tropischer Hibiskus, ihr überhaupt nicht steht. Er bildet einen wenig schmeichelhaften Kontrast zu ihrer blassen Haut, und Jacquelyn hört schon jetzt das schneidende Urteil ihrer Mutter: »Wie oft habe ich dir das gesagt? Kalte Farben für einen kalten Hauttyp, Jacquelyn! Was hast du dir nur bei diesem Tomatenrot gedacht?!«

In Wirklichkeit wird man ihre Pediküre nicht bemerken, und bei diesem Gedanken richtet Jacquelyn ihre Aufmerksamkeit wieder auf den Kardinal, der seine Federn ordnet, ohne irgendjemanden beeindrucken zu wollen.

Als Jacquelyn mit ihrer Tasse Kaffee in der Hand vor der Terrassentür steht, überrascht sie ihr Spiegelbild. Sie ist darum bemüht, sich von überflüssigen Überlegungen nicht den schönen Tag verderben zu lassen. Sie freut sich über dieses Familientreffen, aber zum ersten Mal fürchtet sie die Blicke der Ihren. Von all ihren Geschwistern ist Jacquelyn am schlechtesten gealtert, und trotz ihrer Prinzipien und ihrer Abscheu für Oberflächlichkeiten bedauert sie diese Ungerechtigkeit.

Sie hat nicht die schlanke Gestalt ihrer Mutter geerbt oder die endlos langen Beine ihres Vaters. Sie besitzt nicht die gleichen sinnlichen und noch festen Rundungen ihrer Schwester, auch nicht den robusten Körperbau ihres jüngeren Bruders oder Winstons angeborene Eleganz. Seit der Teenagerzeit sammelt sie zu viele Kilos an Hüften, Schenkeln und am Bauch an, unabhängig von ihrer Ernährung und jeglicher sportlichen Betätigung. Auch sind bei jeder ihrer Schwangerschaften kleine unansehnliche Sträuße aus Adern aufgetaucht, und ihre Augen sind, infolge des Schlafmangels, von dunklen Säcken unterlegt. Was den natürlichen, aber mühsamen Übergang betrifft, den sie seit ein paar Monaten bestreitet, so bewertet Jacquelyn ihn streng, als wäre sie schuldig, weil sie ihn nicht hat aufschieben können.

Jacquelyn reißt sich vom Fenster und den verdammten Wahrheiten los, die sich dort spiegeln, und atmet tief durch, um ihre Nerven zu beruhigen. Sie fühlt immer die gleiche nervöse Aufregung in den Stunden vor einem gesellschaftlichen Anlass, weniger aus Angst, ihren zahlreichen Verpflichtungen als Gastgeberin nicht nachzukommen, sondern weil sie das Verhalten ihrer Gäste weder voraussagen noch kontrollieren kann, zum Leidwesen von Jacquelyn, die Harmonie und reibungslose Abläufe schätzt, aber immer findet sich jemand, der die lange im Voraus geplante Komposition stört.

Also ist sie für alles gewappnet. Sie hat mehrere vegetarische Speisen zubereitet, falls einer der Gäste jüngst eine Aversion gegen Fleisch entwickelt hat. Ein glutenfreier Kuchen, den sie aus mangelnder Originalität und auch mit Rücksicht auf Mathilde gebacken hat, deren gesundheitliche Probleme schneller wechseln als die Windrichtung. Und ein veganer Aperitif, denn man kann nicht vorsichtig genug sein!

Ehrlicherweise zieht Jacquelyn Trost daraus, diese Herausforderungen vorauszusehen – die wirklichen wie die ersponnenen – und jedes Problem dank ihrer Umsicht und ihres Blicks fürs Detail zu lösen.

Aus den Augenwinkeln sieht sie einen Schatten vorbeihuschen, und sie zwingt sich, nicht zu ihrer jüngsten Tochter aufzublicken. Sie hört, wie sie die Schiebetür zur Terrasse aufzieht, und stellt sich vor, wie sie sich auf einen Liegestuhl fallen lässt, in einem Badeanzug, der zu viel von ihr preisgibt. Wider Willen spürt Jacquelyn eine vertraute Angst in sich aufsteigen, und sie tritt ans Fenster, um ihre Tochter zu beobachten.

Sie erspäht sie, wie sie auf ihrem Handy herumtippt, und versucht, bestimmte Details auszublenden. Vergeblich. Die Pubertät hat ihre Jüngste drastischer verändert als ihre ältere Tochter und Jacquelyn überrumpelt. Sie erkennt ihre Tochter in diesem frühreifen Körper kaum wieder. In diesen schweren Brüsten und diesen zu ausgeformten Hüften, in der Sinnlichkeit ihrer Kurven, die den ihren so unähnlich sind. Lisa hingegen hat die Figur ihrer Mutter, ihren Gang und ihre Mimik, und diese Vertrautheit beruhigt sie, vielleicht zu Unrecht. Jacquelyn gefällt nicht, was ihr in den Sinn kommt, wenn sie ihre Jüngste ansieht, ihr Fokus auf Gefahren und Fragen, die dieser verwandelte Körper aufwirft. Die Entwicklung ihrer älteren Tochter hat sie weniger verwirrt, sicher weil sie langsamer und mit ihrer eigenen identisch war.

Am anderen Ende der Terrasse hebt Naomy plötzlich den Kopf, und ihre Blicke treffen sich. Jacquelyn glaubt ein Lächeln auf dem Gesicht ihrer Tochter zu sehen, aber sie kann es nicht beschwören und wendet sich lieber ihrer makellosen Küche zu, in der sich Probleme häufen, die sie zu bewältigen in der Lage ist.

Mit einer versierten Geste, die sie seit mehr als dreißig Jahren vollführt, trägt Rose eine erste und dann eine zweite Schicht Mascara auf. Als sie diesen Schritt vollendet hat, legt sie schimmernden Lippenstift auf, drückt die Lippen auf einem Taschentuch zusammen, um die überschüssige Farbe abzunehmen, und wirft ihrem Spiegelbild einen theatralischen Luftkuss zu. Sie bewundert ihr Dekolleté, zur Geltung gebracht durch die Perlenkette, die Raj ihr geschenkt hat, oder eher durch ihren tief ausgeschnittenen BH, und verwuschelt ihre braunen Locken. Schließlich besprüht sie sich großzügig mit Parfum und zieht ihre Plateausandalen mit den bunten Riemen an, bei deren Anblick ihre Mutter stets mit den Augen rollt.

»Bist du so weit? Wir kommen zu spät.«

Raj steht im Türrahmen und beobachtet sie, und Rose errät an der Art, wie sein Blick über ihren Körper gleitet, was er denkt: einen Hauch unpassend für ein Familien-Barbecue. Zu kurz, einen Tick ordinär. Aber im

Schatten seiner Missbilligung erkennt Rose auch Begehren, und diese Dopplung reizt sie so, dass sie Lust bekommt, Raj zum Bett zu ziehen, die Vorhänge zu schließen und den Nachmittag im Dunkeln zu verbringen, so weit weg wie möglich vom Haus ihrer Mutter.

Aber Raj beendet ihre Träumereien, indem er seinen Schlüsselbund rasseln lässt.

»Los, ich komme nicht gern zu spät zu Jacquelyns Horsd'œuvres.«

Am liebsten würde sie über seinen Sarkasmus lachen, aber Raj meint es vielleicht ernst. Angesichts seines undeutbaren Lächelns unterdrückt Rose erneut den Impuls, sich auf ihn zu stürzen, um ihn ihrer alleinigen Kontrolle zu unterwerfen. Meistens gibt er gern nach. Aber etwas an seiner Körperhaltung, die latente Ungeduld, mit der er die Schlüssel in der Handfläche hüpfen lässt, gibt Rose zu verstehen, dass ihr Ablenkungsmanöver dieses Mal nicht willkommen wäre.

Widerwillig nimmt sie ihre Handtasche und folgt ihm.

Winston dreht den Schlüssel im Zündschloss und startet den Motor, während er sein Telefon, das in seiner Tasche klingelt, ignoriert.

»Willst du nicht rangehen? Das ist das dritte Mal in fünf Minuten.«

Mathilde beugt sich nach vorne, und Winston fürchtet kurz, dass sie das Handy aus seiner Tasche ziehen könnte. Aber sie öffnet nur das Handschuhfach auf der

Suche nach einem Taschentuch und sinkt in ihren Sitz zurück.

»Ich rufe später zurück«, antwortet Winston so neutral wie möglich. »Es ist nicht dringend.«

Da er fährt, kann er Mathildes Gesichtsausdruck nicht sehen, aber er spürt, dass sie angespannt ist, verärgert, und versucht, sich nicht zu sorgen. Thomas hockt bequem in seinem Autositz und lässt Dino-den-Gauner, seinen Plastik-Triceratops, Kreise ziehen. Er ist zu klein, um die Spannungen zwischen seinen Eltern zu bemerken oder sich deswegen zu sorgen. Zumindest ist sein Samstag nicht verdorben, beruhigt sich Winston.

Auf das Familien-Barbecue hätte er gern verzichtet, auch wenn er Mathildes stillem Zorn so leichter ausweichen kann. Er hat schlecht geschlafen, sein Rücken schmerzt, und bei der Aussicht auf einen ganzen Nachmittag mit seiner Familie dreht sich ihm der Kopf. Die Begeisterung seiner Frau entspricht wahrscheinlich der seinen. Eigentlich freut sich nur Thomas über diesen Ausflug.

»Also, freust du dich, Großmama zu sehen?«, fragt Winston seinen Sohn so unschuldig wie möglich.

Dieser nickt eifrig, ohne seinen Dinosaurier aus den Augen zu lassen. Thomas steht seiner Großmutter in Wahrheit vollkommen gleichgültig gegenüber, was Winston ihm nicht verübeln kann. Elisabeth Haynes ist bekanntermaßen nicht der mütterliche Typ. Winston hat sich schon oft gefragt, was sie dazu bewegt haben mochte, vier Kinder zu bekommen.

Was seinen Sohn interessiert, ist das Haus mit seinen tausend Winkeln und Verstecken, der halbkreisförmige

Garten, der von großen Büschen mit geometrischen Formen eingegrenzt ist, und der Pool. Dass es keine Cousins in seinem Alter gibt, hat ihn noch nie gestört. Als Einzelkind ist er daran gewöhnt, allein zu spielen.

Neben ihm schaut Mathilde ostentativ aus dem Fenster. Winston spielt mit dem Gedanken, Musik anzuschalten, um die Atmosphäre zu entspannen, aber besinnt sich anders. Hinter ihnen wird Thomas unruhig.

»Mummy, ich habe die Pfote von Dino-dem-Gauner kaputt gemacht.«

Es verspricht, ein langer Tag zu werden.

Emma schweigt während der ganzen Fahrt zu ihrer gefürchteten Schwiegermutter. Sie schaut in die vorbeigleitende Landschaft und spürt eine Migräne aufziehen. Leichte Übelkeit überkommt sie, und sie lehnt ihren Kopf gegen die Scheibe, sehnt sich mit einem Mal nach der Kühle ihres Hauses und Enzos Gesellschaft. Sean legt ihr eine Hand auf den Oberschenkel, die Berührung lässt sie erschauern. Er zieht sie zurück, und der Kloß in Emmas Hals wird dicker. Sie würde gern etwa sagen, aber ihr fällt kein Gesprächsthema ein, und schließlich ist er es, der das Wort ergreift.

»Alles in Ordnung?«

Ist sie paranoid, oder ist die Stimme ihres Mannes einen Hauch vorwurfsvoll?

»Ich habe nicht besonders gut geschlafen«, antwortet sie wahrheitsgemäß. »Ich bekomme Kopfschmerzen.«

»Oh, schade.«

Hat er ihr überhaupt zugehört? Als sie seinen abwesenden Blick sieht, kommt Emma zu dem Schluss, dass auch er mit den Gedanken woanders ist.

»Glaubst du, dass Jacquelyn ihr leckere Limonade gemacht hat?«, fragt sie, um ihr Gespräch am Leben zu halten.

»Ich nehme es an. Weißt du, dass das ein Rezept meines Vaters war?«

Emma beißt sich auf die Lippe, wütend auf sich selbst. Natürlich hat er eine Gelegenheit gefunden, den glorreichen Alastair zu erwähnen, den sie übrigens nie kennengelernt hat. Die mit ihm verbundenen Erinnerungen stimmen Sean mal nachdenklich, wehmütig, mal unruhig, und Emma antwortet hastig, besorgt über die Folgen dieser beiläufigen Bemerkung zur Limonade.

»Nein, das wusste ich nicht.«

Sie weiß auch nicht, warum diese Familienfeste, obwohl sie von Jacquelyn organisiert werden, immer auf dem Anwesen der Mutter stattfinden, das sicher wunderschön ist, aber auch das Symbol ihres geteilten Verlusts. Sie wartet, ob Sean etwas hinzufügt, ob er eine Anekdote über seinen Vater oder die Limonade erzählt, aber er hält den Blick auf die Straße gerichtet, und sie belässt es lieber dabei.

Sean erkennt seine Nichte nicht gleich wieder. Für einen kurzen Augenblick denkt er, als er die Gestalt mit dem unbekannten Gang im Gegenlicht erblickt, dass es sich um ein junges Au-pair-Mädchen handelt, bevor ihm auffällt, wie absurd seine Annahme ist: Es sind keine Kinder mehr da, die beaufsichtigt werden müssten, und auch der knappe Bikini passt schlecht zu dieser Vermutung. Dann fällt Licht auf das junge Gesicht, und Sean erkennt endlich Naomy oder eher die Überbleibsel von Naomy.

Ihre blauen Augen sind mit schwarzem Kajal betont und ihre Wimpern mit einer zu dicken Schicht Mascara. Ihre durch die Bräune stärker hervortretenden Sommersprossen, die Sean gern mit Kindheit in Verbindung bringt, verleihen ihr heute ein sonderbar komplexes Aussehen. Ihre Haare sind gewachsen und umspielen ihre Brust, deren imposante Größe Sean wider Willen und verblüfft bemerkt.

Obwohl er nicht offen aufreizend ist, verunsichert ihn der Häkelbikini in Verbindung mit dem Make-up. Er weiß nicht, wie er seine Nichte begrüßen soll, spürt ihren abschätzenden Blick. Ein beiläufiges Schultertätscheln erscheint ebenso unangemessen wie eine Umarmung. Er entscheidet sich für ein schüchternes Winken und lässt seine Hand mit dem Gefühl sinken, bei einem Test durchgefallen zu sein.

Das linkische Verhalten ihres Mannes rührt Emma, die Naomy mit einem freundschaftlichen Kuss auf die Wange begrüßt. Die elastische Weichheit ihrer Haut täuscht nicht, und das Runde an ihrem Gesicht verrät das Kind, das sie immer noch ist. Die Kunstgriffe ändern nichts daran, und Emma schenkt ihnen deshalb wenig Beachtung. Aus den Augenwinkeln sieht sie, wie die Jugendliche sie studiert, wie Mädchen die Frauen studieren, denen sie bald ähneln werden, und sie überrascht sich dabei, wie sie die Schultern strafft. Sean unterdrückt neben ihr einen verzweifelten Seufzer, und sie spürt eine Welle des Mitgefühls für ihn. Als Naomy gegangen ist, wendet sich Sean mit einem traurigen Lächeln seiner Frau zu.

»Tja, die hätte ich auf der Straße nicht erkannt.«

Er versucht, seiner Bemerkung einen amüsierten Anstrich zu geben, aber seine Augen verraten seine Gedanken.

»So sehr hat sie sich nicht verändert, Sean.«

»Machst du Witze? Sie hat ... ihre ... na ja ...«

»So ist es seit allen Zeiten«, schließt Emma gleichmütig.

»O nein. Nicht mit zwölf.«

Am Ende des Flurs winkt ihnen Jacquelyn zu, die an dem prachtvollen Tisch im Esszimmer zugange ist.

»Geht auf die Terrasse, ich habe die Horsd'œuvres schon rausgebracht.«

Und da Sean kein Mensch von Traurigkeit ist, kommt ihm der Vorschlag gerade recht, Emma zieht er mit. Die Terrasse wurde mit einem ausgeprägten Sinn fürs Detail hergerichtet: Wildblumensträuße, bestickte Stofftischdecke, mit bunten Kissen verzierte Stühle, Porzellanservice. Und zur Vervollständigung dieser bildhübschen Inszenierung ist jeder Teller mit einer geschickt gefalteten

Serviette versehen, die einen Rad schlagenden Pfau darstellt.

Angesichts der minutiösen Vorbereitung ihrer Schwägerin, der Mühe, die sie sich für das Fest gegeben hat, das sie selbst so schnell wie möglich hinter sich bringen will, spürt Emma Scham in sich aufsteigen. Jacquelyn betrachtet von ihrem Posten im Wohnzimmer aus ihr Werk, und Emma versucht zu bestimmen, ob ihr exzessiv gutmütiges Lächeln ein obsessiv-impulsives oder depressives Krankheitsbild verbirgt.

Doch sie misstraut Stereotypen und glaubt nicht wirklich, dass das Verhalten ihrer Schwägerin etwas anderes verrät als ihr fröhliches, freizügiges Wesen. Sie mag in eine soziale Kaste eingetreten sein, die sie lange Zeit mit Exzess und falschem Glück assoziiert hat, doch in der guten Laune ihrer Schwägerin kann sie kein unterdrücktes Leid erkennen. Sie ist eine Hausfrau, die es geschafft hat, trotz ihres Vermögens und ihrer Verbindungen unkompliziert und zugänglich zu bleiben.

Emma kommt es jedoch so vor, als ob Jacquelyn ihren Gästen weniger Beachtung schenkt als dem Gesamtbild, in dem sie nur eine untergeordnete Rolle spielen. Wenn sie um den Tisch herumschwirrt, überprüft, ob das Glas des einen immer noch voll oder die Gabel des anderen wirklich parallel zum übrigen Besteck liegt, wirkt sie wie ein Filmregisseur oder ein detailverliebter Fotograf, der die perfekte Komposition anstrebt.

»Ich habe ein neues Rezept für Hummer-Canapés ausprobiert. Sag mir, wie du sie findest«, flüstert Jacquelyn, die unbemerkt neben Emma aufgetaucht ist.

Diese Bemerkung stimmt Emma traurig, ohne dass sie genau weiß, warum. Sie stellt sich ihre Schwägerin vor, wie sie, den mehlbestäubten Finger auf dem Papier, den endlosen Anweisungen eines dicken Kochbuchs folgt, mit glänzenden Augen, stupide glücklich bei dem Gedanken, ihrer Familie eine schrecklich komplizierte kulinarische Kreation zu präsentieren, die diese mit einem Happs verschlingen und vergessen würde.

Dann wird ihre Aufmerksamkeit auf Lucas gelenkt, der mit einem Glas in der Hand dabei ist, einem mäßig interessierten Raj die verschiedenen Funktionen seines Grills zu erklären. Das Lächeln ihres Schwagers hat etwas Aufgesetztes, und Emma vermutet, dass seine Begeisterung gespielt ist. Sie fängt Rajs Blick auf und schaut rasch weg, als sie sieht, wie dessen Frau zu ihm geht.

Rose legt einen gebräunten Arm um die Schultern ihres Mannes und flüstert ihm glucksend etwas ins Ohr. Ist ihre Einmischung ein Rettungsversuch, oder ist ihr die Unterhaltung, die im Gange ist, einfach egal? Schwer zu sagen bei Rose. Sie ist eher überschwänglich als ungehobelt, zu exzentrisch, um sich um gute Manieren zu sorgen. Eine extrovertierte Person, die zu sich steht und bei der trotz ihrer erfrischenden Spontaneität in Emmas Augen manchmal eine manipulative Ader durchscheint. Jedes Mal wenn Emma sich mit ihr unterhält, spürt sie eine verwirrende Mischung aus Anziehung und Angst, wie bei einer Königin, die die Macht hätte, sie exekutieren zu lassen oder in ihren Rang zu erheben. Rose ist eine Frau, die sie beeindruckt und der sie misstraut, und es gelingt ihr auch nach all den Jahren nicht, sie zu durchschauen.

Am anderen Ende der Terrasse küsst Rose Rajs Ohrläppchen mit einer Sinnlichkeit, die Emma unpassend findet, doch sie wirft sich ihre eigene Verklemmtheit sogleich vor. Roses Lachen breitet sich aus wie eine warme, schmachtende Welle. Sie fließt zwischen den Stühlen hindurch bis zu der erstarrten Emma, die mit einem Mal ihren Blick nicht mehr von Rose abwenden kann, die ausgelassen den Kopf zurückwirft und ihre zarte Kehle zeigt.

»Es fehlt nur noch der Lüftungsschacht, dann könnte man sie für Marilyn Monroe halten.«

Emma dreht sich zu Lisa um, schaut sie fragend an.

»Sie muss immer eine Show abziehen«, fährt diese fort. »Als ob sie fürchtete, unbemerkt zu bleiben.«

»Man kann sie nur schwer nicht bemerken«, entgegnet Emma, in der Hoffnung, dass der Neid ihrer Stimme nicht anzuhören ist.

Lisa sagt nichts mehr und geht nach einer Weile mit klappernden Sandalen davon. Emma wendet sich wieder Rose und Raj zu, und wie immer kann sie nicht anders, als sie sonderbar abgestimmt zu finden. Raj trägt ein Hemd mit bis zu den Ellenbogen hochgekrempelten Ärmeln und eine locker sitzende Khaki-Hose, aber seine Körperhaltung, sein verschlossener und ernster Blick verraten den besorgten Arzt, unfähig, sich vollkommen zu entspannen.

In dem Moment dreht Rose ihr Gesicht in ihre Richtung und läuft, Emmas Blick missdeutend, mit ausgebreiteten Armen auf sie zu, wobei ihre großen Brüste bei jedem Schritt wippen.

»So was, schau dich an! Jedes Mal, wenn wir uns sehen, bist du noch schöner!«, ruft sie und umarmt sie überschwänglich.

»Rede keinen Unsinn«, murmelt Emma und errötet.

Wie kurz zuvor von ihrem Lachen wird sie nun von Roses Parfum eingehüllt, das sie an Ines erinnert, eine wilde Schönheit, die in ihrem Viertel aufgewachsen ist und von der man sich erzählte, dass sie Sex gegen Zigaretten tauschte. Auch sie verströmte einen Duft nach Bonbons, Pfirsichen und enthemmter Sexualität.

Rose betrachtet sie weiter von oben bis unten, und Emma weiß nicht, wo sie hinschauen soll, voller Unbehagen bei so viel Beachtung. Sie bemerkt, dass Roses Lippenstift perfekt auf ihren Minirock abgestimmt ist, der ihre langen seidigen Beine zeigt. Ihr imposantes Dekolleté wird von einer eng anliegenden Korsage betont, deren feiner Stoff die Spitze ihres BHs durchblitzen lässt. Sie steckt zu viel Mühe in ihr Äußeres, um natürliche Eleganz auszustrahlen, aber das ist der gewollte Effekt, schließt Emma. Mäßigung ist nichts für Rose.

»Sitzen wir nachher nebeneinander?«, murmelt diese.

»Wenn du willst«, antwortet Emma überrascht und geschmeichelt, dass die nebulöse Rose ihr ihre Aufmerksamkeit schenkt.

»Okay, dann bis später«, beendet ihre Schwägerin abrupt das Gespräch und geht Richtung Terrasse davon.

Ihr Rock betont beim Gehen ihren runden Po, und Emma kommt sich mit einem Mal schrecklich gewöhnlich und hässlich in ihrer Pluderhose vor, die sie bewusst gewählt hat, weil sie ihre Kurven kaschiert. Zum zweiten Mal erwischt sie Rajs Blick und schiebt sich automatisch eine Strähne hinters Ohr, scheinbar gleichgültig. Ihr Schwager kommt auf sie zu, und sie versucht, ihre Fassung zurückzugewinnen, bevor er sie erreicht.

Sie zögert, wie sie ihn begrüßen soll, aber Raj nimmt sie in den Arm. Die zu kurze Umarmung hinterlässt bei Emma den Eindruck von etwas Unvollendetem. Trotzdem löst sie sich von ihm, plötzlich der Nähe ihrer Körper bewusst.

»Alles in Ordnung?«

Er scheint zugleich besorgt und verärgert, und diese paternalistische Herablassung regt Emma auf, also beschließt sie, den Sinn seiner Frage zu ignorieren.

»Ja, klar. Und bei dir?«

Ihre Antwort scheint ihn zu enttäuschen. Nervös am Saum ihres T-Shirts ziehend, schaut sie sich um und stellt erleichtert fest, dass niemand sie beobachtet. Sie hofft, dass er ein belangloses und höchst uninteressantes Thema wählt, wie das Wetter oder die Route, die sie auf der Herfahrt gewählt haben, aber er starrt sie weiter an.

»Emma, hast du mit ihm geredet?«

Sie zuckt mit den Schultern, einen Kloß im Hals, ohne zu wissen, ob sie ihr Gespräch beenden will oder es im Gegenteil fortsetzen.

»Glaubst du nicht, dass es das Richtige wäre?«

Er sagt es, ohne die Stimme zu erheben, aber Emma sieht den Vorwurf in seinen Augen und eine gewisse Furcht, die sie sogleich wachsam werden lässt. Er hat ein schlechtes Gewissen, das ist offensichtlich, und auch wenn Emma ihren Teil der Verantwortung sieht, hat sie vor allem Mitleid mit sich selbst.

»Sag bitte nichts.«

Sie verflucht die Verzweiflung in ihrer Stimme und denkt an die üppige Rose, eine Frau, die die Leute hinter ihrem Rücken belächeln, die aber, da ist sich Emma sicher, noch nie einen Mann hat anbetteln und sich erst recht nicht das Hirn hat zermartern müssen, um ihn von irgendetwas zu überzeugen.

»Raj.«

Er blinzelt, zögernd, und Emma nutzt den Moment, um sich ihm zu entziehen. Sie streift im Gehen seinen Arm, aber er versteift sich bei der Berührung, und die Hoffnung, die sie in sich sprießen spürte, wird im Keim erstickt. Ihr Herz schlägt noch schneller, als sie Elisabeth Ann Haynes persönlich entdeckt, die wie eine edle antike Statue mitten auf der Terrasse steht.

Wenn man ihr Alter bedenkt, hält sich die Matriarchin immer noch erstaunlich aufrecht und besitzt ein so strahlendes, stattliches Aussehen, dass man nicht anders kann, als diese kalte Kreatur aus einer anderen Zeit zu bewundern. Sie ist ungeschminkt und trägt ihr ewiges beiges Ensemble, das mit seinem Schnitt und seiner fast martialischen Steifheit die einschüchternde Person, die Mrs. Haynes ist, verfestigt. Ihr weißes Haar, von irgendeinem Frisurenkünstler sorgfältig nach hinten gekämmt und festgesteckt, lässt ihre Ohren frei, die zur Feier des Tages kleine graue Perlmuttperlen zieren. Um ihren Blusenkragen hat sie sich ein Seidentuch in Mauve und

Blau geknotet – ein ungewohnter Farbklecks –, dessen Enden in vollendeter Symmetrie auf ihre schmale Brust fallen.

Graziös bewegt sie sich auf einen Stuhl im Schatten der Magnolie zu. Ihre Hände umklammern die Armlehnen, als sie in einer langsamen, vorsichtigen Bewegung Platz nimmt, die nun doch ihr hohes Alter verrät. Sie überschlägt die Beine, zeigt dünne Waden, von denen Emma weiß, dass sie mit winzigen Adern übersät sind, und legt ihre Handflächen auf ihren Bauch, bevor sie bewundernd auf den großen Garten blickt, wie eine zufriedene Katze, die über ihr Reich wacht.

Obwohl sie am liebsten in die entgegengesetzte Richtung gelaufen wäre, geht Emma ihr mit mechanischen Schritten entgegen.

»Guten Tag, Mrs. Haynes.«

»Guten Tag, Emma.«

Ihr Tonfall ist freundlich, aber sie fügt nichts an, und Emma glaubt wie jedes Mal, eine unterschwellige Verärgerung zu erkennen. In diesen Momenten fragt sich Emma, wie die alte Dame Seans erste Frau bewertet hat, ob sie sie zu schätzen gewusst oder zumindest respektiert hat. Hält sie Emma für eine misslungene Nachbildung des Prototyps? Mit der Zeit hat sie sich an den Gedanken gewöhnt, dass Mrs. Haynes ihr gleichgültig gegenübersteht, aber bemüht sich dennoch, immer wenn sie sie sieht, ihr zu gefallen.

»Ich mag Ihr Halstuch«, verkündet sie ohne Umschweife und bereut sogleich den armseligen Versuch, die Gunst der Ältesten zu gewinnen.

»Ach das, ein altes Geschenk von Rose.«

»Die Farben stehen Ihnen gut«, stellt Emma fest, bevor sie beschließt, dass sie sich nur weiter hineinreitet und es Elisabeth herzlich egal ist, was ihre Schwiegertochter über ihre Kleiderwahl denkt.

Hinter den getönten Gläsern ihrer riesigen Sonnenbrille bleibt der Blick ihrer Schwiegermutter auf ihr liegen, auf ihrer unoriginellen Kleidung, auf ihrem Körper, und Emma errötet. Rasch verschränkt sie die Arme vor der Brust und räuspert sich.

»Geht es dir gut, Emma?«

Entspringt es ihrer Einbildung, oder ist aus der Stimme von Mrs. Haynes wirklich Spott herauszuhören?

»Ja, ich habe nur … ein bisschen Hunger.«

Es ist die Entschuldigung, die ihr in den Sinn kommt, und sie wirft sich dieses Zugeständnis sogleich vor, zum einen, weil es nicht stimmt, und zum anderen, weil Esslust für Elisabeth zu den schlimmsten Sünden zählt.

»Aha«, entgegnet diese gleichgültig und ein wenig angewidert, als ob für sie die triviale Notwendigkeit, sich zu ernähren, einer kapriziösen Anwandlung gleichkäme. »Jacquelyn hat allerlei Häppchen zubereitet«, fügt sie schließlich hinzu. »Fühl dich wie zu Hause.«

Wenn sie keine Angst hätte, unhöflich zu sein, hätte Emma laut gelacht. Es gibt keinen Ort der Welt, wo sie sich weniger zu Hause fühlt als bei Mrs. Haynes, auf diesem Anwesen von eiskalter Pracht und umzingelt von ihrer ebenso undurchdringlichen Nachkommenschaft. Die Einrichtung, die riesigen Räume und die Architektur des Hauses vermitteln weder die Wärme noch die Geborgenheit eines Zuhauses, sie fühlt sich eher wie ein kleines Mädchen im Museum, voller Angst bei dem Gedanken, die zerbrechliche Schönheit dieses Tempels, in dem Leute wie sie keinen Platz haben, zu beschädigen.

»Emma! Ein Glas Champagner?«

Jacquelyn hat offensichtlich ihrem Mann aufgetragen, die Drinks zu verteilen, und Emma dreht sich zu ihm um, überrumpelt.

»Äh, nicht für mich, danke. Es ist ein wenig früh«, setzt sie hinzu, dem Bedürfnis nachgebend, jede noch so kleine Entscheidung zu rechtfertigen.

Dieses Mal ist sie sicher, dass Mrs. Haynes sie prüfend betrachtet, mit einem Diktum in den Augen, über das Emma nur spekulieren kann. Nicht in der Lage, dies noch länger auszuhalten, vollführt Emma einen kläglichen Knicks und geht schnell zurück auf die Terrasse.

Sean, der sich wie ein ausgehungerter Geier über den Grill beugt, sieht sie nicht einmal, und sie geht hinter ihm vorbei, ohne sich bemerkbar zu machen. Sie durchquert das große Wohnzimmer, dann die Eingangshalle, wendet sich nach links und schließt sich in der Gästetoilette ein.

Eine Orchidee mit drei Trieben ziert die opake Fensterluke hinter der Toilette, und sie starrt die Blätter an, bis sich ihre Umrisse auflösen. Sie schließt die Augen, auf ihre Atmung konzentriert, und findet endlich ihre Gelassenheit wieder, als es kurze Klopfer gegen die Tür hagelt.

»Huhu! Ist da jemand drin?«

Rose, natürlich. Emma kann sie sich leicht vorstellen, wie sie wie ein Kind von einem Bein aufs andere hüpft, um ihr dringendes Bedürfnis in Schach zu halten.

»Eine Minute«, sagt sie, betätigt die Spülung und den Wasserhahn. Als sie in den Spiegel blickt, stellt sie ohne Überraschung fest, dass sie grässlich aussieht.

»Ist dir schlecht?«, fragt Rose, als sie herauskommt. Und fügt, ohne eine Antwort abzuwarten, hinzu: »Ich habe auch schon zu viel getrunken!«, bevor sie kichernd die Tür hinter sich zuschlägt.

Emma bleibt kurz sprachlos an Ort und Stelle stehen, erst der wohlige Seufzer, der unter der Tür durchdringt, weckt sie aus ihrer Starre. Sie beneidet Rose um diese Unbefangenheit, dass sie das Urteil anderer einfach so beiseitefegt. Es muss so befreiend sein, in Roses Haut zu stecken.

Emma ist einmal im Kinderzimmer ihrer Schwägerin gewesen, zwei Jahre zuvor an Thanksgiving. Diese hatte sie selbst dorthin geführt, ein bisschen beschwipst wie heute, bei einer dieser folgenlosen Anwandlungen von Komplizenschaft, die so typisch für sie sind. Emma war ihr gehorsam gefolgt, voller Stolz, im Zentrum von Roses Aufmerksamkeit zu stehen. Von diesem überraschenden Besuch in ihrem Reich sind Emma die Vintage-Tapete mit Blumenmotiv, die weiße Überdecke mit den Rüschen, die Spitzenvorhänge und der Schminktisch aus bemalten Holz mit dem Spiegel in Erinnerung geblieben, der von Rosenschnitzereien eingerahmt war. Sie erinnert sich, jedes Detail verblüfft betrachtet zu haben, nicht in der Lage, diese romantische und altmodische Einrichtung mit Rose in Verbindung zu bringen.

»Elisabeth hat es eingerichtet«, hatte Rose erklärt, als sie Emmas Überraschung sah. »Und damals gefiel es mir gut.«

Sie trat an den Schminktisch, nahm ein Parfum aus der Fülle sorgfältig aufgereihter Accessoires, unberührt seit Jahrzehnten, und besprühte sich den Unterarm, an dem sie dann stirnrunzelnd roch.

»Widerlich!«

Sie hatte den Flakon heftig zurückgestellt und den Blick abgewandt.

»Schau dir diese Pantoletten an!«, rief sie aus und deutete auf ein Paar Schuhe am Ende des Bettes.

Sie hatten tatsächlich einen Absatz und rosa Federn, ein absurdes Accessoire, das Emma nur an Schauspielerinnen in alten Hollywoodfilmen gesehen hatte. Aber auf gewisse Weise passten sie perfekt zu ihrer Besitzerin, und Emma fragte sich, ob die Stereotype, die auf Rose projiziert wurden, sie nicht mit der Zeit komplett erwischt hatten.

»Gott, wie bescheuert ich war«, seufzte diese abschließend.

Dann hatte sie sie in das angrenzende Bad gezogen, mit der frei stehenden Badewanne und den pfirsichfarbenen Kacheln. Emma ertappte sich dabei, Rose wider Willen um ihre Jugend zu beneiden, und sie spürte deren insistierenden Blick, Rose schien ihre Gedanken zu lesen und sich darüber zu freuen.

Als sie auf dem Weg zurück zur Terrasse am großen Fenster im Wohnzimmer vorbeigeht, sieht Emma

Winston und seine Frau, die sich am Rand des Gartens erregt unterhalten. Sie kann nicht hören, was sie sagen, aber ihre Gestik und Mimik sind unmissverständlich: Sie streiten sich.

Mit seinen einen Meter neunzig und ganz in Schwarz gekleidet, sieht Winston aus wie ein Geier, der gleich seine Beute zerreißt. Neben der winzigen Mathilde wirkt er umso bedrohlicher, und als er den Arm hebt, glaubt Emma erschrocken, dass er seine Frau gleich schlagen wird. Aber er wedelt nur mit den Händen herum, sicher um seinen Aussagen Nachdruck zu verleihen, während seine Gesprächspartnerin mit verschränkten Armen und emotionslos zuhört, wie er sich aufregt. Emma will nicht gesehen werden und geht schnell weiter.

»Emma!«, jubelt Jacquelyn wie eine Fernsehmoderatorin, die den Gast des Tages empfängt. »Raj und ich haben über indische Küche geredet. Mama hat exotische Gerichte nie besonders gemocht, aber es gibt immer ein erstes Mal.«

Aus den Augenwinkeln bemerkt Emma Rajs beschämten Ärger und kann sich vorstellen, wie das Gespräch verlaufen ist. Er, der versucht, sich einer Unterhaltung zu entziehen, die ihn nicht interessiert, vergeblich auf Roses Einschreiten wartend, Jacquelyn dann ein paar vage Ratschläge gibt, die diese aufmerksam annimmt, mit leuchtenden Augen, erfreut über ihre Initiative und überzeugt, so im besten Licht dazustehen.

»Nächstes Mal versuchen wir es mit einem Curry-Gericht«, fährt Jacquelyn eifrig fort, bereits ganz bei ihrem ehrgeizigen Vorhaben. »Das wird eine Art kulinarische Reise und ein Verweis auf Rajs Wurzeln.«

»Eigentlich bin ich in New Jersey geboren.«

»Ja, ja, natürlich.«

Herablassung lässt sich leicht hinter vorgeblichen Komplimenten verbergen, denkt Emma beim Anblick von Jacquelyns strahlender Miene und ihrem fröhlichen Geplapper.

»Ein Chicken Tikka Masala!«

»Ich bin Vegetarier.«

»Jacquelyn!«

Der schneidende Ruf der Matriarchin lässt sie zusammenzucken, und ihr heiterer Gesichtsausdruck bröckelt kaum merklich.

»Entschuldigt mich«, sagt sie zu Emma und Raj, bevor sie zu ihrer Mutter eilt.

Emma schaut ihr nach, um den Moment hinauszuzögern, da sie Raj entgegentreten müsste. Aber als sie sich umschaut, ist er verschwunden. Rose ist zurück und unterhält sich mit Naomy, der sie etwas auf ihrem Handy zeigt. Winston und Mathilde haben sich zu den anderen auf der Terrasse gesellt, nichts an ihrem Verhalten oder ihrem Ausdruck verrät Spannungen. Weiter unten untersucht der kleine Thomas einen Busch, mit dabei: sein ewiger Plastikdinosaurier, das einzige Spielzeug, mit dem Emma ihn sich jemals hat amüsieren sehen. Sie hat ihre Beobachtungen nicht mit Sean geteilt, aber sie sorgt sich wegen der extremen Schüchternheit ihres Neffen. Sein ausweichender Blick, sein langes Schweigen, seine Art, sich hinter seiner Mutter zu verstecken, sobald man ihm eine Frage stellt, all diese belanglosen Details alarmieren sie. Ihre Annäherungsversuche haben bis jetzt keine Früchte getragen. Heute deprimiert sie die Aussicht auf Zurückweisung mehr als je zuvor, und sie versucht es erst gar nicht.

Sie betrachtet reihum die Mitglieder ihrer Schwiegerfamilie, von der undurchdringlichen und finsteren Elisabeth bis zu der sinnlichen und unzähmbaren Rose über ihren eigenen Mann Sean, Symbol für Gleichmut und Entspanntheit. Wie sehr sie es bedauert, sich bei ihnen nicht wohlzufühlen.

Nicht ihr Geld beeindruckt sie, auch wenn sie es nie ganz ausblenden kann, auch nicht ihre Karrieren oder ihr Erfolg. Nein, was sie stutzig macht, ist die sonderbare Dynamik dieser Familie, mit der ihre Mitglieder wie in einem mysteriösen Sonnensystem umeinander kreisen, sich streifen, einander ausweichen. Ihr Tanz fasziniert sie, und sie fragt sich, was diese so fein orchestrierte Choreografie verbirgt.

Naomy beißt in einen Karottenstick, der mit seinesgleichen in einem perfekten Kreis lag. Roses Blick wird von der Brust ihrer Nichte angezogen, die fast so ausladend wie ihre eigene ist. Sie kann sich leicht den Neid der anderen Mädchen vorstellen, die Bemerkungen der Jungen und vor allem Naomys Unbehagen darüber, hervorzustechen, die belastende Präsenz des eigenen Körpers. Die undefinierbare Mischung aus Hochmut und Scham.

Rose erinnert sich an die gemischten Gefühle, die sie ihrem Körper in dieser beunruhigenden Übergangszeit entgegenbrachte. Wie sie ihre Rundungen gleichzeitig zeigen und verstecken wollte. Wachsen wollte, ohne sich zu verändern. Bemerkt werden und sich zugleich einfügen wollte. Sie hofft, dass Naomy vorsichtiger ist als sie im selben Alter. Weniger naiv, realistischer. Bestimmt haben sich die Zeiten geändert, beruhigt sie sich.

Aber es ist ein schöner Tag, und Rose will sich nicht die Laune verderben, indem sie ihre jugendlichen Irrtümer Revue passieren lässt. Den Träger ihres BHs zurechtziehend, geht sie hüftschwingend die Terrassenstufen hinunter und lässt sich auf einen Stuhl neben ihrer Mutter fallen. Sie bemerkt sogleich, wie Elisabeth sich versteift, und versucht, sich nicht daran zu stören, dann wendet sie sich ihr zu, die Augen mit der Hand beschattend, erleichtert, den Gesichtsausdruck der alten Dame im Gegenlicht nicht erkennen zu können.

»Super Wetter. Man hätte es sich nicht besser wünschen können.«

»Das stimmt, Rose.«

Sie wirkt leicht genervt, wie immer, wenn jemand eine offensichtliche und belanglose Tatsache erwähnt. Elisabeth hasst nichts mehr als leeres Geschwätz. Rose ist sich dessen bewusst, und die günstigen meteorologischen Verhältnisse sind ihr ehrlich gesagt auch egal. Sie versucht vor allem, ihre Mutter zu provozieren, eine Reaktion hervorzurufen, die sie von sich selbst angewidert und zugleich erleichtert aufnimmt.

»Jacquelyn hat einen siebten Sinn dafür. Jedes Mal wenn sie einen Tag aussucht, ist das Wetter fantastisch.«

»Reiner Zufall.«

»Und wenn sie mit geschlossenen Augen durchs Leben ginge, Jacquelyn würde nichts zustoßen.«

»Das ist eine dumme Bemerkung, Rose, das weißt du.« Sie beendet das Gespräch mit dieser monotonen, schneidenden Stimme, die ihre Tochter so sehr verabscheut. Rose, nun zornig, dreht sich zu Jacquelyn um, die die verbleibenden Karotten auf dem Tablett neu arrangiert, sobald sich jemand bedient hat. Sie ist dabei zu konzentriert, um den verärgerten Blick ihrer Schwester zu bemerken, die schließlich mit den Augen rollt.

Schon als Kind war Jacquelyn äußerst ordentlich: Ihr Zimmer war stets aufgeräumt, ihre Puppen nach Größe sortiert, ihre Kleidung nach Farben, und ihre Plüschtiere saßen aufgereiht auf der Bank unter ihrem Fenster. Mit sechs machte sie selbst ihr Bett und benutzte täglich den kleinen Staubsauger, den ihr Vater ihr 1980 zu Weihnachten geschenkt hatte. Wochenenden und Feiertage inbegriffen, zum Leid von Rose, die das Zimmer daneben hatte.

Trotz ihrer vordergründigen Unnachgiebigkeit ist Jacquelyn eine besonnene Person, deren Pedanterie vor allem von einer angeborenen Neigung zu Organisation und Logik herrührt. Wäre sie ein Mann, hätte sie beim Militär glänzen können, liebte ihr Vater zu scherzen. Für Rose, die ihre Schwester ihre ganze Kindheit über heimlich beneidet und bewundert hatte, war es offensichtlich, dass ihr diszipliniertes Wesen, ihr überlegtes Handeln, ihre Menschlichkeit und Nachdenklichkeit Jacquelyn später ermöglichen würden, eine wichtige Stellung in der Geschäftswelt einzunehmen. Sie war bei Weitem das klügste der vier Haynes-Kinder, und Rose war lange überzeugt gewesen, dass sie eines Tages CEO einer großen Firma werden würde. Bei dem Anblick, wie sie die Karottenstücke zum Zentrum des Tabletts ausrichtet, wetteifern Ekel und Enttäuschung in Rose, und sie richtet ihre Aufmerksamkeit wieder auf ihre Mutter.

»Wahrscheinlich kostet sie der Friseurbesuch einen ganzen Tag, weil sie ihre Haare einzeln geschnitten haben möchte.«

»Das reicht, Rose.«

Sie bedeutet ihr mit einer simplen Geste zu schweigen und rückt ihre Sonnenbrille zurecht. Die Balenciaga, die sie bereits in den Siebzigern trug und sich weigerte, Rose zu geben, da es sich ihr zufolge nicht für eine Mutter gehört, ihrer Tochter Kleider oder Accessoires zu leihen.

»Hast du die Melonen ihrer Tochter gesehen«, flüstert Rose, Elisabeths Warnung bewusst ignorierend. »Selbst ich war in diesem Alter noch nicht so weit entwickelt.«

Dieses Mal hat sie ins Schwarze getroffen. Die Veränderung ist hauchfein, so wie ein ganz langsames Scharfstellen, aber Rose, die auf jede Reaktion lauert, bemerkt es sofort. Elisabeths Mundwinkel zittern, ihre Nasenlöcher weiten sich, und ihre Lider flattern hinter den bernsteinfarbenen Gläsern ihrer dämlichen Brille.

Die Matriarchin antwortet nicht, aber sie steht auf und geht würdevoll davon, überquert die Terrasse, ohne mit irgendjemanden zu sprechen, vorbei an Jacquelyn, die versucht, einer zusammengefallenen Tischserviette ihre prächtige Pfauenform zurückzugeben, und verschwindet im Wohnzimmer.

In die riskanten Manöver einer Wespe über der Wasseroberfläche versunken, bemerkt Rose ihren Bruder nicht, der sich auf den kurz zuvor von ihrer Mutter verlassenen Stuhl setzt.

»Ein Bier?«

Er stellt es zu ihren Füßen, ohne eine Antwort abzuwarten. Hat er das Gespräch zwischen Rose und Elisabeth mitverfolgt, oder erkennt er an den leicht abgesackten Gesichtszügen seiner Schwester, dass seine Gesellschaft ihr guttun würde?

Rose nimmt das Bier, macht es mit den Zähnen auf – sie hofft, dass Elisabeth sie vom Fenster aus sieht und entsetzt über den Anblick ist – und trinkt die Hälfte in einem Zug. Dann wirft sie ihrem älteren Bruder einen Blick zu, rechnet mit einem Scherz oder einem wissenden Lächeln, aber er wirkt abgelenkt, streicht über den Deckel seiner Bierdose. Rose lässt sich vom Kreisen seines Daumens auf dem Metall einlullen, bis sie einen unangenehmen Schauer ihre Wirbelsäule emporsteigen spürt. Sie setzt ihre eigene Dose an die Lippen und leert sie mit geschlossenen Augen, in dem Versuch, ihren Gedanken zu entkommen. Der bittere Geschmack der Erinnerungen mischt sich mit dem des Bieres, und Rose will sich ihm schon hingeben, als die Stimme ihres Bruders sie abrupt in die Gegenwart zurückholt.

»Hast du gesehen, wie sehr Naomy sich verändert hat?«

Eine traurige Feststellung, wenn man seiner Stimm-lage glaubt.

»Ja, ich habe eben mit Mom darüber gesprochen.«

Sean zieht verdutzt die Augenbrauen hoch, schüttelt dann den Kopf.

»Ich habe immer noch die schreckliche Zeichnung, die sie mir zum Fünfunddreißigsten geschenkt hat. Sie muss gerade erst in die Schule gekommen sein.«

»Wenn du mich fragst, sie altert besser als du.«

Er dankt es ihr mit einem Schlag auf den Unterarm und trinkt einen Schluck Bier.

»Ich habe Schläger mitgebracht, um im Pool zu spie-len, aber ich glaube, das kann ich mir abschminken.«

»Ich spiele gern mit dir.«

Von ihren so unterschiedlichen Geschwistern ist Sean eindeutig am unreifsten, und genau deswegen ist Rose ihm so zugetan. Er hegt immer noch die gleiche unge-duldige Vorfreude auf Halloween, denkt sich gern be-scheuerte Streiche aus, ärgert seinen großen Bruder und fährt seine Schwestern an. Er macht Witze wie ein Kind, verachtet die Zukunft wie ein Kind und schert sich nicht um Oberflächlichkeiten wie ein Kind. Rose hat noch nie jemanden gesehen, der sich so wenig für sein eigenes Vermögen interessiert. Seans Geld macht ihn in keiner Weise stolz, und er kümmert sich wahrscheinlich auch nicht darum. Roses Kenntnis nach ist Sean nicht ver-schwenderisch, und er war so stilvoll, sich eine Frau an-zulachen, die nicht auf sein Bankkonto schielt. Abgese-hen von seiner Neigung zur Nostalgie wirkt er wie der Jugendliche, der er vor fünfundzwanzig Jahren war, und

Rose beneidet ihn um seine Unbedarftheit, auch wenn sie weiß, dass sie ihm manchmal geschadet hat.

»Glaubst du, dass es Steaks geben wird?«

Typisch für ihn, sich um das Menü zu sorgen, als hinge sein Leben davon ab.

»Mach dir keine Sorgen. Sicher sogar Biofleisch.«

»Und Schokoladenkuchen? Letztes Mal hat Jacquelyn nur komplizierte Desserts gemacht. So was wie ihr Rote-Beeren-Pastis.«

»Sülze.«

»Ja, das war komisch.«

»Niemand hindert dich daran, einen Nachtisch mit-zubringen«, entgegnet Rose.

Sie weiß nicht, warum sie ihre Schwester verteidigt. Sie kann mit ihren Speisen mit den unaussprechlichen Namen nichts anfangen, und deren exzessive Raffinesse bereitet ihr jedes Mal ein schlechtes Gewissen, wenn sie mit der Gabel hineinsticht. Aber wenn sie an all die Mü-hen denkt, die für die Vorbereitungen nötig sind, wird Rose bewusst, wie wichtig sie in Jacquelyns Augen sind, und eine Welle der Zärtlichkeit für ihre ältere Schwester überkommt sie.

Rose wühlt in ihrer Handtasche und holt einen Joint hervor, den sie unter dem bewundernden und verdutz-ten Blick ihres Bruders anzündet.

»Du wirst den hier rauchen, vor allen Leuten?«

»Warum nicht?«

»Und Winston?«

»Wir sind alle volljährig, soweit ich weiß. Und wenn es ihn stört, kann er es mir ja sagen.«

Sie haben bei der Begrüßung keine zwei Sätze gewechselt, und seitdem hat Rose ihn nicht mehr gesehen. Sicher ist er damit beschäftigt, über seinen jüngsten Fall zu schwadronieren, eine langweilige Geschichte über Korruption in einem College, wenn sie sich recht erinnert. Sie sieht ihn vor sich, wie er die Fakten auflistet, ein Glas Wein in der Hand, mit dieser aufgesetzt gefälligen Art, die sie wahnsinnig macht.

»Mom hat dich gesehen.«

Die Angst verändert Seans Stimme, und Rose ist wie immer schockiert über den Einfluss, den Elisabeth immer noch auf ihre nun erwachsenen Kinder hat. Früher verbreitete die kleinste Ermahnung einen allgemeinen Schrecken, und die Haynes-Kinder warteten zitternd darauf, dass es endlich vorbei wäre. Damals hat sie die Furcht vor dem mütterlichen Urteilspruch bestimmt zusammengeschweißt. Bis auf Rose, die eines Tages entschieden hatte, dass ihre Mutter sie nicht mehr einschüchterte.

»Junge Dame.«

Elisabeth Haynes' typischer Ausdruck, wenn sie verärgert ist. Aber ihre Wut wirkt überzogen, so wenig glaubhaft wie eine mittelmäßige Schauspielerleistung.

»Ja, Mom?«

Rose pustet eine Wolke in Richtung ihrer Mutter, die im Grasdunst die Nase rümpft. Sean kauert sich neben ihr auf dem Stuhl zusammen, und Rose unterdrückt einen entnervten Seufzer.

»Hier sind Kinder.«

»Wie du siehst, halte ich mich abseits. Und es ist ja nicht so, als würde ich Crack rauchen.«

Elisabeth versteift sich bei diesem Wort, das für Niedergang und Schande steht. Sie gibt sich viel Mühe, sich nicht aufzuregen, was Rose mit grausamer Freude bemerkt, sich fragend, wie weit ihre Mutter sie gehen lassen wird.

»Ich wäre dir dankbar, wenn du Winston nicht verärgern würdest. Es scheint ihm nicht gut zu gehen.«

Ihre Bemerkung verwirrt Rose, die sein Gesicht hinter der riesigen Brille betrachtet.

»Was hat er?«

»Ich weiß es nicht. Aber du kennst seine Ansichten zu dem Thema.«

»Und seine Meinung zählt mehr als meine?«

»Rose.«

»Jacquelyn, was gibt's zu essen?«, ruft Sean Richtung Terrasse.

Hinter dem gedeckten Tisch, auf den sie zahllose Teller stellt, stammelt Jacquelyn etwas, das keiner versteht.

»Lass deine Neffen und Nichten das nicht sehen«, sagt Elisabeth in hartem Ton und geht davon.

Rose dreht sich zu ihrem Bruder um, der sie verblüfft anschaut.

»Was treibst du für ein Spiel?«

»Überhaupt keins.«

»Ich habe nie verstanden, warum sie bei dir so nachgiebig ist.«

»Und ich habe nie verstanden, warum sie euch allen solche Angst macht.«

»Ich habe keine Angst!«, empört sich Sean.

Und da Rose ihn weiter anschaut, räumt er schließlich kleinlaut ein:

»Sie kann eben manchmal einschüchternd sein.«

Rose lässt die Überreste ihres Joints in ihre leere Bierdose fallen.

»Aber das ist kein Grund, ihr so zuzusetzen, Rose.«

»Ich weiß.«

Sie seufzt und schließt die Augen. Sie hört nun das leise Zwitschern der Vögel in den Bäumen, die auf dem Grundstück verteilt stehen. Flügelrascheln vermischt sich mit dem Rauschen des Windes, der durch Roses Haare fährt und ihr Gesicht streichelt. Auch das Knistern des Grills erreicht sie, das Klirren der Teller, die Jacquelyn unermüdlich versetzt, das ferne Brummen eines Rasenmähers und das Knirschen von Kies, als ein Auto in die Einfahrt hinter dem Haus ihrer Mutter fährt.

Als kleines Mädchen liebte Rose es, sich mit geschlossenen Augen auf ihr Bett zu legen und im Echo und Gemurmel ihres Zuhauses zu versinken. Die Geräusche waren so klarer, wie erweitert, und erlaubten ihr, sich vorzustellen, was jeder tat. Jacquelyn, die im Nachbarzimmer sorgsam Stoff zerschnitt, um unförmige Kleidung daraus zu machen. Das wiederholte Ratschen der Schere, das dumpfe Geräusch, wenn Jacquelyn sie auf das Parkett legte, und die nervige Melodie, die sie summte, in Endlosschleife und falsch. Im Erdgeschoss das Klappern der Töpfe, die Elisabeth aneinanderstieß, dann das des Silberbestecks, das sie mit Nachdruck auf dem Tisch verteilte. Das erstickte Lachen von Sean, der das Telefonkabel bis in sein Zimmer gezogen hatte und mit seiner aktuellen Eroberung sprach. Das Gurgeln der

Rohre im oberen Bad, das Winston benutzte, der von seinem Lacrosse-Training zurück war. Und, direkt über ihr, das Hin und Her ihres Vaters in seinem Büro. Von Zeit zu Zeit hörte sie Fetzen eines Telefongesprächs, dem für gewöhnlich ein Ruf an Seans Adresse vorausging, damit er die Leitung frei machte, und sie stellte sich vor, wie ihr Vater auf den Rand seines Kirschholzpults tippte, den Blick auf eine imposante Akte voller sensibler und komplizierter Informationen gerichtet, und Kosten berechnete, Risiken kalkulierte, eine Gewinnspanne vorsah, um schließlich Entscheidungen zu treffen, von denen der Lauf des Universums abhing.

Gut, Rose hatte es rasch begriffen. Ihr Vater besaß sicher das nötige Charisma, aber er war nicht der Herrscher der Welt. Seine Stimme, verstärkt durch seinen Status als bedeutender Mann, trug vielleicht weiter als die der anderen, dennoch lag Alastair nicht immer richtig. Und trotz seiner Abschlüsse, seines Reichtums und seiner großen Weisheit kam es vor, dass er unrecht hatte.

Aber nicht in Roses Tagträumen. Sie verweilte gern bei seiner Person, weil er etwas Geheimnisvolles ausstrahlte, das sie faszinierte. Alastair Fitzgerald Haynes war nicht so strikt wie seine Frau, er lächelte mehr und sprach mit den Kindern auf Augenhöhe. Dennoch blieb er hinter seiner Fassade, die Transparenz und Offenheit vermittelte, für seine Jüngste schrecklich undurchschaubar. Und dieses Mysterium hörte nicht auf, sie zu beschäftigen.

Am Ende hat Rose es nicht durchdrungen. Sie hat zum Beispiel nie verstanden, was ihn dazu veranlasst hatte, ihre Mutter zu heiraten, die so schlecht zu ihm zu passen schien. Und so unfähig, ihn zu verstehen. Die Kommunikation zwischen ihren Eltern, obgleich freundlich, verriet keine Intimität, keine Leidenschaft und nicht den kleinsten Hauch Zuneigung. Selbst bei der Beerdigung ihres Mannes blieb Elisabeth ungerührt, verschanzt hinter ihrer stolzen und unbeugsamen Haltung. Sie war eine reservierte Frau, die jeden Gefühlserguss als Eingeständnis von Schwäche betrachtete, und sie wäre lieber bei lebendigem Leibe verbrannt, als auch nur die geringste Verletzlichkeit zu zeigen.

»Die Eiskaiserin.«

Rose öffnet ein Auge und schaut zu ihrem Bruder.

»So nannte Onkel John unsere Mom. Erinnerst du dich?«

Rose entgleitet ihre Dose, die über die Kacheln Richtung Pool rollt.

»Nein«, haucht sie, während sie zuschaut, wie die Dose ein paar Zentimeter vom Rand entfernt liegen bleibt.

»Er hatte immer blöde Spitznamen für alle«, fuhr Sean lachend fort. »Winston nannte er *Seine verstopfte Majestät*. Und Jacquelyn *Miss Teuflisch Pedantisch*.«

Er schüttelt den Kopf.

Dieser John!

»Tja.«

»Und deiner?«

»Was?«

»Wie war dein Spitzname?«

Rose schluckt, bereut ihren zu schnell gerauchten Joint.

»Ich kann mich nicht mehr erinnern«, lügt sie.

Königliche Zauberin. Es war albern, aber Rose war deswegen lange Zeit unermesslich stolz gewesen. Sie hatte es geliebt, mit einer Magierin gleichgesetzt zu werden. Sie fühlte sich anders, also besonders. Das zumindest sagte ihr Onkel John immer wieder, und Rose hatte es geglaubt.

Onkel John, zwei Jahre jünger als ihr Vater, war ein geborener Geschichtenerzähler. Die Leichtigkeit, mit der er die Aufmerksamkeit auf sich zog, wie er sein Publikum in Atem hielt, beeindruckte Rose. Alle wussten, dass Onkel John eine Zeit lang ein ausschweifendes Leben geführt hatte, in dem es mal um Verfolgungsjagden mit Ordnungshütern, mal um Deals mit Ganoven oder Fluchten in die Arme verrufener Frauen ging.

Onkel John stach hervor. Sogar Elisabeth wurde bei seinen Besuchen lockerer. Er war ein Romantiker, ein Träumer, Herr einer einzigartigen und unsteten Existenz, die mit dem traditionellen und mühseligen Lebenswandel seiner Eltern brach. Nichts und niemand hielt ihn zurück, er wechselte von einem Job zum nächsten und zog alle naselang um. Er kündigte seine Besuche nie an, verteilte unangemessene Geschenke, wie eine Messersammlung für seine Neffen, und ging sich nachts lautstark etwas zu essen holen. Ein freies Elektron, beschwerte sich Alastair, vollkommen entwaffnet angesichts dieses geliebten Bruders, der nie erwachsen werden konnte oder wollte.

»Onkel John war ziemlich blöd. Wenn ich daran denke, dass wir seinen Unsinn geglaubt haben!«

Wieder zuckt Rose zusammen.

»Es ist Kindern eigen zu glauben, was die Erwachsenen ihnen sagen, oder?«

Sie beginnt, auf ihrem Stuhl hin und her zu rutschen, aber Sean, der an seine goldenen Jahre zurückdenkt, bemerkt es nicht.

»Vielleicht. Aber du musst zugeben, dass er nicht besonders glaubhaft war. Erinnerst du dich an diese Geschichte über Albino-Mammuts in Argentinien? Oder die über den Wirbelsturm, der sein ganzes Haus mitgerissen hat außer der Toilette, auf der er saß?«

»Er wusste wie und brachte uns zum Träumen, was soll ich sagen!«

»Träumen …«, wiederholt Sean nachdenklich, und Rose fleht innerlich, dass er nichts hinzufügte.

»Gut, ich muss mal den *ladies' room* benutzen«, entschuldigt sie sich.

Sie schwankt leicht, als sie aufsteht und auf die Terrasse zusteuert, ohne zu wissen, ob sie ihren berauschten Zustand schätzt oder bereut. Das Bier ist ihr, zusammen mit ein paar zu schnell getrunkenen Gläsern Champagner, in den Kopf gestiegen, und sie begrüßt mit vertrauter Erleichterung den verschwommenen, gleichmütigen Gefühlszustand, in dem sich ihre Gedanken auflösen, der sie eine Zeit lang befreit.

»Huhu! Ist da jemand drin?«, trällert sie und klopft ein wenig zu fest an die Tür der Gästetoilette.

»Sekunde«, murmelt Emma.

Sie betätigt die Spülung, und Rose hört das Wasser aus dem Hahn laufen. Schließlich geht die Tür auf, und Emma erscheint, leichenblass.

»Ist dir schlecht?«, fragt Rose und fügt hinzu, als sich ihr der Kopf dreht: »Ich habe auch schon zu viel getrunken!«

Dann betritt sie die Toilette und schließt die Tür hinter sich.

Sie fühlt sich vor allem wunderbar enthemmt. Emmas Schritte entfernen sich, und nachdem sie ihre Blase entleert hat, zupft Rose ungeschickt ihre Kleidung zurecht. Sie überprüft ihr Make-up im Spiegel, lockert ihr Haar auf, zwinkert ihrem unscharfen Spiegelbild zu und geht hinaus in dem Bemühen, nüchtern zu wirken.

In der Eingangshalle legt sie ihre Hand auf das Geländer der geschwungenen Treppe, und ihre Füße tragen sie in den ersten Stock. Wann ist sie zum letzten Mal diese Stufen hochgegangen? Seit Jahren ist sie nicht in ihrem Zimmer gewesen, sicher nicht mehr seit dem berüchtigten Nachmittag an Thanksgiving, an dem sie es Emma gezeigt hat. Eine dumme Idee, die sie danach bereut hat.

Als Kind machte sich Rose einen Spaß daraus, ihre Plüschtiere in die abstrakten Formen des schmiedeeisernen Geländers zu quetschen und sie dort wie eine sonderbare Dekoration zurückzulassen. Abgesehen von Elisabeth, die dieses Spiel ärgerte und die vergeblich versuchte, ihm ein Ende zu setzen, bemerkte niemand Roses subtilen künstlerischen Beitrag, obwohl jedes Familienmitglied diese Treppe täglich benutzte.

Auf dem Treppenabsatz angelangt, geht Rose den Flur entlang und bleibt vor ihrem Kinderzimmer stehen. Wie eine umsichtige Besucherin zieht sie ihre Schuhe aus und kostet das Gefühl des weichen Teppichs an ihren nackten Füßen aus. In ihrem berauschten Zustand fällt es Rose schwer zu verstehen, warum sie hier ist, aber sie beschließt, dass sie keinen Grund braucht – sie ist hier schließlich zu Hause – und dreht langsam den Türknopf.

1987

»Onkel John?«

Der Angesprochene am anderen Ende des Zimmers richtet sich abrupt auf und betrachtet das Zimmer seiner Nichte, als könnte er sich nicht erinnern, wie er hier hereingekommen ist.

»Ich … äh … ich habe Briefpapier gesucht.«

Sie hört seiner Stimme an, dass er lügt, sagt es aber lieber nicht.

»Du hättest Jacquelyn oder Mom fragen sollen. Ich habe keins.«

»Und wie schreibst du dann an deine Verehrer?«, fragt er mit schelmischem Lächeln.

Er hat seine Fassung wiedergewonnen, was Rose beruhigt, und es kommt ihr nicht in den Sinn, sich aufzuregen, weil er unerlaubt in ihr Zimmer gegangen ist oder seine Erklärung nicht überzeugt.

»Auch davon habe ich keine«, sagt sie errötend.

»Also, das glaube ich keine Sekunde lang!«

Und da sie schweigt, fährt er fort:

»Du, Rose, königliche Zauberin? Keine Verehrer?«

»Es scheint so.«

Onkel John setzt sich auf die Steppdecke, die Elisabeth vor ihrer Geburt für Roses Bett genäht hat. Er glättet die Stelle neben sich, wo sich ein gesticktes Reh über sein

Kitz beugt, und bewundert einen Moment lang die Nähkünste seiner Schwägerin, bevor er sich am Kinn kratzt. Seine Verlegenheit ist wie weggeblasen, und Rose versteht, dass er sich für sein Eindringen nicht entschuldigen wird, es vielleicht schon vergessen hat. Er scheint es nicht eilig zu haben zu gehen, und Rose stellt ihre Sporttasche auf den Boden.

»Gibt es da niemanden, der dich interessiert?«, neckt er sie.

Rose zuckt mit den Schultern, mimt Gleichgültigkeit. Dann schaut sie in den Flur.

»Mach die Tür zu, wenn du willst«, sagt er.

Das tut sie und geht zu dem Hocker an ihrem Frisiertisch.

Onkel Johns Blick folgt ihr, und sie fährt sich reflexartig mit der Hand durch das schweißnasse Haar. Sie hatte in der letzten Stunde Sport, und auch wenn es in der Umkleide Duschen gibt, ist sie lieber gleich nach Hause gefahren. Sie hat genug von dem Geflüster hinter ihrem Rücken, dem Kichern und den stummen Fragen, die ihr bereits entwickelter Körper bei den anderen Mädchen auslöst.

Es gibt Tage, an denen sich Rose an ihrer Aufmerksamkeit weidet, stolz und erfreut, die Expertin zu geben. Aber meistens verweigert sie sich in dem Bewusstsein, dass sie trotz des Anscheins genauso wenig weiß wie ihre Kameradinnen. Ihre Mutter meidet jedes intime Gespräch wie die Pest, und Jacquelyn ist nicht geneigter, ihr auch nur die kleinste Information zu geben.

Aber nun jubelt Rose innerlich über die Aufmerksamkeit ihres Lieblingsonkels.

»Es gibt da einen Jungen in Seans Klasse.«

Sie ist es nicht gewohnt, sich Erwachsenen gegenüber zu öffnen. Solche Vertraulichkeiten werden nach dem Unterricht zwischen Freundinnen ausgetauscht, aber Rose hat eben niemanden, mit dem sie reden kann, und als sie die brennende Neugier im Gesicht ihres Onkels sieht, begreift sie, wie sehr ihr eine solche Freundschaft fehlt.

»Oh, älter also?«

»Nicht viel. Er ist so alt wie Sean.«

»Und du, wie alt bist du jetzt, Rose?«

»Ich werde im Januar dreizehn.«

»Du wirkst älter.«

Sie kann nicht sagen, ob es nur eine Beobachtung oder ein Kompliment ist.

»Danke.«

»Ich wusste in deinem Alter nichts über die Liebe.«

Dieses Geständnis von einem Erwachsenen verwirrt sie. Aber Onkel John ist nicht wie die anderen Erwachsenen. Soziale Konventionen langweilen ihn, er gehorcht nur seinen eigenen Regeln. Er hat mehr Abenteuer erlebt, als die Geschwister Haynes sie jemals erleben werden, selbst wenn man ihre vier Leben zusammennimmt. Im Gegensatz zu den Freunden ihrer Eltern hält er keine hochtrabenden Reden über Politik oder Wirtschaft, er sieht davon ab, sich klüger zu geben als sie. Auch wenn er gern erfindet, die Haynes-Kinder nehmen seine Ratschläge ernst und hören ihm ergeben zu. Onkel Johns

Kenntnisse scheinen grenzenlos und betreffen so unterschiedliche und abwegige Themen wie die Ernährung biolumineszenter Quallen oder das Beschneiden von Mandelbäumen. Über seine umfassende Bildung hinaus ist er ein humorvoller und cleverer Mann, der von allen gemocht wird. Er strahlt eine ansteckende Energie aus und enthält sich jeder Wertung, sodass die Kinder ihn schnell zu ihrem bevorzugten Vertrauten auserkoren haben.

»Hast du mit diesem Jungen schon geredet?«, fragt Onkel John.

»Nein, ich wüsste nicht, was ich ihm sagen soll«, gesteht Rose. »Und es könnte Sean ärgern.«

»Na ja, manchmal muss man handeln, ohne sich darum zu kümmern, was die anderen denken.«

Rose streicht mit den Fingerspitzen über die Schminkpalette auf ihrem Frisiertisch, ihre jüngste Errungenschaft, die sie zähe Verhandlungen mit Elisabeth bei einem Abstecher nach Manhattan zu Barneys gekostet hat. Ein Spleen, den Elisabeth schließlich hatte durchgehen lassen, damit ihre Tochter endlich still war. Rose bewundert die Farben und Pinsel der unangetasteten Palette bisher nur, wie wertvolle Schätze, die man nicht anzufassen wagt.

Seit Kurzem setzen ihr neue Probleme und Finessen zu, die sie nicht begreift. Sie hat keine Ahnung, wie man einen Jungen anspricht, noch weniger den Freund ihres großen Bruders, und das Ausmaß ihrer Unwissenheit verwirrt sie.

»Es stimmt, dass fünfzehnjährige Jungs Mädchen mit Erfahrung bevorzugen.«

Bei diesen Worten schrumpft Rose auf ihrem Stuhl zusammen.

»Das ist bei mir nicht der Fall.«

»Na ja, ich sage das nur so …«

Rose bemerkt einen ungewohnten Ton in der Stimme ihres Onkels, fast sarkastisch, den sie nicht zu deuten vermag. Aber sie ist nicht mehr in der Stimmung, über ihr Gefühlsleben zu sprechen. Sie friert in ihren schweiß-nassen Sachen und fürchtet, dass sich der eklige Geruch im Zimmer ausbreiten könnte.

»Gut, ich gehe duschen«, sagt sie und zieht ihr Sweat-shirt aus.

Das schwarze Bustier, das sie darunter trägt, schnürt ihre Brust ein, aber zeigt dennoch ihre Rundungen, und sie überrascht ihren Onkel dabei, wie er ihren entblöß-ten Körper anschaut, empört sich aber nicht.

Alle mögen Onkel John. Er ist so *anders*, anders auf eine Art, die Interesse weckt und Respekt einfordert. Seine Unangepasstheit und seine Eloquenz verbergen die dunklen Stellen seines Lebens sehr geschickt, die Auslassungen und Unstimmigkeiten in seiner Vergan-genheit, bei denen niemand wagt, unter die Oberfläche zu schauen. Und aus diesem Grund denkt sich Rose nichts dabei, als ihr Onkel ihr ins Badezimmer folgt, un-ter dem Vorwand, dass er ihr etwas zu erzählen habe.

2021

»Und dann kommt der Kellner zurück, ist leicht zerknirscht und sagt zu uns: ›Ich glaube, mit Ihrer Karte stimmt etwas nicht …‹«

Während Winston spricht, spielt er mit seinem Autoschlüssel, da fällt sein Blick auf den Schlüsselanhänger in Gestalt eines Frosches, und es folgt ein langes Schweigen. Winston nimmt es gleichgültig hin, erfüllt von einer sonderbaren Gelassenheit. Dann, als er den eiskalten Ausdruck seiner Frau bemerkt, zuckt er zusammen.

»Was?«

»Unwichtig.«

Mathilde steht schwungvoll auf, wobei das alte Sofa im Wohnzimmer ein klagendes Quietschen von sich gibt, und geht aus dem Raum, überlässt es ihrem Mann, das Gespräch zu beenden. Entgeistert nimmt Winston den noch warmen Platz neben sich wahr und wendet sich seiner Mutter zu.

»Was ist in sie gefahren?«

»Ah, Winston! Wir werden also wach?«

»Wie bitte?«

Elisabeth betrachtet ihn, ihre dünnen Finger umklammern ihre Teetasse. Sie hält sich tadellos gerade auf ihrem antiken Sessel mit dem verblichenen Stoff, und die Pastellfarbe ihres Blazers verschmilzt so stark mit der des Möbelstücks, dass ihr Kopf buchstäblich darüber zu schweben scheint. Wie lange sitzt sie schon da, mit ihrem heiligen Tee?

»Du hast uns erzählt, was letztes Wochenende bei Lazzatoni geschehen ist, und plötzlich hat es dir die Sprache verschlagen. Oder du hast vergessen, wie deine Geschichte endet … Wie auch immer, es scheint, als würden wir nie erfahren, wie sie ausgeht.«

Winston weiß, dass sie diese Möglichkeit nicht weiter stört, und er kratzt sich an der Nase.

»Ich war abgelenkt.«

Mit gerunzelter Stirn versucht er, einen Gedanken zu fassen und auszuformulieren, der schon seit einer Stunde einem Schmetterling gleich um ihn herumflattert, ohne sich niederzulassen.

»Erinnerst du dich an die Frösche, die Sean vom Bach mitbrachte?«

Dieser abrupte Themenwechsel überrumpelt Elisabeth, und ihr spöttischer Ausdruck verschwindet.

»Ich kenne die Liste all der Dummheiten deines Bruders nicht auswendig.«

»Er brachte sie klammheimlich mit und versteckte sie dann im Brotkasten. Oder in Papas Schrank.«

»Das überrascht mich bei Sean nicht.«

Aber was Winston beschäftigt, hat nichts mit den Fröschen zu tun, oder eher, es betrifft sie nur entfernt. Er dachte an seinen Bruder, als diese dreißig Jahre alte Erinnerung auftauchte und mit ihr ein flüchtiges Gefühl der Wehmut, und Winston bemüht sich seitdem, sein

Gedächtnis zu durchforsten, um zu verstehen, was ihn wirklich belastet.

Seine Konzentration verzerrt wohl seine Züge, denn Elisabeth neigt sich zu ihm und berührt sein Knie.

»Winston?«

Die plötzliche Nähe gibt Winston Gelegenheit, seine Mutter zu mustern. Sie ist nicht besonders gut gealtert, stellt er fest. Ihr kantiges Gesicht hätte mit den Jahren weicher werden, ihre hervorstehenden Knochen unter ein paar willkommenen Fettschichten zurücktreten sollen. Ja, Winston hat gedacht, sie würde mit den Jahren dicker werden, und diese fülligere Version seiner Mutter würde mit mehr Nachgiebigkeit und einer weniger harten Denkweise einhergehen.

Elisabeth, sagt er gern, nur halb im Spaß, werde sie noch alle begraben. Sie hat sich seit ihrer aller Kindheit so wenig verändert, dass man sie beinahe für unsterblich halten könnte. Sie ist so feingliedrig und unnachgiebig wie in seinen ältesten Erinnerungen. Und er, dem kleinen Jungen treu, der er einmal gewesen ist, fürchtet immer noch ihr Urteil, achtet weiter auf jede ihrer Reaktionen und wartet auf ihre Zustimmung.

Während er sie ansieht, bemerkt Winston, dass das Strahlen in ihren Augen erloschen ist, um eine so deutliche Sorge zu zeigen, dass er instinktiv zurückweicht. Dann spürt er die Hand seiner Mutter auf seinem Knie, und er empfängt den unerwarteten Körperkontakt mit einer Mischung aus Furcht und Dankbarkeit.

»Belastet dich etwas, Winston?«

»Nein«, lügt er, bevor er lasch hinzufügt: »Die Arbeit.«

Sie zieht ihre Hand zurück und nickt. Sie weiß, dass er lügt, wird es aber dabei belassen, denn Elisabeth ist niemand, der ein Geständnis herauspresst. Winston hat diese erwartungsfreie Zurückhaltung immer bewundert, die Zurückhaltung jener Menschen, die an Halbwahrheiten gewöhnt sind, und heute ist er ihr besonders dankbar, dass sie nicht nachhakt.

Er sieht Mathilde im Flur vorbeigehen und überlegt, zu ihr zu gehen. Elisabeth folgt seinem Blick, vielleicht auf der Suche nach Hinweisen, die sie auf die Spur dessen bringen können, was ihr Sohn sich weigert, ihr zu sagen? Denkt sie, dass es um einen einfachen Ehekrach geht? Dass ihr lieber Winston, ein Schönredner mit einem außerordentlichen Sinn für Gerechtigkeit und Kompromisse, ein gewöhnlicher Mann bleibt, der von Zeit zu Zeit seiner Frau auf den Geist geht? Oder ahnt sie, dass sich das Problem woanders verbirgt?

Elisabeth lässt mit erhabenem Ennui ihren Löffel in der Teetasse kreisen. Sie wäre eine respektable Gegnerin beim Pokerspiel, denkt Winston, und er fragt sich, wie sie die Hürde, vor der er steht, meistern würde. Man kann Elisabeth vieles vorwerfen – Winston führt eine Liste, die er regelmäßig ergänzt –, aber ihre Fähigkeit, die Beherrschung zu wahren, ist unerreicht.

Er hat keine Ahnung, wie sein vorzeitiger Ruhestand auf sie wirken wird. Wird sie entsetzt sein, wenn sie erfährt, dass ihr ältester Sohn auf dem Höhepunkt seiner Karriere entscheidet, alles hinzuschmeißen? Wird sie in dieser Entscheidung, deren Grund er für sich behalten will, ein rückwirkendes jugendliches Aufbegehren sehen? Oder den Beweis für seinen Wahnsinn? Winston weiß es nicht.

Die große Uhr auf dem Kamin zeigt bereits Viertel nach zwei an. Mathilde ist verschwunden, und das Wohnzimmer kommt ihm mit einem Mal schrecklich leer und still vor.

»Wir sollten das nächste Barbecue früher machen«, wirft er ein, um die belastende Leere zu füllen.

»Ich bin nicht die Veranstalterin der Feste, Winston«, hält ihm seine Mutter gelassen entgegen und stellt ihre leere Tasse auf den Beistelltisch. »Das Haus bietet nur den Rahmen.«

Ist es möglich, dass die Aufregung rund um diese Familienzusammenkünfte ebenfalls an ihren Nerven zehrt? Wäre sie nicht lieber den Beschäftigungen einer über siebzigjährigen Witwe nachgegangen, in Ruhe und Einsamkeit? Er selbst fühlt tiefe Müdigkeit bei dem Gedanken, sich mit jedem zu unterhalten und dabei so zu tun, als wäre alles in Ordnung.

Auf einmal ertönt eine schrille Melodie, und Winston begreift erst nach ein paar Sekunden, dass sie aus seiner Hosentasche kommt.

»Hallo?«, sagt er und springt auf.

»Mister Haynes, Jane Malroney, *Scarsdale News*.«

Winston wendet sich vom inquisitorischen Blick seiner Mutter ab.

»Mister Haynes?«, wiederholt die Frau am Ende der Leitung. »Sie sind wirklich schwer zu erreichen.«

»Es ist Samstag. Ich bin bei meiner Familie.«

Er geht in den Flur und dreht den Knopf der Eingangstür, betritt die Vortreppe. Ein paar Meter weiter, im Kies, der kreisförmig um den Eingang liegt, sitzt Thomas auf einem Kissen aus Laub und unterhält sich mit Dino-dem-Gauner.

Winston geht um ihn herum und zu den Bäumen.

»Ich weiß«, entgegnet die Journalistin, »aber mein Artikel erscheint am Montag, und ich wollte Ihnen die Chance geben, Stellung zu nehmen.«

»Veröffentlichen Sie ihn nicht, das ist die einzige Chance, die Sie mir geben können.«

Sein Ton ist eher flehend als kategorisch, und er hofft, dass die Journalistin es nicht bemerkt.

»Mister Haynes …«

»Diese Sache kann warten.«

»Das entscheiden nicht Sie.«

»Hatten Sie das im Sinn, als Sie entschieden haben, Journalistin zu werden?«, regt er sich plötzlich auf. »Die Karriere derjenigen zu zerstören, die sich bemühen, die Welt weniger ungerecht zu machen?«

Es ist ein armseliges Argument, das seine Position nur weiter schwächt. Winston schließt kurz die Augen, massiert sich die Stirn.

»Die Öffentlichkeit hat ein Recht, es zu erfahren«, sagt sie schließlich mit fast sanfter Stimme, die in Winstons Ohren vor Mitleid trieft.

»Die Öffentlichkeit sollte sich auf wichtigere Probleme konzentrieren. Und Sie auch!«

Und mit diesen Worten legt er auf. Dann wiegt er das Telefon in der Hand, besorgt um das Bild, das er soeben abgegeben hat, besorgt, dass er die Situation verschlimmert haben könnte und nichts mehr daran ändern kann.

»Wer war das?«

Winston zuckt zusammen und dreht sich zu Mathilde um, die ihn von der Vortreppe aus ansieht. Er hat sie nicht kommen hören und fürchtet, dass sie die Unterhaltung von Beginn an mitangehört hat.

»Niemand, jemand von der Arbeit.«

»Natürlich.«

In ihre Stimme mischen sich Sarkasmus und Enttäuschung. Er schaut zu, wie sie ihm die wenigen Stufen entgegenkommt, und legt über ihre Gestalt die der jungen Mathilde aus der Zeit, als sie sich kennenlernten. Mit plötzlich trockener Kehle geht er die zahlreichen körperlichen Veränderungen an ihr durch, die sich mit den Jahren und der Schwangerschaft vollzogen haben, und versucht, nicht emotional zu werden. Die silbernen Strähnchen, die nach und nach ihre einstmals leuchtend roten Haare durchziehen, die mütterlichen Rundungen an der Hüfte, die feinen Fältchen, die dieses freundliche Gesicht zeichnen, und die leicht hängende Haut ihres Dekolletés, das mit Leberflecken übersät ist. Dieser vertraute Körper, der zwar immer noch jung ist, dessen Verfall aber schon eingesetzt hat.

Winston ist kein besonders gefühlsbetonter Mensch, das zumindest hat er von seiner Mutter geerbt. Aber jeder Schritt, den er auf Mathilde zugeht, verstärkt sein Gefühl, dass ein Kapitel seines Lebens gerade dabei ist zu enden, und sein Herz schlägt schneller.

»Sollen wir zu den anderen auf die Terrasse gehen?«, schlägt er vor.

»Du bist es, der sich absondert. Ich bin nur hier, weil ich gehört habe, wie du laut wurdest.«

Sie wartet mit verschränkten Armen, in trotziger Haltung, aber Winston sieht Zweifel hinter ihrem Ärger, und er wirft sich vor, dass er sie weder beruhigen noch sein Verhalten erklären kann. Er kratzt sich am Hinterkopf, versucht, seine richterliche Selbstsicherheit wiederzubeleben, aber es fallen ihm keine tröstlichen Worte ein. Mathilde ergreift schließlich die Initiative.

»Sind wir nicht ein bisschen zu alt, um plötzlich Geheimnisse zu haben?«

»Es geht um die Arbeit, Mathilde.«

»Das ist also alles, was ich erfahre?«

Das ist mehr eine Feststellung als eine Frage, und Winston ruft sich mit Wehmut die Zeiten in Erinnerung, als sie jeden Streit mit Leichtigkeit im Bett beenden konnten. Nun würde jeder körperliche Kontakt als plumper Ablenkungsversuch angesehen, er bleibt also regungslos stehen, peinlich berührt von seinem eigenen Scheitern.

Winston besitzt nicht die feinen Züge seines Bruders, aber sein Charisma hat dies immer ausgeglichen. Nun fragt er sich, ob diese Eigenschaft sich nicht unbemerkt verflüchtigt hat, verdunstet wie die Bläschen aus einem Glas Champagner. Es fehlen ihm die Worte, seine Überzeugungen fallen in sich zusammen, und er erkennt sich schlicht nicht mehr wieder.

»Mathilde, vertrau mir.«

Das ist alles, was ihm einfällt, und ihm ist bewusst, wie belanglos diese Erklärung klingt, zudem einen Hauch paternalistisch, was Mathilde nicht unkommentiert lassen wird. Doch sie macht sich nicht einmal die Mühe zu antworten, und diese vordergründige Gleichgültigkeit bringt Winston aus dem Takt, der in ihren Augen zudem Resignation und Überdruss liest, die ihm fremd sind.

Sein Handy klingelt erneut, die Melodie zerreißt die Stille, aber er reagiert nicht.

»Du solltest rangehen«, fordert ihn Mathilde mit einem gezwungenen Lächeln auf. »Es ist bestimmt wichtig.«

Und sie dreht sich auf dem Absatz um. Traut sie ihm zu, eine Affäre zu haben? Hält sie ihn nach all den Ehejahren für narzisstisch und unreflektiert genug, eine Beziehung zu führen, die sein privates und berufliches Leben zerstören kann? Winston sträubt sich gegen diese Annahme, aber er kann sie auch nicht vollkommen ausschließen. Es graut ihm bei dem Gedanken, mit so einem Klischee in Verbindung gebracht zu werden, vor allem von seiner Frau.

Anstelle einer Anklage erkennt er in ihrem Verhalten Distanz, und er vermutet, dass er das Stadium, in dem ein Geständnis zählt, hinter sich gelassen hat. Und dieser Aspekt der Situation quält ihn am meisten. Dass die Wahrheit keinen Unterschied mehr macht. Weil er zu lange gewartet hat.

Er schaut Mathilde nach, die mit der stolzen Sicherheit, die Wut manchmal hervorruft, davongeht. Und er begreift, dass ihm trotz seines eigenen Schmerzes der

Ärger seiner Frau, ihre Empörung, ihre Ablehnung lieber sind als der Zusammenbruch, der seinem Geständnis folgen wird. Und Wut, das weiß Winston aus eigener Erfahrung, ist ein weit produktiverer Antrieb als Kummer.

Mit schwerem Herzen geht Winston zu den beiden alten Schaukeln, die seit vierzig Jahren an einem Ast der Eiche baumeln, und setzt sich auf die höhere, den Blick in die Zweige gerichtet. Ihr Vater hatte die Schaukeln für seine Töchter aufgehängt, und Winston kann sich nicht erinnern, seinen Hintern je auf ihre harte Oberfläche gesetzt zu haben. Aber in diesem Moment fühlt er eine so lebhafte Zugehörigkeit, eine so stechende Zuneigung zu der Erde unter seinen Füßen und dem Geruch von Rost und Holz der Schaukeln, spürt das Gewicht seiner Vergangenheit so deutlich, dass er sich an die Seile klammert, von Schwindel erfasst.

Ist das eines der Symptome? Er erinnert sich nicht mehr. Seine feuchten Handflächen rutschen an den Seilen ab, er beugt sich vornüber, erschrocken bei der Vorstellung, sich übergeben zu müssen. Das sieht ihm nicht ähnlich, sich so von Gefühlen überkommen zu lassen. Sein Talent besteht darin, Lösungen zu finden und gelassen mit Unvorhergesehenem umzugehen. Aber dieses Mal fehlt ihm die richtige Strategie. Und dieser Teil des Problems macht es so deprimierend. Er ist von vornherein besiegt.

»Du denkst also an deine jungen Jahre in kurzen Hosen?«

Rose, ein Glas Limonade in der Hand, neckt ihn mit einem müden Lächeln, und Winston versteht, dass sie ihn eher aus Gewohnheit, als aus Vergnügen provoziert. Sie ist wunderschön, denkt er, selbst in ihren zu freizügigen Kleidern und trotz ihrer Vorlieben, die noch keine Spuren hinterlassen haben. An ihrem verschwommenen Blick erkennt er, dass sie zu viel getrunken hat und die Limonade einen Versuch darstellt, bis zum Essen durchzuhalten.

Bei ihr weiß man auch nie, was sie denkt. Ihre Ansichten sind, wie die ihrer Mutter, außer Reichweite, geschützt vor denen, die geneigt wären, sie zu beeinflussen. Und in diesem Punkt kann er ihr die Vorsicht nicht verübeln. Vielleicht ist er manchmal herablassend gewesen als wichtiger und weiser Mann gegenüber seiner jüngeren, einfältigen, zu freizügigen und lauten Schwester. Im Grunde hat ihn Roses Meinung nie interessiert.

»Heute laufen alle mit Grabesmiene herum«, erklärt seine Schwester und kreuzt die Beine, nebenbei bemerkt eine merkwürdige Haltung für jemanden, der betrunken ist und das Gleichgewicht zu halten versucht.

Sie hat im Gegensatz zu ihm kein einziges graues Haar, was ihn bedrückt. Als Rose auf dem Gymnasium war, sagte Winston voraus, dass sie noch vor ihrem Abschluss schwanger würde und auf der Ladefläche eines nach Bier und Versagen riechenden Pick-ups oder in einem dieser Entzugszentren für Kinder von Reichen ihren Rausch ausschlafen würde, wo sie ihre Zehennägel lackieren und anderen wohlhabenden Kids zuhören würde, wie sie sich über ihre Eltern und ihr unverstandenes Leid beklagen. Sie hatte zu viel Leben in sich und schien unfähig, ihre Impulse zu kontrollieren. Sie hatte einen Freund nach dem anderen, Versager, von denen die meisten sehr von sich selbst eingenommen waren, sie trank und rauchte zu viel, fehlte in der Schule und widersetzte sich ständig ihrer Mutter. Doch sie hatte genug Verstand oder Glück – Winston scheute sich, seiner Schwester auch nur die geringste Kontrolle über ihr glückliches Schicksal zuzugestehen –, eine ungewollte Schwangerschaft und den Absturz in die Sucht zu vermeiden.

Sie hatte schließlich ihre Schullaufbahn abgeschlossen, auf dem Weg das Vorhaben, Tätowiererin zu werden, aufgegeben, hatte eine erste, dann eine zweite Arbeitsstelle gefunden und sogar einen passablen Typen aufgegabelt, einen Arzt mit gutem Ruf, der ihr mehr Zuneigung schenkte als all ihre Ex-Freunde zusammen. Mit sechsundvierzig raucht und trinkt sie immer noch, wenn auch moderater, und scheint in ihrer sonderbaren Firma für Kerzen aus Sojaöl Erfüllung gefunden zu haben.

Dass sie den Absturz, den Winston vorhersah, vermieden hat, überrascht ihn mehr, als er zuzugeben wagt. Aber vor allem verwirrt ihn ihre Beziehung zu ihrer Mutter. Die Spannung in jeder ihrer Begegnungen scheint sie sonderbarerweise zu verbinden wie ein toxischer Kleber, der zwei widerstrebende Materialien aneinanderheftet. Sie erinnern ihn an diese unpassenden Paare, die jedoch eine starke Verbindung haben und ihm den Eindruck vermitteln, sich zugleich schlecht zu verständigen und perfekt zu verstehen. Die beiden Frauen teilen etwas Tiefgehendes und Ungreifbares, das Winston schon immer gespürt hat, ohne es in Worte fassen zu können. Dieses stille Einverständnis verblüfft ihn, obwohl er sich bei der Arbeit täglich mit der Komplexität menschlicher Beziehungen auseinandersetzt. Dieses Rätsel entzieht sich ihm, vielleicht wegen seiner persönlichen Dimension, und er kann seine Schwester, die sich nicht darum kümmert, ob sie ihre Mutter beleidigt oder ihr gefällt, nur beneiden.

Rose lässt sich auf die Schaukel neben ihn fallen. Der Blumenduft ihres Shampoos steigt ihm in die Nase, und diese Frühlingsnote, zusammen mit den sommerlichen Temperaturen, dem fernen Zischen des Grills und dem Gesang der Vögel, erfüllt Winston mit unerklärlicher Traurigkeit. Rose lässt ihren Knöchel kreisen und neigt sich dann zu ihm.

»Ist Mathilde das Problem?«

Man kann ihr nicht nachsagen, dass sie um den heißen Brei herumredet. Überrascht zögert Winston, bevor er eine ehrliche Antwort gibt.

»Nein, nicht wirklich.«

»Sie ist stinksauer, kein Zweifel.«

Bei jemand anderem würden diese Worte ein diskretes Bohren nach Informationen nahelegen. Aber das ist nicht Roses Stil, und sie wirkt ehrlich besorgt, als ob das Gespräch, an dem sie teilnimmt, sie ausnahmsweise interessiert. Vielleicht weil die Reaktion seiner Schwester ihn erschüttert oder sie ihm plötzlich die Person zu sein scheint, die ihn am ehesten verstehen wird, beschließt Winston, ihr die Wahrheit zu sagen.

»Sie glaubt, dass ich etwas vor ihr verberge.«

»Und stimmt es?«

»Ja.«

Ohne aufzusehen, zeichnet sie mit ihrer Schuhspitze eine abstrakte Form.

»Sicher keine andere Frau.«

Winston unterdrückt ein Lächeln. Im Gegensatz zu Mathilde kennt seine Schwester die Linien, die er nicht überschreiten wird.

»Keine andere Frau, nein. Es betrifft niemand anderen als mich selbst.«

»Am liebsten wäre mir, es ginge um Bestechung, das würde dich endlich interessant machen, aber das ist es auch nicht.«

Er kann nicht sagen, ob sie ihn ablenken will, aber ihre Ironie funktioniert, er lächelt nun breit.

»Winston Haynes, bestechlich? Ich bitte dich!«

»Du hast gemerkt, dass du deine Arbeit hasst und du dich beim Forellenangeln mehr amüsierst.«

»Kälter.«

»Du hast herausgefunden, dass du ein Kind aus einer Affäre vom College hast.«

»Auch nicht.«

»Du bist schwul.«

Er schüttelt den Kopf.

»Du würdest gern das Geschlecht wechseln.«

»Rose!«

»Ich habe alles aufgezählt, was mir in den Sinn kommt. Zumindest das Spannendste.«

Sie zieht eine geometrische Form in den Staub, wartet darauf, dass er beichtet oder es dabei belässt. Was auch immer er entscheidet, sie wird keinen Anstoß daran nehmen. Wahrscheinlich um sie in die Enge zu treiben, um das Gefühl heraufzubeschwören, das er zuvor hat aufblitzen sehen und das sie so wunderbar menschlich macht, sagt Winston:

»Ich sterbe.«

»Das tun wir alle, Winston.«

»Na gut. Ich bin krank.«

Dieses Mal schaut sie auf und in Winstons Augen, der sich angesichts ihrer undurchdringlichen Miene fragt, ob sie nicht eine gewisse Erfahrung mit plötzlichen Geständnissen hat.

»Das wusste ich. Man muss total bescheuert sein, um in diesem Staat Republikaner zu sein.«

Versucht sie, den scherzhaften Ton der Unterhaltung aufrechtzuerhalten oder das Thema wegzuschieben? Rose hasst es, sich auch nur mit der kleinsten Verantwortung zu belasten. Winston stellt sich vor, wie sie ihr Gespräch zu dem Moment zurückverfolgt, als sie sich zu ihm auf die Schaukel gesetzt hat, und wie sie sich die verschiedenen Szenarien ausmalt, in denen sie sich seiner Beichte hätte entziehen können. Sicher bereut sie ihren Entschluss, ihm die Würmer aus der Nase zu ziehen, und nimmt ihm den Versuch übel, eine geschwisterliche Nähe wiederzubeleben, die seit Langem verkümmert ist. Einmal mehr würde sie sich gern entziehen. Was auch immer sie sagt, sie bleibt die unreife Jugendliche, die vor der Realität flieht, vor ihren Problemen, und nur hört, was ihr gefällt. Aber während Winston über das Ausmaß seiner Gutgläubigkeit sinniert

und über einen Weg, sich würdevoll herauszumanö-
vrieren, nimmt Rose seine Hand und umschlingt seine
schmalen Finger.

»Was auch immer es ist, Winnie, es wird nicht besser,
wenn du es für dich behältst.«

Winnie. Als Kind verabscheute er diesen Spitznamen,
aber aus dem Mund seiner Schwester klingt er zärtlich
und fühlt sich an wie ein Streicheln. Er drückt Roses
Finger, überrascht über die Wendung, die das Gespräch
nimmt, und bereut fast, es zu beenden.

»Jacquelyn wird sich fragen, wo wir bleiben. Wir sollten zu den anderen gehen.«

»Okay«, stimmt Rose zu, ohne zu insistieren.

Als er aufsteht, bemerkt Winston eines der Autos, die
in der Kieseinfahrt stehen.

»Wem gehört das Mercedes 280er Cabriolet?«

Rose zuckt mit den Schultern.

»Sean, nehme ich an. Das ist sein Stil.«

Winstons Gesicht verschließt sich, doch Rose bemerkt
es nicht.

»Papa hatte den gleichen«, sagt er. »Er ließ ihn uns sogar fahren, erinnerst du dich?«

»*Euch* ließ er fahren«, korrigiert sie ihn mit harter
Stimme. »Sean und dich.«

Winston nähert sich dem Wagen mit dem Gefühl, dass
Roses Blicke sich wie Pfeile in seinen Rücken bohren.
Seit sie erwachsen sind, spricht sie nur zurückhaltend
und mit vorsichtiger Distanziertheit über die Vergangen-
heit. In Anbetracht der Sorglosigkeit, mit der sie ihre
Kindheit und Jugend durchlebt hat, kann sich Winston ihr

Verhalten nicht erklären und ordnet es Roses zahlreichen Geheimnissen zu.

»Eine Schönheit«, sagt er gerührt, während er die makellose Karosserie bewundert.

Sein jüngerer Bruder ist nicht materialistisch veranlagt, und Winston sieht in ihm noch immer den Jugendlichen ohne Leidenschaften oder Sorgen, nachlässig attraktiv. Er kann sich nur schwer vorstellen, wie er sorgsam die Türen des Mercedes abwischt, um sie zum Glänzen zu bringen, und er kommt zu dem Schluss, dass er weniger das Fahrzeug als die Erinnerung wertschätzt.

»Es ist nur ein Auto, Winston.«

Aber die Wahl des Modells legt nahe, dass es sich um mehr als ein einfaches Transportmittel handelt. Selbst die Farbe, ein tiefes Grün, ist mit der des einst von ihrem Vater verehrten Gefährts identisch, und Winston sieht ihn wieder am Steuer sitzen, entspannt, glücklich und sprühend vor Leben.

Winston hat keine Ahnung, wie hoch der Wert des Mercedes vor ihm ist, aber er vermutet, dass er sich seit den Siebzigerjahren verdreifacht hat, als ihr Vater seinen gekauft hat. Dann packt ihn die unwiderstehliche Lust, in das Auto zu steigen, Gas zu geben und mit einem lauten Knirschen im Kies davonzurasen. Er würde die Einfahrt seiner Kindheit ohne Rücksicht auf die Geschwindigkeitsbegrenzung verlassen – was er, seit er vor vierunddreißig Jahren seinen Führerschein bekommen hat, nie gewagt hat –, vielleicht würde er auf dem Weg sogar ein paar Blumen am Seitenrand platt fahren. Die der alten McCornick, die damals eine diebische Freude daran hatte, Gerüchte zu streuen und die Leute hinter ihrem Rücken zu kritisieren. Sie ist sicher schon verstorben, genauso wie ihr unerträglicher Pudel, aber der Gedanke, ihr Gespenst zu empören, amüsiert ihn.

»Wenn er so eine Wirkung auf dich hat, frag doch Sean, ob er dir die Schlüssel leiht«, sagt Rose ungeduldig.

Wenn es sein Mercedes wäre, würde Winston niemandem die Schlüssel geben, erst recht nicht seinem leichtsinnigen jüngeren Bruder. Aber Sean würde, was seinem Charakter Ehre erweist, keine Einwände haben, seinem Bruder das Steuer zu überlassen. Er würde seine Fahrweise nicht kritisieren, und Winstons brutale Manöver wie die Manie, voreilig zu bremsen, wären ihm egal. Vor allem würde er sich jeglichen demütigenden Kommentar ersparen, im Gegensatz zu ihrem Vater oder Mathilde, denn Seans Gedanken trägt es, wie bei allen sorglosen Menschen, nur dorthin, wo sie Anlass zur Freude finden.

»Gut, ich überlasse dich deiner Angebeteten.«

Roses Stimme holt ihn in die Wirklichkeit zurück, sie klingt so ärgerlich wie zuvor die seiner Mutter und seiner Frau, und Winston fragt sich, wie lange er die Frauen in seiner Umgebung schon so aufregt.

1987

»Steig ein, Rose!«

Der Wagen bleibt auf ihrer Höhe stehen, und Rose tritt näher, mit der Hand die Augen beschirmend, um den Fahrer zu sehen. Sie hat seine Stimme ohnehin erkannt. Am Steuer zwinkert John ihr zu.

So wie sie ihn kennt, hat er sich wahrscheinlich nicht die Mühe gemacht, ihrem Vater Bescheid zu geben, dass er sich seinen Wagen ausleiht. Das Hupen hinter ihm ignorierend, öffnet John die Beifahrertür.

»Beeil dich«, gebietet er der Jugendlichen.

Beim Anblick der länger werdenden Schlange von Autos, die gezwungen sind abzubremsen, klettert Rose auf den Beifahrersitz. Sie wirft ihren Schulrucksack auf die Rückbank und hat kaum die Tür zugezogen, als John lospescht. Er fährt sehr schnell und macht einen Schlenker, um einem Opossum auszuweichen, aber sein Elan ist ansteckend, und Rose lässt sich zu einem Lächeln hinreißen, berauscht von dieser spontanen Spritztour. Plötzlich bedauert sie, dass die Mädchen aus ihrer Klasse sie nicht in Gesellschaft dieses attraktiven Freigeists sehen können. Onkel Johns Vorzüge wirken bestimmt auf viele Frauen anziehend, vermutet sie, und ihr Herz füllt sich mit Stolz bei dem Gedanken, dass er beschlossen hat, seine freie Zeit mit ihr, Rose, zu verbringen.

Sie spielt eine Weile an den Radioknöpfen herum und hält inne, als sie den Text des Songs *Should I Stay or Should I Go* von The Clash hört, den sie mit begeistertem Fingerschnipsen begleitet. Der folgende Song, langsamer, gefällt ihr weniger, doch als sie den Sender wechseln will, packt Onkel John ihr Handgelenk.

»Lass.«

Er beginnt, mitzusummen und mit dem Kopf zu wippen, nur halb auf die Straße konzentriert, aber seine gute Laune beruhigt Rose, die beschließt zu vergessen, wie grob er sie angefasst hat.

»*The Sweetest Taboo*«, sagt er. »Ich liebe diesen Song.«

»Er ist nicht besonders temporeich«, merkt Rose an.

»Diese Sade hat eine so sinnliche Stimme.«

Und da Rose nichts erwidert, fährt er fort:

»Was ist das für dich, das süßeste Tabu?«

»Das, worauf sie in ihrem Song anspielt?«

»Nein. Dein eigenes.«

Darüber hat Rose noch nie nachgedacht.

»Und?«

Er trommelt auf das Lenkrad, als wäre er ungeduldig, und Rose fühlt sich gezwungen zu antworten.

»Ich weiß es nicht. Die Balenciaga-Brille meiner Mutter zu benutzen.«

Onkel John lacht, und Rose entspannt sich, erleichtert über seine Reaktion.

»Ist das alles?«, fragt er, während er mit einem schnellen Ruck am Lenkrad in eine enge Kurve fährt, sodass Rose gegen die Wagentür geworfen wird.

»Sie würde mich umbringen.«

»Aber das ist kein wirkliches Tabu«, hält er dagegen.

»Es ist verboten«, erwidert Rose, ohne recht zu wissen, worauf er hinauswill.

»Ein Tabu bezeichnet eher eine Praxis«, erklärt Onkel John in belehrendem Tonfall.

»Natürlich«, sagt Rose, darum besorgt, ihre Unwissenheit zu verbergen.

»Es ist zum Beispiel für Juden oder Muslime tabu, Schwein zu essen. Sie würden es nicht wagen, diese Regel zu brechen, die in ihren Augen entscheidend ist. Nicht alle Tabus betreffen uns gleichermaßen.«

»Ja …«

»Und dann gibt es welche, die nicht so schlimm sind, wie man glaubt.«

Rose spielt am Saum ihres T-Shirts, das Fäden zieht. Sie scheut davor zurück, ihre Mutter zu bitten, es auszubessern. Aus Erfahrung weiß sie, dass diese die Gelegenheit beim Schopf packen wird, um ihr eine langweilige Predigt über ihre Schlampigkeit zu halten. Auf einmal hat die Jugendliche das Bedürfnis, an dem Faden zu ziehen, bis der Saum komplett aufgetrennt ist. Sie stellt sich auch vor, wie sie die Ärmel zerreißt, nur um zu sehen, was die heilige Elisabeth dazu zu sagen hätte.

»Ist etwas?«, erkundigt sich Onkel John, der die hauchzarte Veränderung im Verhalten seiner Nichte bemerkt.

»Ich hasse diese Uniform.«

»Ach, hör auf, so schlimm ist sie nicht. Auf jeden Fall steht sie dir gut.«

»Wir sehen alle gleich aus. Wie Klone. Das ist bescheuert.«

»Nicht meine königliche Zauberin. Sie weiß, dass sie hervorsticht.«

Rose errötet und senkt den Kopf. Man kann immer darauf zählen, dass Onkel John ein paar aufbauende Worte parat hat. Für ihn ist das Glas immer halb voll. Rose fragt sich, woher er eigentlich die Kraft für so viel Optimismus nimmt. Sie kann sich nicht erinnern, ihn jemals traurig gesehen zu haben. Er wirkt so viel zufriedener als all die Erwachsenen, die so schwach waren, ein geordnetes Leben zu wählen.

»Als Alastair und ich auf der Schule waren, gab es da dieses Mädchen, Bella, die ihre Bluse über dem Bauchnabel verknotete.«

Onkel John lächelt wehmütig.

»Das hat uns ganz schön gefallen. Das gefiel im Übrigen allen Jungs der Schule.«

Rose kann sich ihren Vater nur sehr schwer als Teenager ausmalen, der sich für die Kleiderstrategien einer Fünfzehnjährigen begeistert, aber es ist lustig, sich ihn an der Seite seines Bruders vorzustellen, wie er seine Aufregung teilt, zu einer Zeit, in der er noch nicht alles kontrollierte und es ihm sicher auch egal war.

»Das könntest du auch machen«, sagt er.

Sie haben den Wald verlassen und nehmen eine Abfahrt, die zum Parkplatz eines Wendys führt. Rose hat keinen Hunger, und auch wenn sie Elisabeths Empfehlungen für gewöhnlich zurückweist, ist ihr daran gelegen, schlank zu bleiben.

»Mom tischt um Punkt sieben das Abendessen auf. Wir sollen vorher nichts essen«, sagt sie.

»Na, dann behalten wir diesen Verstoß eben für uns, hm?«

Er zwinkert ihr zu.

»Ich bin nicht besonders hungrig, Onkel John.«

»Aber ich! Na los, du wirst mich doch nicht allein essen lassen?«

War das von Beginn an das Ziel?, fragt sich Rose. Hat er das Auto nur genommen, um sich eine Stunde vor dem Essen den Appetit zu verderben? Rose begreift, dass er nicht nur, wie sie lange Zeit glaubte, einen lockeren Umgang mit gesellschaftlichen Konventionen pflegt, er kümmert sich überhaupt nicht darum.

»Also, einen Burger für Ihre königliche Zauberin?«

Rose zuckt mit den Achseln, unfähig, ihrem Onkel eine eindeutigere Abfuhr zu erteilen.

Er fährt in den Drive-in und öffnet das Fenster, um zu bestellen. Er rollt ein paar Meter vor, scherzt kurz mit dem Mitarbeiter, wobei Rose das Ende des Wortwechsels nicht hört, und nimmt dann ihr Essen entgegen. Er beißt so gierig in seinen Burger, dass Rose wegschaut und ohne Überzeugung ihren eigenen probiert, voller Schuldgefühl, weil sie nicht Nein sagen kann.

»Lass uns aufpassen, dass Elisabeth keine Krümel sieht«, sagt John und wischt über Roses T-Shirt.

Seine Hand bleibt kurz auf ihrer linken Brust liegen, Rose erstarrt. Dann dreht John den Schlüssel im Zündschloss und fährt pfeifend los. Seine Geste war ein Versehen, versucht sie sich einzureden.

»Auf geht's, nach Hause!«, ruft er. »Es bleiben uns fünfundvierzig Minuten bis zum abendlichen Festmahl.«

»Ich werde nichts runterbekommen«, klagt Rose.

»Ach was, das schaffst du schon. Deine Mutter soll ja schließlich nichts von unserem kleinen Ausflug erfahren.«

»Okay«, kapituliert Rose mit dem Gefühl, einer Vereinbarung zuzustimmen, deren Bedingungen sie nicht verstanden hat.

2021

Elisabeth schaut der Salatschüssel hinterher, die mit aufreibender Langsamkeit von Hand zu Hand geht. Wenn *sie* dieses Fest organisiert hätte, Familie hin oder her, wäre ihr nie in den Sinn gekommen, so vorzugehen. Dieses Chaos bringt sie zur Verzweiflung. Die Platten schlagen klirrend gegeneinander, werden in verschiedene Richtungen weitergereicht, werden in die Mitte des Tisches gestellt, bevor sich jeder bedienen konnte. Was die Gäste betrifft, die die Tischdecke bekleckern und ungleiche Portionen übrig lassen, so bedienen sie sich ohne Sinn für Manieren. Es gibt zu viel Auswahl, um niemanden vor den Kopf zu stoßen, und die Anordnungen auf den Tellern zeugen von Diätzwängen, die Elisabeth für absurd hält.

Zu der Zeit, als sie als Gastgeberin am Kopf der Tischgesellschaft saß, erwartete Elisabeth, dass ihre Gäste aßen, was man ihnen vorsetzte, ohne viel Aufhebens. Sie verachtete die Frauen, die nichts anrührten, weil sie angeblich auf Diät waren – sollen sie doch bei sich zu Hause hungern, aber nicht bei ihr –, und betrachtete diejenigen, die gierig ihr Essen verschlangen, mit der gleichen Abscheu.

Die Zeiten haben sich geändert. In ihren Augen passt der Ausdruck »entspannt« allenfalls auf einen Männerabend im Bistro an der Ecke. Familienzusammenkünfte sollten einen gewissen Glanz ausstrahlen und bestimmten Regeln folgen, die für den harmonischen Verlauf eines Essens notwendig sind. Aber offenbar irritieren diese Verstöße gegen die Traditionen nur sie. Es scheint so, als ob sich niemand darum kümmert, die Speisen in der richtigen Reihenfolge zu essen, Bier und Wein nicht zu mischen, seinen Appetit zu zügeln und nicht mit vollem Mund zu sprechen. Eine solche Verrohung der Umgangsformen betrübt sie, aber sie verkneift sich jede Bemerkung in dem Bewusstsein, dass ein Streit diese wenigen gemeinsamen Stunden ruinieren würde, und vor allem weiß Elisabeth, dass sie von unabhängigen Erwachsenen umgeben ist, denen sie ihre Prinzipien nicht mehr auferlegen kann.

»Ein bisschen Romanasalat mit Mango und Sojasprossen, Mom?«

Was ist das denn für eine Abartigkeit?, fragt sich Elisabeth, bemüht, ihr Entsetzen vor ihrer Tochter zu verbergen, die ihr geduldig die Schüssel entgegenstreckt, ein breites Lächeln auf dem stets liebenswürdigen Gesicht. Zumindest hat Jacquelyn so viel Geschmack, gesunde und ausgeglichene Kost zuzubereiten. Ihr Vorgehen entspricht nicht den Regeln, die ihre Mutter einst gepredigt hat, aber sie ist eine fabelhafte Köchin. Auch wenn Elisabeth für gewöhnlich wenig Achtung für Frauen empfindet, deren größte Begabung darin besteht, anderen die Bäuche zu füllen. Eine Frau kocht, weil es ihre Pflicht ist, nicht zum eigenen Vergnügen.

Ihre Familie überrascht sie immer wieder, denkt sie und betrachtet ihre Enkelin, die auf ihrem Handy herumtippt. Niemand scheint Anstoß an ihrem Aufzug zu nehmen – ihr fehlender Aufzug wäre passender –, und auch wenn Elisabeth weiß, dass es ein informelles Essen ist, erzürnt sie Naomys Unschicklichkeit.

Die Körper der Mädchen verändern sich immer über Nacht, ohne Vorwarnung, und es erwischt die Mütter kalt. Sie erinnert sich an die tausend Sorgen, die ihr Roses und Jacquelyns Verwandlung bereitet haben, und die vergeblichen Maßnahmen zu ihrem Schutz.

Sie fragt sich, wie Jacquelyn diese Veränderungen empfindet, wo sie doch alles fürchtet, was sich ihrer Kontrolle entzieht. Sie wirkt vollkommen gelassen, dort am Kopfende des Tisches, so fröhlich wie ein kleines Mädchen auf seiner Geburtstagsfeier.

Hinter dem Verhalten ihrer ältesten Tochter, das Elisabeth in den Wahnsinn treibt, erkennt sie das Ausmaß eines nie ausgeschöpften Potenzials, wofür sie sich vollkommen verantwortlich fühlt. *Das Lächeln einer Frau ist ihre stärkste Waffe!*, hat sie ihren Töchtern eingebläut, die gleichen abgedroschenen Klischees weitertragend, die sie sich geschworen hatte, über Bord zu werfen, weil ein Teil von ihr, ohne dass sie gewusst hätte, wann oder warum, zu zweifeln begonnen hatte.

Alastair hat sie nicht wegen ihrer schönen Zähne geheiratet. Nun, er ist nicht mehr da, um es zu bestätigen, aber das steht fest. Elisabeth schenkt ihrer Umgebung so oft ein Lächeln, wie sie Komplimente verteilt: selten. Sie hatte nicht die gleichen Karten wie ihre Töchter. Ihr Kampf ist anders als ihrer, oder eher: Es gibt keinen.

Warum also wirken die Existenzen, die sie führen, auf Elisabeth, als seien sie gescheitert?

Rose hat immer auf ihre Schönheit gesetzt, die bereits verblüht. Hat sie in ihrem Alter immer noch nicht begriffen, dass nichts einer Frau mehr schadet, als ihr zu explizites Bedürfnis, gesehen zu werden? Oder will Rose einfach nur ihre Mutter schockieren oder enttäuschen?

Neben ihr sitzt Raj konzentriert vor seinem Teller, langsam kauend. Zu ihrer großen Überraschung mag Elisabeth ihn. Sie findet ihn weit weniger nervtötend als ihren anderen Schwiegersohn und so anders als ihre eigenen Söhne. Er ist zuvorkommend, ohne kriecherisch zu sein, diskret, aber nicht unsichtbar, und seine Umsicht erinnert an althergebrachte Manieren, für die sie eine Vorliebe hegt. Schließlich stammt er aus einer Kultur, die die Alten wertschätzt, überlegt sie, auch wenn sie nichts von indischen Gepflogenheiten und Traditionen versteht. Und auch wenn man ihr erklärt hat, dass Raj in den USA in einer wohlhabenden Umgebung geboren und aufgewachsen ist, stellt sie sich weiterhin vor, wie er als Kind barfuß, aber würdevoll durch die schlammigen Straßen eines Ghettos von Mumbai lief.

Sie wird den Gedanken nicht los, dass ihre Tochter aus der Lust an der Provokation ein Auge auf ihn geworfen hat. Um sich über die Prinzipien hinwegzusetzen oder sich über die Erwartungen ihrer Mutter zu mokieren. Mit diesem dunkelhäutigen Fremden, der nicht einmal an Gott glaubt.

»Ich möchte einen Toast aussprechen«, verkündet Lucas und lässt sein Glas klingen.

Eine weitere Marotte, die an Elisabeths Nerven zehrt. Was gibt es zu feiern, wenn nicht die flüchtige und willkommene Stille, die auf die erste Runde Speisen folgt?

»Auf meine Frau, für dieses wunderbare Fest, das sie für uns organisiert hat …«

Elisabeth hört nicht mehr zu und lenkt ihre Aufmerksamkeit auf die Gesichter am Tisch. Naomy interessiert sich ebenso wenig wie sie – und weit weniger taktvoll – für das Gerede ihres Vaters. Links von ihr zeigt Emma ihre üblichen nervösen Ticks: angespanntes Lächeln, starre Haltung, ausweichender Blick. Während Elisabeth die Kunst des äußeren Scheins perfekt beherrscht und sich Tag für Tag eine Persönlichkeit überstülpt, die nicht die ihre ist, scheitert Emma daran, ihre Gefühle zu verbergen. Ihre fehlende Selbstsicherheit ist so auffällig wie trostlos. Was findet Sean nur an ihr? Sie ist hübsch, sicher, aber fade. Sean braucht eine Partnerin, die genauso waghalsig und spontan ist wie er, überlegt sie, obwohl sie sich bewusst ist, dass eine Mutter oft die Letzte ist, die weiß, wonach ihrem Sohn der Sinn steht.

Etwas in der kurzen Unterhaltung mit ihrer Schwiegertochter hat sie vorhin aufhorchen lassen. Ein flüchtiger Eindruck, der sie sofort in Alarmbereitschaft versetzt hat. Emma isst ohne Appetit, scheint zittrig. Sie ist nicht nur nervös, stellt Elisabeth fest, sie hat Angst.

Am anderen Ende des Tisches dreht die junge Frau den Kopf, ihre Blicke treffen sich, und sie wird rot. Sie verhält sich wie eine Frau, die ein Geheimnis hat, und als sie das Glas Wein erblickt, das diese abstellt, ohne davon getrunken zu haben, glaubt Elisabeth zu verstehen, worum es sich handelt.

Sean hört der Rede seines Schwagers zu, mit dem zugleich abwesenden und staunenden Gesichtsausdruck, der seit seiner Kindheit typisch für ihn ist. Es ist unangemessen, wenn nicht riskant, seine ganze Persönlichkeit zu offenbaren, vor allem seinem Partner. Gott bewahre, sie und Alastair haben diesen Fehler nicht gemacht, denkt die alte Dame und schaut zu Rose.

Ihr Teint ist hübsch gebräunt, und ihre kastanienbraunen Locken liegen harmonisch um ihr Gesicht. Abwesend schiebt sie ein Stück Gemüse auf ihrem Teller hin und her, was ihre Langeweile verrät. Von ihren vier Kindern ist sie diejenige, die Elisabeth am schwersten durchschauen kann, da sie die Einzige ist, die gelernt hat, sich zu verstecken.

Sie war schon immer frühreif gewesen. Weil sie ein aufmerksames Kind war. Und da sie sich so schnell entwickelte, kam Elisabeth später zu dem voreiligen Schluss, dass sie wüsste, woran sie ist. In dem Moment begegnen sich ihre Blicke, und Elisabeth spürt, wie ihr Herz schneller schlägt. Wie viele stumme Rufe, wie viele Zeichen hat sie übersehen oder falsch gedeutet im Laufe der Jahre?

Sean betrachtet reihum seine Geschwister. Jacquelyn hat nur Augen für ihre Speisen, verfolgt ihren Zickzackkurs zwischen den Gästen. Winston schaut finster, zerbricht sich sicher den Kopf über die anstehenden Termine, darüber, welchen er oberste Priorität einräumt und welche er vernachlässigen kann, wie seinen Bruder, dem er immer gern ausweicht.

Neben ihm sitzt Rose, die ihre Beine übereinanderschlägt und wieder nebeneinanderstellt, während sie an ihrem Armband herumspielt. Ihre Ungeduld macht sie hibbelig, und diese Unruhe schürt die Nervosität ihres Bruders. Sie konnte die tristen und aufgesetzten Gespräche bei ihren Familienessen noch nie ausstehen. Rose beißt sich mit dieser harmonischen Umgebung, obwohl sie von allen die Schönste ist, die Authentischste. Melancholisch lässt Sean seinen Blick zum Pool wandern.

Ihr Vater hatte ihn Mitte der Achtzigerjahre bauen lassen, und Sean versucht zu schätzen, wie viele Partys er dort veranstaltet hat. Wie viele Flaschen Alkohol sind dort unter dem Gelächter hormongesteuerter Teenager geleert worden? Welche Geheimnisse, welche Versprechen sind ausgetauscht worden? Und was ist heute noch davon übrig?

Nathalie Derby. Das erste Mädchen, das er mit nach Hause brachte, an einem Wochenende, als seine Eltern nicht da waren, und mit dem er seine Unschuld verloren hat. Sonderbar, dass er sich an ihren Namen erinnert. Ihr Gesicht, ihre Stimme, ihre Figur, was sie an dem Abend gesagt hat, all das ist seit Langem aus seinem Gedächtnis gelöscht. Sie war nicht seine Freundin. Nur eines dieser unglücklichen Mädchen mit wenig Selbstbewusstsein, die mehr oder weniger alles mit jedem zuließen. Sean hatte das, wie viele andere, ausgenutzt. Er fragt sich, was aus ihr geworden ist, vertreibt den Gedanken dann aber. Zu der Zeit, als er seine ersten Erfahrungen machte, war Emma nicht einmal geboren. Solche Überlegungen haben die Macht, Sean zu deprimieren, also lässt er davon ab, um seine Mutter zu betrachten. Elisabeths Anblick, die umsichtig ihren Löffel zum Mund führt, macht ihn stutzig, denn zum ersten Mal wirkt sie zerbrechlich auf ihn.

Bislang sind es nur Kleinigkeiten. Langsamere Bewegungen, ein Zögern, wo es vorher keines gab. Einfache Aufgaben, die vernachlässigt werden. Staub, der sich auf den Möbeln sammelt, vergessene Rechnungen. Banale Unachtsamkeiten, die für sich genommen nichts Alarmierendes haben. Die aber gehäuft und auf die Dauer eine andere Realität enthüllen werden.

Es ist dumm, aber Sean hat nie geglaubt, dass seine Mutter alt wird. Er kann sie sich nur als die unnachgiebige und selbstständige Frau vorstellen, die er seit jeher kennt. Die mit über siebzig ohne Hilfe gärtnert, kocht und einkauft. Er kann sich unmöglich vorstellen, wie sie von irgendjemandem Hilfe annimmt, und doch versteht Sean, dass dieser Tag kommen wird.

Erneut wandern seine Gedanken zum Pool, und er sieht sich wieder mit sechzehn, glücklich und ungeniert. Die Sorglosigkeit dieser jungen Jahre fehlt ihm, die Zeit, in der ihm noch alles möglich erschien. Sean erschauert bei dem Gedanken, einer dieser jämmerlichen Männer zu sein, die unwiderruflich in ihrer goldenen Highschoolzeit feststecken und ihrem Titel als Kapitän der Footballmannschaft und ihren ehemaligen

Eroberungen nachtrauern; ewige Teenager, deren größte Errungenschaften sich dreißig Jahre später auf diese flüchtige Beliebtheit beschränken.

Im Vergleich zu seinen Geschwistern war Sean ein mittelmäßiger Schüler. Sogar Rose, die sich kaum fürs Lernen interessierte, brachte bessere Zeugnisse nach Hause. Lange Zeit hatte Sean dem keine Bedeutung beigemessen, zufrieden mit seiner Auszeichnung als hübscher Kerl und Sportskanone, überzeugt, dass das Alter und das echte Leben im Grunde nur die anderen etwas anging.

Bedenken meldeten sich zunächst nur vereinzelt. Als sein bester Freund eine Spritztour mit der Begründung ablehnte, er müsse für die Zulassungsprüfung fürs College lernen. Oder als sein Footballcoach ihn beiseitenahm, um ihm zu verstehen zu geben, dass er sicher genug Talent habe, um die Gunst der Cheerleader und ein paar Artikel in der Lokalpresse zu bekommen, aber nach der Highschool keine Karriere daraus folgen werde. Oder als Marisa Luther, seine erste feste Freundin, ihn sitzen ließ, weil es ihm in ihren Augen an Ehrgeiz fehlte.

Natürlich gab es eine Welt nach der Highschool, eine Welt außerhalb ihrer Stadt, aber sie war etwas Abstraktes, um das Sean sich nicht kümmerte. Und als die Monate vergingen, kam er nicht mehr umhin festzustellen, dass die anderen sich sehr wohl darum kümmerten. Und dass diese Zukunft, die sie planten, ihn nicht mit einschloss. Alle schienen zumindest eine ungefähre Vorstellung von der Richtung zu haben, die sie einschlagen, von der Gestalt, die sie ihren Träumen geben wollten. Abgesehen von Sean, der nicht wusste, was er anstreben sollte, da er doch bereits alles hatte.

Er war Teil einer wohlhabenden Familie, bei guter Gesundheit und attraktiv. Es hatte ihm nie an etwas gefehlt, und er war genügsam. Dieses Gleichgewicht zwischen Chips, Mädchen und Videospielen hätte ihm für den Rest seines Lebens gereicht. Im Vergleich erschienen ihm der Alltag und die Sorgen der Erwachsenen weit mühseliger.

»Ich könnte Sporttrainer werden«, hatte er bei einem unangenehmen Zwiegespräch mit Alastair gesagt.

Dieses Vorhaben überzeugte seinen Vater nicht. Der Status ihrer Familie verlangte ein Studium an einer angesehenen Universität, ein einschüchterndes Diplom und einen verantwortungsvollen und wichtigen Posten. Denn das ganze schöne Programm führte zur Macht, und es war unerlässlich, welche zu besitzen. Das war Alastairs Standpunkt, und es wäre Sean nicht in den Sinn gekommen, ihm zu widersprechen.

Zu der Zeit fing er an, Cannabis zu rauchen. Jedes Mal, wenn die Zweifel über seine Zukunft an ihm nagten, schob Sean sie in irgendeinen Winkel seines Hirns und vertagte jede ernsthafte Überlegung. Er würde am Ende schon seinen Weg finden, er würde sich vor ihm abzeichnen, wie alle Gewissheiten. Er würde sich nicht verrückt machen lassen und seine Highschooljahre damit verschwenden, nach einer Lösung zu suchen, die früher oder später glasklar vor ihm auftauchen würde.

Edward McCabe aus seinem Geschichtskurs, dessen großer Bruder in seiner Freizeit mit Gras dealte, wurde sein Lieferant, auch wenn Sean ihn nicht so betrachtete. Für ihn war Edward nur ein Kumpel, mit dem er abschalten konnte. Ihre geteilte Vorliebe für Haschisch hatte sie einander nähergebracht, denn auch wenn sie auf dieselbe Schule gingen und in derselben Stadt wohnten, kamen sie aus sehr verschiedenen Welten.

Edward lebte mit seinem Bruder und seinem Vater in einer kleinen Wohnung, zwei Straßen von der Tankstelle entfernt, die Letzterem, einem ehemaligen Feuerwehrmann, gehörte. Seine Mutter, die anscheinend nicht mehr Teil des Bildes war, erwähnte er nie. Sein Vater verdiente anständig, auf jeden Fall genug, um seine Söhne auf eine Privatschule zu schicken, aber er selbst hatte nie studiert. Er war ein einfacher Mann, dessen politische Ansichten und Ziele nicht die der Mehrheit der Bewohner des Viertels widerspiegelten, aber er war ehrlich und sympathisch. Es gab Gerüchte über ein früheres Alkoholproblem – ein möglicher Grund für seinen vorzeitigen Austritt aus der Feuerwehr? –, aber auf Sean wirkte er wie ein stabiler, geradliniger Typ, der Respekt einflößte.

Auch Alastair flößte Respekt ein, auf andere Art. Einen mit Angst gefärbten Respekt. Nicht die Art von Respekt, die man Menschen entgegenbringt, denen man nacheifert. Für Sean hatten er und sein Vater eine rein erbliche Verbindung, er bezweifelte, dass dieser sich in ihm wiedererkannte.

Er besuchte also Edward zu Hause, und sie rauchten, während sie Actionfilme oder, wenn sie wirklich bekifft waren, an die Decke schauten. In diesen Momenten in vollkommener Schwebe beneidete Sean Edward um seinen Alltag, die männliche Kameradschaft, die in seinem Zuhause herrschte, seine Zukunft, die das Leben seines Vaters kopieren würde, diesen natürlichen und bequemen Fortgang, überzeugt, dass sein Freund sich nichts anderes wünschte und dass dieses vorgezeichnete Schicksal ihn von einer Last befreite. Sean war sich sicher, dass nur die Reichen immer mehr wollen. Dass nur die ewig Unzufriedenen wie sein Vater nach Besserem streben. Also war er neidisch auf dieses Heim, in dem Geld, Prestige und Macht nicht die Hauptsorge waren, denn alle lebten sehr gut ohne sie. Edward war die beruhigende Konstante, an die er sich hängen konnte. Edward würde in der Stadt bleiben, das Geschäft seines Vaters übernehmen, Joints rauchen und bis zur Rente dieselben Filme schauen, ein Mädchen aus der Gegend heiraten. Und dieses Szenario tröstete Sean, denn es bewies, dass man ohne Ehrgeiz ein glückliches Leben führen konnte.

Er hatte nicht geahnt, dass Edward hinter seiner Wand aus Rauch nachdachte. Dass er seine Gefühle vor allem deshalb nicht teilte, um seinen Kumpel nicht zu nerven. So entgingen Sean etliche Wahrheiten, da er zu beschäftigt damit war, die vermeintlichen Vorteile von Edwards Leben aufzuzählen. Er bemerkte zum Beispiel nicht, dass in der winzigen Wohnung seines Freundes, die er viel einladender und geselliger fand als sein eigenes Haus, aus jeder Ritze die Trauer, die Wut und der Kummer dreier Männer drangen. Dass die Stille darin manchmal so schwer lastete, dass Edward glaubte, ersticken zu müssen, und dass er vor allem deshalb rauchte, weil er seine Not lindern wollte. Dass die verbliebenen Familienmitglieder kaum miteinander sprachen, weil sie nicht mehr wussten, was sie sich sagen sollten. Und dass Edward, solange sie unter einem Dach lebten, die Abwesenheit seiner Mutter nie würde verwinden können.

Sean hatte also nicht vorausgesehen, dass auch sein Kamerad an einer Zukunft feilte, in der er eine aktive Rolle spielen würde, und dass er nicht plante, sein Leben in dem Kaff zu verbringen, in dem er geboren war.

»Ich habe eine Idee für ein Patent«, erklärte Edward eines Tages, während er mit hinter dem Kopf verschränkten Armen auf dem ungemachten Bett lag.

»Ach ja?«

Sean, der am anderen Ende des Raums auf einem Sitzsack hing, bewunderte die Stiche seiner Jeansnähte.

»Ein motorisiertes Dreirad für jedermann.«

»Cool.«

»Ich habe die Prototypen schon gezeichnet. Schau.«

Und Edward warf Sean eine Skizze seiner Erfindung zu, welcher kaum in der Lage war, die Prägnanz und die technischen Erklärungen dessen, was er vor der Nase hatte, zu erfassen.

»Stylish«, brachte er dennoch hervor, bevor er grundlos losprustete.

Ein Teil von ihm war jedoch beunruhigt, als er in dem Heft noch andere Entwürfe für Motoren, Apparate und Bauteile mit entsprechenden Bezeichnungen entdeckte, denn vor seinen Augen nahm eine unbekannte Facette des Jungen, den er zu kennen glaubte, Gestalt an. Edward war nicht nur ein Kiffer mit beschränkten Möglichkeiten, sondern ein talentierter Jugendlicher, der vor Ideen sprühte. Seans Trip war mit einem Mal endgültig verdorben, und er rappelte sich mit Mühe hoch, erfasst von Mutlosigkeit und Enttäuschung.

Als er Edward an diesem Abend verließ, konnte Sean nicht ahnen, dass dieser in der folgenden Woche bei einem Unfall sterben würde und sie nie wieder über seine Projekte sprechen würden. Das Zuhause, in dem er so viele Nachmittage verbracht hatte, fröhlich bekifft und sorglos, würde unter der Last eines zweiten Verlusts zusammenbrechen, und er kehrte nur noch einmal dorthin zurück, um sein Beileid zu bekunden und ein vergessenes Sweatshirt abzuholen. Auf der Schwelle zu Edwards Zimmer sollte er kurz zögern und dann, einer Eingebung folgen, das Heft an sich nehmen, aus dem Seite um Seite die Essenz eines verborgenen Ingenieurs hervortreten würde, den Sean, wenn er den Mut gehabt hätte, bewundert haben könnte. Stattdessen hatte er es ihm übel genommen, hatte sich in seine Eifersucht und Sturheit geflüchtet. Seine Reue brachte Edward nicht zurück, aber die Skizzen würden ihm vielleicht erlauben, die Erinnerung an seinen Freund aufleben zu lassen.

Am Ende wurde Sean zu einem Erwachsenen, wie er sie immer verabscheut hatte. Zweimal verheiratet, kinderlos, reich dank der Ideen eines anderen. Eines Toten, in seinem Fall. Ein unmoralischer, illoyaler, oberflächlicher Mann, der seit seiner Jugend an Schwung verlor.

Es war nicht leicht gewesen, die richtigen Investoren zu finden, die richtige Strategie festzulegen, die verschiedenen Etappen zu koordinieren, die ihm ermöglichten, ein Konzept in ein Produkt zu verwandeln. Aber nichts hat Sean mehr gekostet als seine Lüge. Eine Lüge größer als sein Herz, die ihm seitdem das Gefühl gibt, von innen zu verrotten.

Das Patent ist auf seinen Namen angemeldet, und er ist offiziell der Erfinder und einzige Erbe des Dreirad-Scooters. Er hatte nie vorgehabt, Edward zu bestehlen oder aus seinem Tod Profit zu schlagen. Zu Anfang erlaubte die Weiterentwicklung seiner Idee Sean, die Erinnerung an seinen Freund aufrechtzuerhalten. Seine Bemühungen, stellte er sich vor, würden Edward stolz machen, wo auch immer er sein mochte, er wäre glücklich zu sehen, wie sein Traum sich verwirklichte, wenn auch durch einen anderen. Und als er schließlich ernsthaft im Geschäft war, nach einigen entscheidenden Gesprächen, schien es ihm zu riskant auszusteigen, zuzugeben, nur der einfache Bote eines Prototyps zu sein, den er nie hätte bauen können. Er hätte seine ganze Glaubwürdigkeit verloren. Nein, es war klüger, die Rolle des Erfinders zu spielen. Aber Sean hatte den Preis dieser Täuschung falsch berechnet. Und er ist auch überzeugt, dass sein Vater aus dem Jenseits die Quelle seines Erfolgs streng verurteilt, dieses Massenprodukt ohne Schneid. Etwas Gewöhnliches nach jedermanns Geschmack. Kurz gesagt, eine Metapher für Sean. Eine schöne leere Hülle. Das ist, so vermutet er, einer der Gründe, warum seine erste Frau ihn verlassen hat. Als er Emma traf, schien ihm diese

These wie ein Schicksal, auf das er keinen Einfluss hatte, und er akzeptierte den Gedanken, für jede Form von dauerhafter Beziehung ein armseliger Kandidat zu sein.

Er hatte die Kunstgalerie betreten, weil er nicht wusste, was er mit seinem Tag anfangen sollte, und eines der modernen Werke im Schaufenster seine Aufmerksamkeit erregt hatte. Hinter dem Empfangstresen stand Emma, grüßte ihn freundlich und ermutigte ihn, herumzugehen, ohne ihn weiter zu drängen. Sean ließ sich Zeit, spazierte zwischen den Bildern mit den leuchtenden Farben und sonderbaren Konstruktionen herum, die ihn mal erheiterten, mal befremdeten. Er verstand nichts von Kunst, und er konnte trotz seiner Mittel nichts daran finden, astronomische Summen für eine weiße Leinwand mit einer einfachen schrägen Linie auszugeben. Der Preis beeindruckte ihn ebenso wenig wie der Inhalt. Aber mit ihren bunten Fresken, ihren verrückten Skulpturen, all diesem fröhlichen Durcheinander absurder Farben und Formen hatte die kleine Galerie etwas Einladendes, fast Spielerisches, das ihm gefiel. Nichts Prätentiöses oder Aufreizendes, außer der sichtbaren Liebe der Künstler für ihre Kunst. Und der Ausdruck dieser reinen, zweckfreien Leidenschaft war es, der ihn dazu bewegte zu bleiben.

»Das ist ein faszinierendes Stück«, bemerkte Emma, als sie sah, wie er die Skulptur im Schaufenster betrachtete, die ihn zu Beginn angezogen hatte: ein sonderbares Tier mit einer ausgeprägten Schnauze, das sich an den Korb eines bunten Heißluftballons lehnte.

»Was ist das für ein Tier?«, fragte Sean.

»Ein Tapir. Aus Kaugummi geformt. Der Ballon besteht aus recycelten Plastiktüten und Kassettenband.«

»Es wirkt auf mich so, als steckte eine Moral dahinter, aber noch komme ich nicht darauf …«

»Es gibt nicht immer eine Botschaft. Wenn Sie das Werk anspricht, hat der Künstler sein Ziel erreicht.«

Sean war nicht sonderlich inspiriert oder berührt, aber das unglaubliche Gespann aus Ballon und gut aufgelegtem Tapir war ihm herrlich sympathisch, und er entschied, ihn ohne weitere Überlegung zu kaufen. Durch die Begeisterung ihres Kunden ermutigt, führte Emma ihn abermals herum, wobei sie ihm die Künstler und ihre Inspirationsquellen beschrieb, die verwendeten Materialien und Techniken und das einzigartige Etwas, das jedes ausgestellte Werk besaß. Sie sprach mit so viel Nachdruck, dass Sean begann, die abgefahrenen Maler und Bildhauer zu beneiden und sich schmerzlich seiner eigenen Banalität bewusst zu werden.

Sie war dreiundzwanzig, hatte einen Abschluss in Kunstgeschichte an der Brown gemacht und arbeitete in der Galerie seit deren Eröffnung zwei Monate zuvor dank der Empfehlung durch einen Professor. Als Sean zuhörte, wie sie ihren Werdegang beschrieb, reiste er in der Zeit zurück und stellte sich den Entscheidungen, die er nie getroffen, den Anstrengungen, denen er sich nie ausgesetzt hatte, und all den Möglichkeiten, die sich ihm hätten bieten können, wenn er nur gewollt hätte.

Emmas Unbedarftheit, ihre vollkommene Hingabe an die Künstler dieser obskuren Galerie bezauberten ihn. Er war zugleich gerührt und entwaffnet von diesem

Ausdruck von Glück, das keine Bedingungen brauchte. Und während er die Früchte dieser Freude bewunderte, fühlte er in sich die Hoffnung entstehen, sie zu kosten.

Ein paar Wochen später kehrte er unter dem Vorwand zurück, ein weiteres Werk zu kaufen, und lud Emma zum Essen ein. Außerhalb der Galerie wirkte sie distanziert und unsicher, wie ein Tier, das man seinem natürlichen Habitat entrissen hatte. Sean begriff rasch, dass sein Geld sie nicht interessierte, vielleicht ließ es sogar Befangenheit zwischen ihnen entstehen. Nicht er war es, der Emma im eigentlichen Sinne einschüchterte, sondern alles, was nicht die vertraute und beruhigende Welt der Kunst berührte.

Doch er ließ sich nicht entmutigen. Und es gelang ihm, sie zum Lachen zu bringen. Zumindest funktionierte sein Charme noch. Aber er fragte sich oft, was Emma an ihm fand, was an ihm anziehend auf eine Frau wie sie wirken mochte, und beinahe hätte er sein Glück nicht versucht, peinlich berührt vom Altersunterschied und ihren gegensätzlichen Karrieren, von all dem, was sie unterschied. Er fürchtete, dass sie ihn bald überhaben würde, dass seine Zukunftspläne und Prioritäten sie am Ende von ihm entfernen würden. Aber entgegen aller Erwartungen war sie geblieben. Auf seine Bitte hin hatte sie ihm geholfen, die Stücke für sein Haus auszuwählen, in das er sie bald bat einzuziehen, darum bemüht, die Distanz aufzulösen, die physische wie die abstrakte. Die Adoption ihres Hundes Enzo hatte ihre Beziehung endgültig gefestigt.

Rasch waren Emmas Ambitionen die seinen geworden. Er hatte sie ermutigt, sich auf den Master-Studiengang zu bewerben und dann ihre eigene Galerie zu eröffnen. Emmas Erfolg war allein ihrer, aber ihm gefiel der Gedanke, an ihrer Seite zu kämpfen, diesen Traum im Tandem zu verfolgen, aus dem alleinigen Grund, dass er an sie glaubte.

Die Vorstellung, sie könnte ihn nicht mehr brauchen, schreckt ihn. Ohne Emma, ohne ihre ansteckende Leidenschaft könnte er der Leere seiner Tage nicht entkommen. Die Sorge streift ihn von Zeit zu Zeit, jedes Mal, wenn er sich die Umstände ihres Kennenlernens und die Eile vor Augen führt, mit der er sich in die Beziehung gestürzt hat. Und Emmas Alter ist auch keine Hilfe. Er fürchtet, dass ihre Ziele mit der Zeit nicht mehr übereinstimmen oder dass sie ihre eigenen Beweggründe und den Einfluss ihrer Jugend auf ihre Entscheidungen hinterfragen könnte.

Seit ein paar Wochen fühlt er, wie sie sich entfernt, und er muss gewaltige Kräfte aufwenden, um nicht in Panik zu verfallen und von ihr zu verlangen, dass sie ihn beruhigt. Selbst hier, an diesem Tisch, hat sie dafür gesorgt, nicht neben ihm zu sitzen. Sie hat für dieses Essen keine Begeisterung aufbringen können, und Sean weiß, dass sie sich im Haus seiner Kindheit nie entspannen kann. Elisabeth hat sich davor gehütet, ihre neue Schwiegertochter offiziell in der Familie willkommen zu heißen, und Sean, weich wie immer, hat nicht gewusst wie oder es nicht gewagt, seine Mutter zur Rede zu stellen. Vielleicht ist dieser Affront nur ein weiterer Punkt auf einer langen Liste von Unannehmlichkeiten und Ärgernissen, denkt Sean, der fürchtet, dass dieses dämliche Barbecue auf die eine oder andere Art das Ende seiner Ehe besiegelt.

Jacquelyn hält sich so weit wie möglich vom Pool entfernt, in der vergeblichen Hoffnung, ihre Gedanken unter Kontrolle zu halten, die sie unweigerlich zu Freddy führen. Aber wider Willen sieht sie ihn überall, ihn und diesen zweideutigen Blick, den er ihr zugeworfen hat, als sie das letzte Mal miteinander gesprochen haben.

»Sie ersetzen Miguel?«, fragt sie ihn an dem Tag, als er an der Tür erscheint, in der Uniform der Reinigungsfirma, die mit der Säuberung des Pools beauftragt ist.

Da sie aus der Vorhersehbarkeit ihres Tagesablaufs Trost zieht, begegnet Jacquelyn dem unbekannten Eindringling mit einem höflichen Lächeln, hinter dem sie ihre Verärgerung zu verbergen versucht. Sie ist ebenso aufgebracht darüber, dass die Reinigungsfirma sie nicht informiert hat.

»Ja, Ma'am. Miguel kann aus familiären Gründen nicht kommen.«

Jacquelyn nickt, ernst und resigniert, als hätte man ihr eine tragische Nachricht verkündet, und gibt ihrem neuen Angestellten ein Zeichen, ihr zu folgen.

»Machen Sie sich keine Sorgen, ich verspreche, dass ich der Sache gewachsen bin.«

Bei diesen Worten versteift sich Jacquelyn, dreht sich aber nicht um. Ist sie so durchschaubar?

»Oh, daran habe ich keinen Zweifel«, antwortet sie schließlich in neutralem Tonfall.

Sie ahnt, dass er hinter ihrem Rücken lächelt, und kommt sich schrecklich dumm vor. Während sie durch das Wohnzimmer gehen, wird sie sich ihres eigenen Körpers immer stärker bewusst. Sie trägt einen unförmigen Pullover in einer undefinierbaren Farbe und eine bequeme Hose, die, so vermutet sie, das Unvorteilhafte ihrer Beine betont. Jacquelyn ist keine, die sich den Kopf darüber zerbricht, was andere über ihren Kleidungsstil denken, aber in diesem Moment ist sie um das Bild besorgt, das sie vermittelt, eine beinahe fünfzigjährige Frau ohne Geschmack, mit dicklichen Schenkeln und stumpfen Haaren. Eine Frau, die ihr Haus besser in Schuss hält als sich selbst.

»Miguel hat nicht gelogen! Sie haben einen wunderschönen Garten.«

Das Kompliment überrumpelt sie, und ihr Gesicht beginnt zu glühen.

»Ich liebe das Gärtnern«, gesteht sie schüchtern.

»Sie haben Talent dafür.«

Er überblickt das Gelände mit ehrlicher Begeisterung, und mit Stolz bewundert Jacquelyn einen Moment lang selbst die Früchte ihrer Arbeit, glücklich darüber, dass sie von jemand anderem geschätzt werden.

»Das sind Tagetes, oder?«

»Ja, genau«, antwortet Jacquelyn, erstaunt über die botanische Fachkenntnis ihres neuen Pool-Reinigungsmannes.

»Meine Mutter mochte sie sehr.«

»Es sind schöne Blumen«, pflichtet Jacquelyn bei, gerührt von der Offenbarung ihres Gegenübers.

Sie hätte sich nicht einen Augenblick lang vorstellen können, dass ein Mann, vor allem aus der Arbeiterklasse und mit so männlicher Ausstrahlung, ihrem Garten oder Blumen allgemein auch nur das geringste Interesse entgegenbringen könnte. Jacquelyn ist durcheinander, zügelt aber ihr Bedürfnis, ihm ihre geliebten Pflanzen zu zeigen, und lenkt zum eigenen Bedauern ihr Gespräch auf den Grund seines Besuchs zurück.

»In diesem Schuppen sind der Chlorbehälter und die Reinigungsmittel«, sagte sie und deutet auf die kleine runde Hütte am anderen Ende des Pools.

»Perfekt. Dann mache ich mich an die Arbeit.«

»Zögern Sie nicht, wenn Sie Fragen haben.«

»Okay, Boss.«

Sein ungezwungener Ton verwirrt sie, und sie schaut ihn eine Weile an, ohne bestimmen zu können, ob sie sich über seine Antwort empören oder lachen soll. Da sie nicht weiß, wie sie sich verhalten soll, dreht sich Jacquelyn schließlich um und geht ins Haus.

Während sie so tut, als sei sie im Wohnzimmer beschäftigt, beobachtet sie ihren neuen Angestellten heimlich bei der Arbeit. Er ist auf seine Aufgabe konzentriert, und sie stellt enttäuscht fest, dass er dem Garten keine Beachtung mehr schenkt. Er geht zwischen dem Schuppen und dem Rand des Pools hin und her, testet das Wasser, gleicht die Stände ab, überprüft den Chlorgehalt. Da fällt Jacquelyn erst auf, wie jung er ist. Er ist nicht älter als fünfunddreißig. Seine Bewegungen sind flink, präzise, und sie ertappt sich dabei, wie sie die Muskeln an seinen Unterarmen betrachtet, als er mit der Reinigungsbürste über die Wände des Pools fährt.

Plötzlich schaut er auf und winkt, als er Jacquelyn am Fenster sieht. Erschrocken weicht diese zurück und stößt gegen die Rückenlehne des Sofas. Sie flüchtet in die Küche, wo sie zitternd ein Kochbuch auf der Suche nach einem Rezept fürs Abendessen durchblättert. Gegrilltes Huhn mit Honig und Cayennepfeffer, beschließt sie beim Durchgehen der Zutaten. Während sie in Gedanken das Essen plant, beruhigt sich Jacquelyn langsam wieder.

Ein leichtes Klopfen an der Glastür lässt sie zusammenzucken. Hinter der Scheibe artikuliert Freddy etwas, das sie nicht versteht. Jacquelyn verlässt also den friedlichen Komfort ihrer Küche und geht mit ein paar Schritten durch den Raum, um ihm zu öffnen.

»Alles ist, wie es sein soll«, sagt er.

Seine Wangen sind von der Anstrengung gerötet, Schweiß läuft ihm über Stirn und Oberlippe. Aufgewühlt von diesem Anblick, senkt Jacquelyn den Kopf, zögert.

»Möchten Sie ein Glas Wasser, bevor Sie gehen? Ich habe nicht bemerkt, dass es so warm ist.«

»Das lehne ich nicht ab, danke.«

»Einen Moment.«

Sie kehrt mit einem Glas Wasser zurück, an dessen Rand sie als unverbesserliche und detailversessene Gastgeberin eine Zitronenscheibe stecken musste. Schmunzelnd nimmt er das Glas und trinkt es in einem Zug leer.

»Danke, Boss.«

»Ich bitte Sie, nennen Sie mich Jacquelyn.«

Die Worte sind ihr kaum über die Lippen gekommen, da bereut Jacquelyn sie bereits. Es schickt sich nicht, mit den Angestellten zu klüngeln und sie zu solchen Vertraulichkeiten zu ermutigen.

»Gut.«

Er reicht ihr das leere Glas und wischt sich den Mund mit dem Ärmel ab.

Seine Geste entblößt seine mit Sommersprossen übersäte Haut. Dieses Detail wundert Jacquelyn umso mehr, da Freddy einen dunklen Teint und mediterrane Züge hat, und sie erstickt beinahe, als sie seinem Blick begegnet und versteht, dass er offenkundig bemerkt hat, dass er begutachtet wird.

»Ich komme in zwei Wochen wieder«, sagt er lächelnd. »Außer, es gibt vorher ein Problem.«

Sie nickt und schaut zu, wie er mit seinem Kleinlaster davonfährt, überzeugt, einen erbärmlichen Eindruck hinterlassen zu haben. »Außer, es gibt vorher ein Problem.« Jacquelyn wüsste nicht, welches, sie lässt ihren Pool aus Gewohnheit säubern, er wird von niemandem mehr benutzt außer von Lucas, der spätabends manchmal ein paar Bahnen schwimmt.

Sie hofft, dass sie nicht wie diese Frauen wirkt, die Dinge kaufen, die sie nicht brauchen, einzig und allein, weil sie die Mittel haben. Ihr sozialer Status und seine Vorteile bereiten ihr ein leises Unbehagen, von dem sie weiß, dass es nicht rational ist, das sie aber auch nicht abschütteln kann. Da sie empfänglich ist für Fragen der

Gerechtigkeit, Leistung und Entlohnung, empfindet Jacquelyn ihren fehlenden Verdienst als störend, als würde das zufällige Glück, reich geboren zu sein, ihre Glaubenssätze und Werte auf den Prüfstand stellen.

Sie fragt sich, in welchem Umfeld Freddy wohl aufgewachsen ist. Er ist ein noch junger weißer Mann und offenbar bei guter Gesundheit. Was hat ihn zu dieser Tätigkeit gebracht, die sie für aussichtslos hält? Und dann werden diese Reinigungsarbeiten für gewöhnlich von Einwanderern übernommen, Südamerikaner wie Miguel.

Ihr kommt eine schreckliche Vermutung. Und wenn Freddy ein Ex-Sträfling ist? Nein, sie hat keine Tätowierung bemerkt und wirft sich vor, solchen Stereotypen aufzusitzen. Natürlich glaubt sie fest an die Wiedereingliederung ehemaliger Straftäter in die Gesellschaft und lobt die Anstrengungen der Stiftungen, die diesen Menschen die Hand reichen, aber besser nicht in ihrem Garten.

Jacquelyn überrascht auf dem Weg durch das Wohnzimmer ihr Spiegelbild und bemerkt entsetzt den Krümel, der sich auf ihre Wange verirrt hat. Sie versucht erfolglos, sich keine Gedanken darüber zu machen, und seufzt, als sie vor dem Spülbecken steht.

Freddy ist ein Typ Mann, der sie nie angesprochen hätte, außer die Umstände diktieren es, wie heute. Er ist nicht der attraktivste Mann, dem sie je begegnet ist, aber er strahlt diese lässige Selbstsicherheit derer aus, die nichts zu beweisen haben. In dieser Hinsicht erinnert er sie an Sean. Entspannt, gesellig und sympathisch. Auf der Highschool waren das Jungen, die, wenn man die

Ehre hatte, mit ihnen zu sprechen, einem ständig das Gefühl gaben, dass sie einen besser verstünden als man sich selbst, während sie gleichzeitig so herrlich unerreichbar blieben.

Noch heute beneidet sie ihren Bruder um seine Fähigkeit, jeden Tag zu nutzen, unabhängig von den Auf und Abs, und fragt sich manchmal, ob es genau diese Mischung aus Sorglosigkeit und Ungezwungenheit ist, die ihm erlaubt, so gut zu altern.

Zum Abendessen serviert Jacquelyn ihr – besonders gelungenes – Huhn mit Cayennepfeffer einer Tischrunde, der die Mühen der Köchin gleichgültig sind. Aber die Stille trifft sie an jenem Abend besonders hart. Sie betrachtet ihre Familie, in der jeder seinen Gedanken nachhängt, zu denen sie keinen Zugang hat, und bedauert das Scheitern dessen, was ein geselliger Abend hätte werden können.

Hinter der Glasfront spiegelt der Pool das Mondlicht, und Jacquelyn malt sich aus, was Freddy wohl gerade tut. Trinkt er ein Bier in seinem Wohnzimmer, während er ein Baseballspiel kommentiert, oder versucht er eher, ein schreiendes Baby neben seiner erschöpften Frau in den Schlaf zu wiegen? Beschämt, weil sie überhaupt an den Pool-Boy denkt, räumt Jacquelyn die Küche auf und geht dann nach oben zu ihrem Mann, der auf dem Bett liegt und durch die Kanäle zappt. Er reagiert nicht, als sie durch das Schlafzimmer ins angrenzende Bad geht.

Der harte Wasserstrahl der Badewanne übertönt vorübergehend die Geräusche des Fernsehers. Jacquelyn zieht sich aus und setzt sich mit einem Seufzer in das schäumende Wasser, auf der Suche nach einer inneren Ruhe, die sich ihr entzieht.

Fetzenhaft drängt der Tag in ihre Erinnerung, und wie so oft, wenn sie sich sammeln will, stellt Jacquelyn stattdessen eine Bilanz ihrer Irrtümer und Fehltritte auf. Die deplatzierte Vertrautheit, mit der sie ihren neuen Angestellten behandelt hat, ihre wenig schmeichelhafte Kleidung, der fehlende Gesprächsstoff beim Essen. Sie zerpflückt die verpassten Gelegenheiten, schlecht ausgedrückte oder verschwiegene Gedanken und verliert sich so sehr in ihrem inneren Klagelied, dass sie nicht hört, wie die Tür aufgeht und ihr Mann hereinkommt. Sein nach Cayennepfeffer riechender Atem ist es, der sie aus ihrer Starre reißt, und ihr entfährt ein Kreischen.

»Wann war noch mal das Barbecue bei deiner Mutter?«, fragt er.

Die Art, wie er die Frage stellt, ärgert sie fast ebenso sehr wie die Störung ihrer Intimsphäre. Und der Überdruss in Lucas' Stimme lässt deutlich durchklingen, was er von diesem Ereignis hält. Jacquelyn richtet sich in der Wanne auf, ebenso verletzt wie wütend.

»Am Vierundzwanzigsten. Ein Samstag.«

»In Ordnung.«

»Schreib es dir in den Kalender«, versetzt sie und lässt sich wieder zwischen die Schaumberge gleiten, obwohl sie weiß, dass der Moment definitiv verdorben ist.

»Fantastische Idee«, sagt er beipflichtend, als wäre dies eine besonders brillante Bemerkung.

Er verlässt das Bad, ohne die Tür zu schließen oder den wütenden Blick seiner Frau zu bemerken. Jacquelyn gibt die Hoffnung auf Entspannung auf, seift sich kräftig ab und steigt aus der Wanne.

Lucas' Verhalten enttäuscht sie, auch wenn sie versucht, sich nicht damit aufzuhalten. Mit den Jahren schätzt sie die Zeit mit der Familie umso mehr, da sie den Tag kommen sieht, an dem es sie so nicht mehr geben wird. Die bald erwachsenen Mädchen würden nicht mehr teilnehmen, ihre Mutter, geschwächt und mürrisch, würde es vielleicht ablehnen, sie bei sich zu empfangen. Und wer weiß, wie lange sie alle an der Ostküste leben werden?

Der Kern der Familie löst sich langsam auf. Und Jacquelyn kann sich noch so anstrengen, alle für ein paar Stunden zu versammeln, sie versteht, dass ihre Anstrengungen bald nicht mehr ausreichen werden, dass man Sand nicht zwischen den Fingern festhalten kann, selbst dann nicht, wenn man sie zur Faust schließt.

Nachdem sie ihren Rücken mit einem Kissen abgepolstert hat, blättert Jacquelyn in einer Zeitschrift über Inneneinrichtung, sammelt Ideen für den Tag, an dem sie Lisas Zimmer neu einrichten wird, wenn diese auf dem College ist, als … aber wie eigentlich? Sie weiß es nicht, aber es ist nie zu früh, darüber nachzudenken.

»Du könntest vielleicht den Ton leiser stellen«, schlägt sie ihrem Mann vor, der weiterhin durch die Kanäle wechselt.

Er schaltet den Fernseher aus und legt sich hin, seiner Frau den Rücken zugedreht.

»Ist alles in Ordnung?«, erkundigt sich Jacquelyn, die bereits von Schuldgefühlen geplagt wird.

»Ja, ja. Ich hatte einen langen Tag.«

Sein Ton ist nicht ungehalten, aber Jacquelyn kann nicht anders, als ihm einen ängstlichen Blick zuzuwerfen. Hat sie ihn beleidigt? Ist sie ungeduldig oder unvernünftig gewesen? Sie schlägt ihre Zeitschrift zu, schaltet die Nachttischlampe aus und starrt an die Decke.

Es ist weniger eine Gewissheit als ein Gefühl, das sie seit einiger Zeit quält. Eine hauchfeine Abweichung, die sich, wie in diesem Augenblick, im Verhalten ihres Mannes ihr gegenüber zeigt. Ein unsichtbarer Riss, deren Ursache Jacquelyn aufzudecken fürchtet. Wann genau ist er aufgetaucht? Sie weiß es nicht, und weil sie perfekt darin ist, sich selbst zu quälen, und Ungewissheit der kalten Wahrheit vorzieht, hält sich Jacquelyn davon ab, der Frage nachzugehen.

»Der Chlorstand ist zu niedrig. Das ist komisch, vor nicht einmal einer Woche war alles in Ordnung.«

»Komisch, ja«, stottert Jacquelyn und versucht, nicht zu erröten.

Freddy untersucht weiter mit gerunzelter Stirn den Pool, als ob sich die Lösung für das chemische Rätsel unter der nun trüben Oberfläche des Pools verbirgt. Er reibt sich das Gesicht, vor Erstaunen oder Müdigkeit, und geht dann in den Schuppen zurück. Jacquelyn bleibt ein paar Meter weiter geduldig stehen. Sie knetet ihre Hände, das Urteil fürchtend, überzeugt, entlarvt zu sein. Was sollte sie dann sagen? Welche Entschuldigung würde sie anbringen, um nicht ihr Gesicht zu verlieren und als Verrückte zu gelten?

Mit einer zugleich betretenen und verärgerten Miene kommt Freddy wieder heraus. Jacquelyn ist drauf und dran, alles zuzugeben, als er sagt:

»Ich gleiche die Stände an. Aber ich verstehe nicht, wo das Problem liegt.«

Jacquelyn spürt, dass er fürchtet, Ärger zu bekommen, und die Ironie der Lage stimmt sie noch reuevoller. Sie hat noch nie gut gelogen und hasst den Gedanken, ihren Angestellten in seinem Stolz verletzt zu haben.

»Machen Sie sich keine Sorgen«, sagt sie. »Es schwimmt niemand mehr in diesem Pool.«

»Ach so?«

Warum glaubt sie, das betonen zu müssen? Die Kluft zwischen ihnen wird ihr wieder deutlich bewusst, und sie fragt sich erneut, was sie sich erhofft hat, als sie ihren eigenen Pool sabotierte. In dem Moment vibriert Freddys Handy, und er schaut zerstreut aufs Display.

Seine Tage, die sie gut gefüllt vermutet, sind bestimmt anregender als ihre. Im Gegensatz zu ihr hat er nicht die Muße, jede seiner Gesten zu zerpflücken oder zwanghaft alles zu analysieren, was man zu ihm sagt.

»Rufen Sie mich an, wenn sich das Wasser wieder trüben sollte.«

Von seinen Worten wachgerüttelt, nickt Jacquelyn wortlos, aus Angst, sich zu verraten. Sie begleitet Freddy hinaus, die Erleichterung überlagert erst einmal ihre Scham, und sie verabschiedet ihn schüchtern. Er winkt und steigt in seinen Pick-up, und Jacquelyn spürt, wie sich ihr die Brust zusammenschnürt bei dem Gedanken, dass sie und ihr Pool schon hinter der nächsten Kurve aus seinem Kopf verschwunden sein würden.

Jacquelyn huscht um den Tisch, überbordend von ihren Spinatröllchen, Schnecken-Pirogen, mit Krabben gefüllten Kohlköpfchen, Thunfisch-Rillette, glutenfreien Mimolette-Windbeuteln, die alle perfekt gelungen sind und bei ihr heute nur eine dumpfe Gleichgültigkeit hervorrufen. Sie hat mechanisch gekocht, ihre Hände flogen mit der Routine tausendfach wiederholter Handgriffe von Zutat zu Zutat, aber ohne die Leidenschaft, die sie normalerweise leitet.

Mit der Teigrolle in der Hand geht Jacquelyn in Endlosschleife den Vorfall vom Vortag durch, zerrissen zwischen Verwirrung, Scham und glühender Aufregung.

Freddy war wie geplant zur monatlichen Reinigung des Pools erschienen.

»Gab es seit meinem letzten Besuch Probleme?«

Jacquelyn sucht sein Gesicht nach einer Anschuldigung ab, erschauert und begnügt sich mit einem Kopfschütteln.

»Dann mache ich mich an die Arbeit.«

Jacquelyn schließt die Tür und bezieht ihren Posten im Wohnzimmer, wo sie ihn aus den Augenwinkeln beobachtet. Sie hat sich heute zurechtgemacht, auch wenn sie ihre Eitelkeit vor niemandem zugeben würde. Sie trägt einen langen einfarbigen Rock, an der Taille von einem Gürtel gehalten, ein schwarzes, schlank machendes Oberteil mit V-Ausschnitt und spitz zulaufende beige Mokassins. »Zieh Schuhe in deinem Hautton an,

Jacquelyn, das streckt dich. Wähle nur zurückhaltende Motive, die anderen machen dich dick. Betone immer die Taille und meide vor allem Querstreifen.« Jacquelyn vertreibt die ewigen Ratschläge ihrer Mutter aus ihren Gedanken und atmet tief ein, wobei sie der zu enge Gürtel auf halbem Wege blockiert. Über ihre Kleiderwahl hinaus hat Jacquelyn sich einen Hauch Make-up gestattet. Und auch wenn sie es als lächerlich abtut, fühlt sie sich wunderbar aufgefrischt durch ihre Bemühungen. Wie ein vernachlässigter Gegenstand, der zu neuem Glanz erstrahlt, sobald man ihn abstaubt.

Sie dreht sich um, als sie hört, wie an die Scheibe geklopft wird, und öffnet Freddy die Terrassentür.

»Ist etwas nicht in Ordnung?«

»Ich finde das Netz nicht. Normalerweise ist es bei den anderen Reinigungsutensilien in der Hütte.«

Sicher Lucas' Vergehen. Manchmal säubert er vor dem Schwimmen die Wasseroberfläche, auch wenn sie sich nicht erinnern kann, dass er in den letzten Tagen in den Pool gehüpft wäre. Und er ist ein Meister darin, Gegenstände zu verlegen.

»Es ist vielleicht in dem kleinen Unterstand bei den Gartenwerkzeugen«, sagt sie und tritt auf die Terrasse. »Gehen wir nachsehen.«

Jacquelyn spielt diese Szene immer wieder durch auf der Suche nach dem fatalen Augenblick, dem Moment der Gnade, den sie nicht zu ergreifen wusste und der dem Ganzen eine andere Richtung gegeben hätte. Sie verurteilt sich mit fast freudvoller Unnachgiebigkeit, während sie die Anteile von Pech, Unbeholfenheit und

Unachtsamkeit einschätzt, die an jenem Nachmittag ihr Schicksal besiegelt haben.

Sie geht gerade um den Pool herum, als es passiert. Ihre vom Schweiß feuchten Füße rutschen in ihren Mokassins, ihr zu langer Rock schlingt sich um ihre Knöchel, und sie versucht wie nebenbei, ihren Gürtel hochzuziehen, um sich mehr Beinfreiheit zu verschaffen. Auf dieses Manöver konzentriert, das, so glaubt sie, bestimmt grotesk aussieht, bemerkt Jacquelyn die leichte Unebenheit der Fliesen vor sich nicht. Die Spitze ihres linken Schuhs stößt gegen eine Kante, und ihr rechter Fuß, der nach vorne stolpert, bleibt in ihrem Rock hängen. Noch bevor Jacquelyn begreift, was geschieht, stürzt sie kopfüber in den Pool.

Im Wasser bläht sich der Rock zu einem riesigen Segel auf, das sich um sie herum ausfaltet und ihr die Sicht nimmt. Jacquelyn hat bei dem Sturz einen Schuh verloren und schleudert nun mit einer wütenden Beinbewegung, die all ihr Selbstmitleid enthält, den zweiten von sich. Ihre nackte Ferse verhakt sich in ihren Kleidern, stößt dann gegen die Poolwand – oder den Boden? Jacquelyn hat keine Ahnung, wo sie sich befindet. Tief beschämt zögert sie den Moment hinaus, an dem sie an die Oberfläche steigt, geht die Optionen und ihre Chancen durch, sich mit Würde diesem Fauxpas, im buchstäblichen und übertragenen Sinn, zu stellen, als sie ein Ruck an der Taille plötzlich nach oben zieht.

Jacquelyn wirft ihr Haar nach hinten, um besser Luft zu bekommen und ihren Retter mit einem Entsetzen anzuschauen, das einen kurzen Moment lang die Absurdität der Situation überschattet.

Freddy starrt sie an, das Gesicht dreißig Zentimeter von ihrem entfernt. Er ist so nah, dass Jacquelyn die winzigen Wasserperlen auf seinen Wimpern erkennt sowie eine kleine dreieckige Narbe am Ansatz des Schlüsselbeins. Eine Ader pocht an seinem Hals, gerötet von der Anstrengung oder der Aufregung, zwischen seinen Lippen entweicht sein Atem stoßweise, und es sind diese erotischen Details, die Jacquelyn zuerst auffallen, erschrocken über ihr unschickliches Begehren, bevor sie den Ausdruck des jungen Mannes bemerkt.

»Mrs. Brentwood.«

In Freddys aufgerissenen Augen ist ein solcher Schrecken zu lesen, dass Jacquelyn plötzlich nach Weinen zumute ist.

»Ich ... ich ...«

Aus ihrem Mund dringt kein intelligentes Geräusch.

»Geht es Ihnen gut?«

»Ja, ja. Ich ... ich weiß wirklich nicht ...«, stammelt sie.

Sie wäre beinahe bereit, wieder unterzutauchen, um sich Freddys Blick zu entziehen. Sein Entsetzen lässt ihn noch anziehender wirken, und diese unbewusste Sinnlichkeit, verstärkt durch seine galanten Gesten, lenkt Jacquelyns Aufmerksamkeit zurück auf ihren eigenen nassen Körper, auf ihr Haar, das in unförmigen Tentakeln an ihrer Schulter klebt, auf die Mascara-Spuren auf ihren Wangen, eine vulgäre Kriegsbemalung. Als sie das Ausmaß ihrer Unansehnlichkeit erfasst, wendet sie sich ab.

»Ich kann schwimmen, wissen Sie.«

Freddy macht den Mund auf, schluckt, und seine Verwirrung löst bei Jacquelyn das vertraute Prickeln von Schuldgefühlen aus.

»Ich hatte Angst, dass sie gegen den Grund des Pools geschlagen sind.«

Er schaut sich um, und Jacquelyn ahnt, dass er nicht mehr ihren Pool oder ihren Garten oder sie selbst mit diesem sorgenvollen Ausdruck betrachtet. Da sie es eilig hat, ihren Wortwechsel zu beenden, schwimmt sie zu den Stufen. Ihre Bewegung löst Freddys Starre, und er holt sie mit zwei Schwimmzügen ein und nimmt ihren Arm, um ihr hochzuhelfen.

Er hält mit umsichtiger Fürsorge ihre Hand, eine Geste frei von jeder Romantik, und an seinem Blick, der sich in einer persönlichen Tragödie verliert, versteht Jacquelyn, dass ihre Befürchtungen unbegründet sind. Das ihre Verlegenheit ihm egal ist. Freddy hat nur einen Unfall gesehen. Und nun, da die Angst und das Adrenalin verflogen sind, bleibt nur noch Erleichterung.

Was aus dem Netz geworden ist, wird nicht mehr geklärt und die Reinigung des Pools aufgegeben. Jacquelyn leiht Freddy ein altes T-Shirt von Lucas, und sie zieht sich rasch um, streift die in Griffweite liegenden Kleider über ihren noch zitternden Körper, auch wenn sie ihrer Figur nicht schmeicheln. Als sie in ihrem improvisierten Aufzug steckt – ein himmelblaues Hemd und eine grüne Leinenhose, die nicht weniger dazu passen könnte –, überlegt sie, was die Situation von ihr erfordert.

Freddy wartet in der Küche auf sie, scheint nicht zu wissen, was er tun oder wie er sich verhalten soll. Lucas'

T-Shirt liegt eng an seinem Körper, und Jacquelyn sieht, wie sich die Muskeln unter dem gespannten Stoff abzeichnen. Sie senkt den Blick, verwirrt von dieser körperlichen Begierde, die ihrem Wesen so fernliegt.

»Ich weiß nicht, was ich Ihnen sagen soll«, gesteht sie.

»Das wird mir eine Lehre sein, mein Netz zu vergessen.«

Er deutet ein Lächeln ein, das Jacquelyn gezwungen vorkommt. Sie bietet ihm einen Kaffee an und betätigt die Maschine, ohne seine Antwort abzuwarten. Dann, in den wenigen Minuten, die sie benötigen, um ihre Tassen zu leeren, lenkt Freddy das Gespräch auf den Garten, kommt auf seinen Sinn für Blumen zurück, den er von seiner Mutter, einer außergewöhnlichen Gärtnerin, geerbt habe. Diese Bemerkung löst bei Jacquelyn ein unangenehmes Gefühl aus. Natürlich, Freddy sieht keine Frau, wenn er sie ansieht. Er sieht seine Mutter.

Jacquelyn stellt heftig ihre Tasse ab und geht zur Spüle. Und wenn er nach diesem Fiasko beschlösse, nicht mehr wiederzukommen?

»Sehe ich Sie in drei Wochen wieder?«, traut sie sich, begierig zu hören, wie er ihre Befürchtungen zerstreut.

»Ja. Dieses Mal werde ich alles dabeihaben.«

Soll die Bemerkung sarkastisch klingen? Als Jacquelyn sich umdreht, um ihn anzusehen, spürt sie in der Regungslosigkeit ihres Gegenübers eine Art gespannte Ungeduld und stellt bedauernd fest, dass er sich unwohl fühlt. Weil er die Kleider ihres Mannes trägt oder wegen der Umgebung, in der er steht, eine feindselige Erinnerung daran, was sie trennt?

»Hören Sie, nehmen Sie die«, sagt sie und schnappt schnell drei hausgemachte Blaubeer-Zitronen-Muffins, die sie in Klarsichtfolie wickelt und Freddy reicht. »Ich habe sie erst heute Morgen gemacht.«

»Mrs. Brentwood ...«

»Sehen Sie es als Zeichen meiner Dankbarkeit. Na los, keine Diskussion.«

»Na gut.«

Ihre Finger streifen sich, und Jacquelyn, von der Berührung wie elektrisiert, weicht instinktiv zurück. Jetzt reiß dich zusammen, befiehlt sie sich und stellt sich dem nachsichtigen Lächeln ihres Angestellten. Und plötzlich ist alles vorbei. Nur ein Wimpernschlag, und Freddy ist gegangen, die Tür hinter ihm geschlossen und Jacquelyn wieder allein mit ihren nagenden Fragen.

Die Anziehung, die sie verspürt und die sie nicht im Keim ersticken konnte, es nicht einmal versucht hat, kratzt an ihrem Gewissen. Aber vor allem muss sich Jacquelyn eingestehen, dass ihre Fantasie nicht geteilt wird, dass sie tatsächlich so grotesk ist wie der Vorfall heute, dass sie, wenn sie darüber sprechen würde, nur Gelächter und Gespött hervorrufen würde. Welche Begierde könnte ihre alternde Figur mit den von der Cellulite verformten Kurven, erdrückt von dem Übergewicht, das sie mit dem Eintritt der Menopause überrumpelt hat, schon wecken? Jacquelyn verschwindet mit jeder Falte, mit jedem weißen Haar ein bisschen mehr, bis sie vollkommen unsichtbar sein wird.

Deshalb lässt sie sich zu diesen Träumereien hinreißen: Sie sind eine unerlaubte, aber folgenlose Spielerei.

Von ihrem Missgeschick erzählt sie niemandem. Sie befürchtet weniger, aus Versehen zu verraten, welchen Versuchungen sie ausgesetzt ist, als zu sehen, wie die anderen über sie lachen. Aber seit wann ist es eigentlich nicht mehr möglich, sie sich in den Armen eines anderen vorzustellen?

Heute, auf der Terrasse des Hauses ihrer Kindheit, bemüht sich Jacquelyn, dem Pool den Rücken zuzukehren. Sie fühlt noch immer den Druck von Freddys Arm um ihre Taille, die Festigkeit seines Körpers an ihrem, als er sie an die Oberfläche zog. Ihren eigenen von Angst und Lust beschleunigten Herzschlag.

Je öfter sie den Film ihres Sturzes und ihrer Rettung vor sich abspielt, desto mehr neue Details glaubt Jacquelyn zu finden, die, wie die in einer Freske verborgenen Elemente, nur auftauchen, wenn man lange genug hinschaut. Sie sieht wieder Freddys Gesicht im Wasser, und sein Ausdruck ist nun zweideutig. Welche Deutung wiegt mehr? Die im Augenblick selbst oder die mit Abstand ersonnene, verzerrt von Hoffnungen, die sie vielleicht zu sehr bestätigt sehen will?

Sie erhascht einen unangenehmen und vertrauten Geruch, den sie sofort erkennt: Haschisch. Entsetzt reckt Jacquelyn den Hals Richtung Pool, wo ihr Bruder und ihre Schwester auf Liegestühlen sitzen und reden, Letztere mit der glühenden Spitze eines Joints zwischen den gestikulierenden Fingern. Auch wenn es sie verärgert, hat Jacquelyn weder die Kraft noch die Energie einzuschreiten. Mit ein bisschen Glück wird ein anderer es übernehmen, Rose die Grundregeln des Anstands in Erinnerung zu rufen.

Und obwohl sie ihrer Schwester ihren Konsum weicher Drogen bei einem Familien-Barbecue übelnimmt, fühlt Jacquelyn die alte Mischung aus stillem Vorwurf und Eifersucht angesichts der Verbundenheit zwischen den jüngeren Geschwistern. Jacquelyn steht regungslos zwischen den Gästen, die plaudernd umhergehen und ihr selbst, ihren Mühen und ihrer Kochkunst keine Beachtung schenken, und empfindet ihr Alleinsein wie ein trauriges, unabwendbares Schicksal.

Sie hat nie verstanden, wo die unsichtbare Trennlinie zwischen ihr und den anderen verläuft. Was stimmt nur nicht mit ihr? Den Blick wieder auf ihr anmaßendes kulinarisches Arrangement gerichtet, schlussfolgert Jacquelyn: alles.

Aus ein paar Metern Entfernung beobachtet Lucas heimlich seine Frau. Ihre sonst unbedarfte Miene hat etwas Angespanntes, das er nicht wiedererkennt. Ihre Handgriffe sind ungeschickt, ihr Blick ausweichend, und ihre Züge, verkniffener als sonst, sind auf eine Weise versteinert, die Lucas nicht mit Müdigkeit in Verbindung bringt.

Davon abgelenkt, antwortet er auf Rajs Fragen zu den Problemen mit der Bewässerungsanlage seines Gartens nur beiläufig. Spürt Jacquelyn, dass ihr Mann seit ein paar Wochen mit den Gedanken woanders ist?

Er bezweifelt es. Ihm fällt es selbst schwer zu bestimmen, was ihn nachts wachhält.

»Willst du noch ein Bier, Raj?«, schlägt er vor und schüttelt seine eigene leere Dose.

»Erst mal nicht, danke.«

Lucas zögert nicht lange und flieht.

Zwei Wochen zuvor

Als Camilla Ferragino ihn auf ihrem großen Anwesen empfängt, denkt Lucas, dass sie anders ist als seine üblichen Kunden. Diese fallen für gewöhnlich in eine Kategorie: wohlhabend, anspruchsvoll und ohne besondere Vorstellungsgabe, was die Gestaltung ihres Gartens betrifft.

Mrs. Ferragino dagegen hebt sich in vielerlei Hinsicht davon ab. Zunächst einmal ist sie sehr jung. Lucas schätzt sie auf nicht älter als fünfundzwanzig, trotz ihrer eleganten Kleidung und ihres damenhaften Gebarens. Sie trägt ein Kleid aus mauvefarbenem Kreppstoff, das ihr bis zum Knie reicht und, je nachdem, wie das schwindende Licht darauf fällt, ihre schlanke Figur durchschimmern lässt. Sie trägt hohe goldene Plateausandalen, kaum geeignet für einen Gartenrundgang, und einen breitkrempigen Hut, der nach Lucas' Geschmack ein wenig überzogen wirkt, aber zum exotischen Charme seiner Besitzerin beiträgt.

Er hat keine Gelegenheit, das Innere des Hauses zu sehen, aber seine Architektur, die Größe des Besitzes und der Bentley vor der Tür sprechen Bände. Alles riecht nach Exzess, und Lucas kann Vorurteile noch so sehr verabscheuen, er nimmt an, dass Mrs. Ferragino, wenn man ihr Alter und Aussehen in Betracht zieht, ebenfalls einen bestimmten Platz in diesem Dekor einnimmt, in dem alles ein wenig zu sehr glänzt.

Er rechnet also mit kaum verhohlener Gleichgültigkeit ihrerseits, ein beliebtes Mittel von Frauen, die selbst ein Statussymbol sind, um ihm zu verstehen zu geben, dass er in ihrem Tagesablauf nur eine Nebensächlichkeit darstellt. Doch ihr Lächeln wirkt ehrlich, genauso wie ihre Begeisterung, als sie ihm das Grundstück zeigt. Mit angenehmem Akzent erklärt sie, dass sie erst kürzlich in das Viertel gezogen seien. Lucas möchte gerade nach ihrer Herkunft fragen, als Mrs. Ferragino, deren alberne Schuhe ihr das Gehen erschweren, anfängt, durch den Garten zu hüpfen, und dabei mit der Sorglosigkeit eines kleinen Mädchens lacht.

In ihrer eleganten Kleidung sieht sie aus wie ein Kind, das sich für eine Aufführung verkleidet hat und über sich selbst oder das Publikum lacht. Ihre Bewegungen sind lebhaft und anmutig, und Lucas' Blick folgt ihr, während er über ihre jugendliche Ungezwungenheit staunt. Auf einmal fühlt er sich alt, belastet von seiner Aktentasche, seinen Papieren, seinen praktischen Fragen, und ist sich schmerzhaft der Schwerfälligkeit seines eigenen Körpers bewusst, der seit Jahren nicht mehr hüpft.

Schließlich bleibt seine Kundin stehen, außer Atem, und wirft Lucas einen schelmischen Blick zu.

»Da haben Sie viel Platz«, bemerkt er. »An welche Art von Gestaltung haben Sie gedacht?«

»Oh, ich weiß nicht«, antwortet sie schulterzuckend. »*Sie* sind der Experte.«

Ihre Worte schmeicheln Lucas, und er beschließt an Ort und Stelle, dass seine neue Kundin ihm sympathetisch ist.

»Es gibt mehrere Optionen. Ich sende Ihnen die entsprechenden Angebote zu.«

Sie hört zu, wie er technische Einzelheiten vom Stapel lässt, und durch das Interesse, das sie ihm entgegenbringt, bestärkt, zieht Lucas die Unterhaltung in die Länge.

»Und Ihr Mann«, fragt er, um die Person einzubinden, die offenbar die Rechnung zahlen wird, »hat er spezielle Wünsche?«

»Wenn es mir gefällt, gefällt es auch ihm«, entgegnet sie in leicht schneidendem Tonfall. »*Happy wife, happy life*, ist das nicht ein amerikanisches Sprichwort?«

Da er nicht weiß, wie er reagieren soll, und fürchtet, sie zu brüskieren, wählt Lucas eine neutrale wie lakonische Antwort.

»Das nehme ich an.«

Sie lächelt, ohne dass Lucas sagen kann, ob ihre Grimasse nachsichtig oder spöttisch sein soll, und gibt ihm die Hand.

Die Baumschule hat immer eine beruhigende Wirkung auf Lucas, und als er hinter Camilla das Gebäude betritt, atmet er gierig den Pflanzenduft ein.

»Beeindruckend …«, murmelt sie mit einem Erstaunen, das Lucas rührt.

»Die Auswahl ist in der Tat groß.«

Sie schiebt sich die Sonnenbrille ins Haar, und Lucas bemerkt zum ersten Mal die Farbe ihrer Augen. Ein tiefes

Blau mit einem Grünstich, der mit der Flora um sie herum im Einklang ist. Tropisch, ungezähmt. Aufgewühlt von dieser Parallele, senkt Lucas den Kopf.

»Helfen Sie mir beim Aussuchen?«

»Ich werde Sie Ihren Vorlieben entsprechend anleiten.«

Etwas Unschuldiges und Ungezähmtes liegt in ihrem Blick, bei dem Lucas nicht weiß, ob er sich davor in Acht nehmen muss. Ein herausfordernder Glanz, den er nicht zu deuten vermag. Sie bewegt sich auf der Schnittlinie zwischen Kindheit und Erwachsenenalter, als wüsste sie nicht, welche Welt sie wählen soll, welche ihr entspricht. Und angesichts ihrer so offensichtlichen Sorge, sich zu irren, angesichts ihrer eleganten Kleidung, die scheinbar zugleich manches beweisen und anderes verbergen soll, kommt er zu dem Schluss, dass sie nicht immer in wohlhabenden Verhältnissen gelebt hat, und fragt sich, wie wohl ihr Lebensweg aussieht. Er kann ihren Akzent immer noch nicht zuordnen. Italienisch? Griechisch? Türkisch vielleicht?

Camilla beugt sich nach vorne, um den Namen eines kleinen Strauchs abzulesen. Ihr Haar fällt auf einer Seite herab und legt über dem Kragen ihres Kleides ein Stück Haut frei, das eine abstrakte Tätowierung ziert, die an eine Seerose erinnert. Auch dieses Detail gehört nicht in ihr hochzivilisiertes Umfeld, denkt Lucas, bevor ihm einfällt, dass seine Schwägerin Rose sich einen Vogel unter den Arm und eine Kette um den Knöchel hat tätowieren lassen. Insgeheim hat er in Tätowierungen immer eine alberne Form von Rebellion gesehen. Er hat ihren Sinn und Zweck nie verstanden und findet die

Grundidee vulgär, aber nun sagt er sich, dass seine vorgefertigten Meinungen vielleicht mehr über ihn als über die, die sie betreffen, aussagen.

»Ich glaube nicht, dass ich nur einen dieser Namen richtig aussprechen kann«, verkündet Camilla und dreht sich zu ihm um.

Lucas setzt ein Lächeln auf, besorgt, dass sie seinen Blick gesehen haben könnte, und er wünscht sich mit einem Mal das Ende der Besichtigung herbei.

»Die Namen sind nicht wichtig.«

»Das stimmt nicht«, entgegnet sie, und ihm kommt der Verdacht, dass es nicht mehr um Pflanzen geht. »Ich will Farben und starke Kontraste«, fügt sie herausfordernd an.

»Kein Problem.«

»Der Garten soll Charakter haben. Einzigartig sein. Ich will keinen Garten wie im Katalog. Harmonie und Ordnung, das ist was für langweilige Menschen!«, sagt sie aufgeregt und reißt ungeduldig die Arme hoch.

»Natürlich, der Garten soll Ihnen gefallen und zu Ihnen passen«, stammelt er, vom Elan seiner Kundin aus dem Takt gebracht.

Sie schaut ihn überrascht an, und Lucas versteht, dass sie seine Gegenwart vergessen hat, nicht einmal mit ihm gesprochen hat. Sie setzt wieder ihre Sonnenbrille auf, kichert belustigt und geht tiefer in das Gewächshaus hinein.

Am Abend hat er keinen Appetit, seine Gedanken verirren sich noch immer im üppigen Pflanzenlabyrinth. In seinem Kopf hallt Camillas helles Lachen, ihre überraschenden

Bemerkungen, die aufstoben wie bunte Schmetterlingswolken. Sie ist zugleich aufbrausend und unsicher, und diese Dopplung weckt in ihm ein tief verborgenes Gefühl, das ihn verwirrt.

Er glaubt, in ihrem Verhalten die Spiegelung seiner eigenen Ängste zu erkennen. Die Angst davor, nicht zu genügen und es zu übertreiben, weil er diese Unsicherheit zu kompensieren versucht. Davor, in keiner Weise dem Mann zu ähneln, der er werden wollte, und ein Leben zu führen, das wenig oder sogar gar nichts mit ihm zu tun hat. Davor, unter der endlosen Anhäufung von Verpflichtungen und Erwartungen, die auf Männern wie ihm lasten, nach und nach verschwunden zu sein. Männer, denen nichts zu ihrem Glück fehlt und bei denen jede Geste, jedes Wort ihren durchschlagenden Erfolg unterstreichen sollte.

Und doch haftet ihm der bittere Geschmack des Unvollendeten am Gaumen. Und er weiß, dass er allein dafür verantwortlich ist. Seine Entscheidungen hingen ganz von ihm allein ab. Wenn er seine Ziele vernachlässigt, seine Projekte verschoben hat, dann vor allem aus Bequemlichkeit. Kein Opfer, sondern eine Wahl – jene, einen vorhersehbaren, gewöhnlichen Weg zu gehen, ohne Widerstände.

Er hat jedes Risiko gemieden und seine Haltung als die klügste gerechtfertigt. Wenn er darüber nachdenkt, scheint es Lucas so, als habe ihm in all den Jahren vor allem der Mut gefehlt. Mit zugeschnürter Kehle steht er auf, dankt seiner Frau für das ausgezeichnete Essen, das er kaum angerührt hat, und lässt seine Familie am Tisch zurück.

Auf dem Bett schaltet Lucas durch die Kanäle, unfähig, sich auf die Fernsehbilder zu konzentrieren. Sich so von einer Frau ablenken zu lassen, die ihm nicht ähnelt. Lucas hat Augen im Kopf, und er erkennt die Anziehungskraft eines hübschen Paars Beine oder eines schlanken Körpers an. Aber er ist keiner, der beim Anblick solcher Eigenschaften den Verstand verliert oder dem Begehren, das ihn manchmal streift und nicht seine Frau betrifft, zu viel Bedeutung beimisst. Er nimmt diese seltenen Fantasien als das, was sie sind, und hängt sich niemals daran auf.

Er kann nicht eindeutig sagen, was ihn an Camilla reizt, nicht einmal, ob sie ihn wirklich reizt. Er weiß nur, dass sie etwas in ihm wiederbelebt hat und er gern verstehen würde, warum.

Als Jacquelyn kurz darauf durch das Schlafzimmer ins Bad geht, weicht Lucas ihrem Blick aus. Er hat beim Essen keine drei Sätze gesagt, und zu dem Gefühlsknoten in seinem Magen gesellen sich Gewissensbisse. Er hört, wie sie sich ein Bad einlässt, sich die Zähne putzt, und steht schließlich auf, überzeugt, dass ein Gespräch, auch ein banales, ihm helfen würde, seine Zweifel abzuschütteln.

»Wann ist noch mal das Barbecue bei deiner Mutter?«

Jacquelyn erstarrt, und Lucas merkt, dass er den falschen Moment gewählt hat.

»Am Vierundzwanzigsten. Ein Samstag.«

Es ist auch nicht das beste Gesprächsthema, und er bedauert, dass er nun nicht mehr zurückkann.

»In Ordnung. Ich war mir nicht mehr sicher.«

»Schreib es dir in den Kalender«, entgegnet seine Frau und dreht sich von ihm weg.

»Ausgezeichnete Idee«, pflichtet Lucas bei und geht hinaus.

Er hat es natürlich nur schlimmer gemacht, stellt er betreten fest und lässt sich niedergeschlagen quer über das Bett fallen.

»Ich verstehe Ihre Zeichnung nicht.«

Mit diesen Worten beginnt sie das Gespräch, als er zwei Tage später ihren Anruf entgegennimmt, und Lucas beeilt sich, den Ordner auf dem Computer zu öffnen.

»Was verstehen Sie nicht?«

»Man sieht alles von oben.«

»Ja, so fertigen wir in der Regel unsere Pläne an.«

»Aber ich gehe durch meinen Garten, ich überfliege ihn nicht im Hubschrauber.«

»So ist es.«

Camilla klingt nicht sauer, da ist nur wieder diese unterschwellige Unsicherheit. Lucas stellt sie sich am Bildschirm vor, mit konzentriertem Ausdruck, besorgt, eine schlechte Entscheidung zu treffen oder ihren Mann zu enttäuschen, der sie dieses Projekt allein durchführen lässt.

»All diese grünen Seeigel, was ist das?«

»Eichenblättrige Hortensien. Eine klassische Lösung für den Eingangsbereich.«

»Und der Strauch unter dem Küchenfenster?«

»Das ist ein ›Percy Wiseman‹-Rhododendron.«

»Aber ich dachte, er wäre farbig.«

»Wenn er blüht. Die Blüten wechseln graduell ihre Farbe zwischen Mitte und Ende des Frühlings, von Pfirsichrosa bis Cremeweiß. Wir haben letztes Mal darüber gesprochen. Erinnern Sie sich?«

»Ach ja, stimmt.«

Er hat das Gefühl, dass sie das nur der Form halber sagt, und ist auf unerklärliche Weise beleidigt.

»Und das Runde in der Ecke des Gartens?«

»Das ist der Pavillon.«

Er hört sie in den Hörer seufzen.

»Dieser Plan ist sehr kompliziert.«

Sie wartet darauf, dass er etwas sagt, aber er lässt sie weiterreden.

»Können wir persönlich darüber sprechen?«

Nun ist er an der Reihe zu seufzen, auch wenn sein Herz bei dieser Aussicht merkwürdig zu hüpfen beginnt.

Das Restaurant, das sie als Treffpunkt vorgeschlagen hat, liegt am Stadtrand. Camilla sitzt bereits am Tisch, hat das Kinn in die Hand gestützt und starrt einen Punkt an der Wand an. Sie trägt ein weißes Trägertop und einen fließenden Plisseerock, ein goldener Gürtel betont ihre Taille. Ihr rechtes Bein schwingt vor und zurück, und sie wirkt auf Lucas ebenso ungewöhnlich wie bei ihrer letzten Begegnung. Er nähert sich mit dem Gefühl, sich auf unbekanntes und potenziell gefährliches Terrain zu begeben.

»Guten Tag, Camilla.«

Sie schaut zu ihm auf, und ihre Mimik gerät in Bewegung.

»Guten Tag, Lucas!«, ruft sie fröhlich. »Setzen Sie sich. Ich freue mich, dass Sie ein wenig Zeit übrig haben.«

Er hat überhaupt keine Zeit übrig, aber sieht davon ab, sie darauf hinzuweisen.

»Kein Problem.«

Er zieht seine Brille auf, um in die Speisekarte zu schauen.

»Die Topinambur-Creme ist ausgezeichnet«, rät sie.

Lucas ist amüsiert über diesen Vorschlag, der ihn an Jacquelyns köstliche und komplizierte Gerichte erinnert.

»Ich kann also davon ausgehen, dass Sie öfter hier sind?«, fragt er, um diesen Gedanken zu vertreiben.

»Nein.«

Er weiß nicht, ob sie scherzt, und er beschließt, es beim Essen wie beim Gespräch möglichst einfach zu halten.

»Perfekt, das nehme ich.«

Sie gibt der Bedienung ein Zeichen und bestellt für sie beide, dann machen sie sich an die Arbeit. Camilla hat eine Liste mit Fragen mitgebracht, die sie wie eine fleißige Schülerin vorliest, und Lucas überlegt, ob es vielleicht das ist, was ihm an ihrem Verhältnis gefällt: Er fühlt sich gehört, wichtiger, als er ist.

»Sie verstehen etwas davon«, bemerkt sie.

»Das will ich doch hoffen.«

»Wie sind Sie zu dieser Tätigkeit gekommen?«

Sie scheint ernsthaft interessiert, und Lucas zögert, ihr die Wahrheit zu sagen, die ihm enttäuschend vorkommt. Er könnte nicht sagen, warum er ihre Reaktion fürchtet, noch, was ihn an dieser Szene stört. Ist es die Art, wie ihr Ehering das Licht einfängt, wenn sie gestikuliert? Der vorwurfsvolle Blick des Oberkellners? Das Renommee des Restaurants, in das er von einer zwanzig Jahre jüngeren Frau eingeladen wird? Lucas kann sich noch so oft sagen, dass es sich um ein Geschäftsessen handelt, dass dieses Projekt wichtig ist und er auf Anfrage seiner Kundin hier ist, er fühlt sich dennoch unwohl.

»Ich habe ganz einfach das Unternehmen meines Vaters übernommen«, antwortet er schließlich.

»Oh.«

Diese einfache Silbe gleicht einem Urteilsspruch, aber nicht dem, den er erwartet hat. Sie scheint eher überrascht als enttäuscht.

»Und wie ist er darauf gekommen?«

Er überlegt einen Moment, stellt fest, dass er es nicht weiß.

»Ich habe nicht die leiseste Ahnung. Ich habe ihn nie gefragt.«

Sie legt ihr Besteck diagonal auf ihren Teller, tupft sich die Mundwinkel ab.

»Das ist schade.«

Er schweigt, spürt, wie sich die Atmosphäre innerhalb von ein paar Sekunden leicht verändert hat. Dann trommelt sie leicht auf den Tisch, scheint mit den Gedanken bereits woanders.

»Was den Terrassenbereich angeht«, fährt er fort, um ihre Aufmerksamkeit wieder auf sich zu lenken, »haben Sie nichts angemerkt.«

»Es ist gut so«, antwortet sie, aber ihre Augen strahlen nicht mehr die gleiche Begeisterung aus, und die

Möglichkeit einer mentalen Störung kommt Lucas in den Sinn. »Wie ich gesagt habe, Sie verstehen Ihre Sache. Ich vertraue Ihren Vorschlägen.«

Ihre Anwesenheit in diesem Restaurant wirkt geplant auf ihn, und der Zweck dieses Treffens, fühlt er, ist in Wahrheit nur ein Vorwand. Er ahnt, dass sie ihn testet, aber wozu? Erneut denkt er an den Alltag der jungen Frau, versucht, sich vorzustellen, wie ihr Tag aussieht. Müßig, bequem und gleichförmig?

»Und was taugen meine Vorschläge?«

Lucas schaut sie fragend an, und sie lächelt, mit dem Kinn auf seinen leeren Teller deutend.

»Oh ja. Es war ausgezeichnet.«

»Möchten Sie ein Dessert? Ich werde nur einen Espresso nehmen.«

»Ich ebenso.«

Die Höflichkeit verlangt, dass er ihr ebenfalls Fragen stellt. Aber Lucas vermeidet es, sich nach dem Privatleben seiner Kunden zu erkundigen, diese Vertrautheit passt nicht zu seinen Aufgaben. Andererseits müssen die nächsten Minuten gefüllt werden, also sagt er, als die Bedienung ihren Kaffee gebracht hat:

»Leben Sie schon lange in Scarsdale?«

»Etwas über zwei Monate.«

»Und gefällt es Ihnen?«

Sie rührt mit dem Löffel in ihrer Tasse.

»Es ist friedlich.«

»Das stimmt.«

»Aber wie alles, was friedlich ist, ist es auch … monoton.«

Lucas sagt nichts mehr. Sie scheint zu zögern, trinkt einen Schluck Kaffee und schaut ihn dann plötzlich an.

»Ihnen gefällt es?«

»Ja.«

Sie nickt, und er wirft sich vor, so rasch geantwortet zu haben, so konventionell zu sein, der Stadt entsprechend, in der er lebt, seiner Existenz entsprechend. War er immer schon so langweilig?

»Es ist ein angenehmes und familiäres Viertel, und die Schulen sind ausgezeichnet«, rechtfertigt er sich.

Er nimmt sofort wahr, wie ausgehöhlt dieses Argument ist, dem öden Mittvierziger, der er geworden ist, angemessen.

Lucas zieht ein schiefes Gesicht und faltet seine Serviette, legt sie auf den Tisch und faltet sie wieder auseinander, um sie unter seinen Teller zu klemmen. Camilla beobachtet sein Treiben, dann verschränkt sie die Arme, und der linke Träger ihres Tops rutscht von ihrer Schulter. Sie trägt keinen BH, stellt Lucas fest, und er gibt dem Kellner ein ungeduldiges Zeichen, damit er ihnen die Rechnung bringt. Er kommt kurz darauf zu ihnen und legt sie vor ihn. Camilla beugt sich hinüber und nimmt sie, bevor sie in ihrer Handtasche kramt. Aus den Augenwinkeln sieht Lucas, wie der Kellner die Stirn runzelt. Oder vielleicht flüstert ihm das die Paranoia ein. Er zieht die Rechnung zu sich.

»Mir wäre es lieber, wir teilen, wenn Sie darauf bestehen zu zahlen.«

»Wie Sie möchten.«

Die Situation scheint sie zu amüsieren, und Lucas ist

nun überzeugt, dass sie diesen Schluss vorausgesehen hat. Wozu diente dieses Treffen? Er weiß es nicht, genauso wenig, wie er weiß, ob er davon verärgert oder geschmeichelt sein soll.

Heute versucht Lucas mit allen Mitteln, das Mittagessen nicht ständig durchzuspielen. Er bemüht sich, die Wärme der untergehenden Sonne auf seiner Haut zu genießen und die leichte Brise, die durch sein Hemd fährt. Er atmet den Duft der von seiner Frau zubereiteten Speisen ein, die über ihrem Bankett vergisst, selbst zu essen. Er klammert sich an all diese Eindrücke, um sich im Hier und Jetzt zu verankern. Vergeblich. Sein Blick wandert über den Tisch, schweift ab, er hört die ruhige Symphonie der Unterhaltung seiner Schwiegerfamilie, das Klappern des Bestecks, das Vogelgezwitscher und den Gesang der Grillen bereits nicht mehr.

Camilla reizt ihn nicht, das hat er rasch verstanden. Aber ihre Begegnung hat ihn mit einigen Fragen konfrontiert, und die Antworten jagen ihm Angst ein. Was gibt ihm sein Beruf? Ist er diesen Weg nicht nur gegangen, weil es der seines Vaters war? Damals war es üblich, dass man die Familiengeschäfte weiterführt. Die Firma war bereits aufgebaut, ihr Ruf gefestigt. Und obwohl er sich für Pflanzen nicht besonders begeistert, hat Lucas schon immer mit ihnen zu tun gehabt. Eine beruhigende Konstante, ein Teil seiner Identität. Sie waren der Erwerb seines Vaters und der Stolz der Familie. War es nicht logisch zu glauben, dass sie auch ihn definieren würden? Wer wäre er, wenn er nun davon abließe? Und welche Option hätte er schon, in seinem Alter?

Der Segen einer lukrativen Firma, bei der er nur ein bisschen das Getriebe ölen musste, erscheint ihm seit Kurzem wie eine Last, unter der er schwankt. Obwohl seine Situation angenehm ist, erinnert sie ihn auch daran, dass es ihm schrecklich an Schneid gefehlt hat, als er sich für den einfachen, vorgezeichneten Weg entschieden hat.

Das Gleiche gilt für seine Ehe. Ruhig, aber leidenschaftslos. So passend, dass es traurig ist. Seine Unsicherheit bedrückt Lucas, der sich bis jetzt immer für einen erfüllten Mann gehalten hat, sicher ohne große Ambitionen, aber frei von Enttäuschungen. Warum also ist diese Überzeugung plötzlich zerbröselt?

In den letzten Wochen schleppt er sich mit dem Gefühl durch seinen Alltag, in der Haut eines anderen zu stecken. Er fühlt sich nirgends mehr an seinem Platz, erst recht nicht an diesem Tisch. Er hat der Matriarchin nie gefallen. Er war in ihren Augen so markant wie eine weiße Seite, und sein Beruf stößt auf keine Anerkennung. Denn was soll man von einem Mann halten, der seine Zeit in den Gärten anderer verbringt und sein Geld mit Plänen von Blumen und Bäumen verdient? Er ist ihrer Tochter, dieser Familie nicht ebenbürtig, und daran würde er nie etwas ändern. Aber welche Chancen hatte er auch neben einem Richter, einem frühreifen Unternehmer und einem Arzt? Er ist fast erleichtert darüber, Alastair Haynes nie kennengelernt zu haben, seine Vorwürfe und seine Enttäuschung nie ertragen haben zu müssen.

»Soll ich dir nachschenken, Lucas?«

Seans herbes Aftershave steigt ihm in die Nase, als sein Schwager sich mit dem Wein zu ihm beugt. Ohne auf Zustimmung zu warten, neigt dieser die Flasche, und seine Bewegung lässt die Muskeln seines gebräunten Unterarms hervortreten. Von seiner ganzen Schwiegerfamilie hat Lucas zu Sean die engste Verbindung. Und doch kann er nicht anders, als von Zeit zu Zeit tiefe Abneigung gegen ihn zu empfinden.

Seit ihrer ersten Begegnung steht für Lucas fest, dass Sean jegliche Zweifel oder Reue fremd sind, dass nichts seinen Brustkorb einzwängt und er in jeder Lage mit der Leichtigkeit grundzufriedener Leute agiert. Seine Stimmlage, seine Gesten, seine Unbedarftheit strahlen die ruhige Kraft der Männer aus, denen alles zufliegt. Mit krankhafter Freude zieht Lucas den Vergleich. Sean verdient besser als er, er ist mit einer deutlich jüngeren Frau verheiratet, hat weder die Sorgen noch die Verantwortung eines Familienvaters, sein Haar ist noch dicht, und sein Körper gehorcht ihm noch einwandfrei. Lucas kann sich noch so gut zureden – was weiß er im Grunde wirklich über Seans Leben? –, alles, was er sich merkt, was ihm ins Auge sticht, ist, dass sein Schwager ein Mann ist, der mehr hat als er. Und der, infolgedessen, mehr ist als er.

»Du ziehst vielleicht eine Fresse, Papa.«

Naomy, die er in ihr Handy vertieft glaubte, reißt ihn brutal aus seinen Gedanken. Wie lange beobachtet sie ihn schon?

»Hm?«

Er fühlt sich verloren, jeden Tag weiter weg von denen, die sich fortentwickeln, sich entfalten, während er strauchelt, sich in seinen endlosen Fragen verheddert, in seiner verzweifelten Suche nach einer männlicheren, höher entwickelteren und vor allem weniger nichtssagenden Version seiner selbst.

Elisabeth kann nicht sagen, welche ihrer beiden Töchter sie im Augenblick mehr ärgert: Jacquelyn mit ihrer krampfhaften Fröhlichkeit, ihrer Großzügigkeit und dieser absurden Freude daran, sich für andere zu verbiegen, oder Rose, die eine zugleich tragische und ordinäre Figur abgibt und ihr Scheitern als Mutter unterstreicht.

»Wenn du zu viel lachst, glauben sie, dass du dumm bist. Wenn du nichts sagst, werden sie dich für arrogant halten. Rede mehr als sie, und sie werden das Interesse verlieren. Achte darauf, was du trägst, was du sagst, und vor allem darauf, was du verschweigst.« Elisabeth hört immer noch die überholten Warnungen ihrer Mutter, wenn sie mit ihren Töchtern zusammen ist. Sie sieht sich in ihrem Alter, ohne zu wissen, ob sie es bedauert oder erleichtert darüber ist, dass sie ihr so wenig ähneln.

»... da bin ich letztens auf diese Sendung über Ehrenmorde in Indien gestoßen. Das ist doch verrückt, so zu denken. Raj, was denkst du darüber?«

»Das Gleiche wie alle an diesem Tisch, nehme ich an.«

Elisabeth erdolcht Winston mit Blicken. Dieser betrachtet nun erstaunt die Tischdecke, als ob das eben Gesagte nicht seine Gedanken widerspiegelte oder ihm versehentlich entschlüpft wäre, und sie legt ihre Erinnerung an den jugendlichen Winston darüber, sein eroberndes Lächeln, einen Hauch süffisant, und fragt sich, wo ihr Sohn geblieben ist.

»Ja, natürlich«, stammelt er und räuspert sich.

»Wunderbar, dieses Steak«, kommentiert Sean mit lauter Stimme und legt klappernd seine Gabel auf den Tisch.

Werden sie bis zum Ende aller Tage absolut alles sagen, was ihnen durch den Kopf geht?, beschwert sich Elisabeth in Gedanken.

Ihre Söhne haben diesen Wesenszug sicher von ihrem Vater. Was würde er, Alastair, über dieses Essen denken? Manchmal fragt sie sich, wie er gealtert wäre. Würde er sich heute anders verhalten? Hätte sich seine Verdrängung verfestigt, bis sie endgültig die Tatsachen ersetzt hätte, oder wäre sie im Gegenteil schwächer geworden, zerfressen von Zweifeln? Elisabeth schaut Rose an und kommt zu dem Schluss, dass am Ende nur sie für das Schweigen ihrer Tochter verantwortlich ist.

1989

»Mom?«

Sie hört es an ihrer Stimme. Dann sieht sie es an ihrer Körperhaltung und Mimik. Elisabeth begreift sofort, dass etwas nicht stimmt. Die eingesunkenen Schultern ihrer Tochter, ihr glänzender Blick, ihre Nervosität, all diese Merkmale weisen auf Verzweiflung hin.

Aber Elisabeth ist keine Frau, die schnell beunruhigt ist, und sie hält eine vorsichtige Distanz zu den Leiden ihrer Kinder. Sie findet es wichtig, dass sie lernen, ihre Probleme allein zu lösen.

»Was ist, Rose?«

Ihre Ungeduld scheint durch, und sie bedauert, nicht eine dieser spontan umsorgenden und warmherzigen Mütter zu sein.

»Ich wollte etwas mit dir besprechen.«

In ihrem tiefsten Innern fühlt Elisabeth, dass es sich nicht um simple Teenagersorgen handelt. Rose ist keine, die sich beklagt, und sie sucht schon lange nicht mehr bei ihrer Mutter Trost. Elisabeth vergisst im Übrigen manchmal, dass sie erst vierzehn ist.

»Nun, ich höre?«

»Es geht um Onkel John.«

Elisabeth unterdrückt ihre Reaktion, aber etwas in ihr versteift sich. Sie wartet, den Blick auf die rechte Seite ihres Einrichtungsmagazins gerichtet, auf der die Fotografie eines Vorhangs in römischer Raffung zu sehen ist, mit Paradiesvögeln bedruckt, den sie überlegt, für die Küche zu bestellen. Rose geht mit unverändert hängendem Kopf zu ihrer Mutter.

»Manchmal, wenn er mich zur Schule fährt oder wir allein sind, dann ... Er ...«

Sie schluckt, zögert, und in den paar Sekunden Schweigen, die ihrer Offenbarung vorausgehen, stellt Elisabeth sich vor, wie sie ihre Tochter ohrfeigt, sie anbrüllt, einen Gegenstand zertrümmert, die Tür zuschlägt, alles, um nicht zu hören, was Rose ihr gleich gestehen wird.

»Er was?«

Sie löst sich endlich von dem prächtigen Paradiesvogelmotiv und schaut Rose an. Ihr Haar ist zu einem hochsitzenden Pferdeschwanz gebunden, und die braunen Locken, die sich daraus lösen, betonen ihr ovales Gesicht und die winzigen goldenen Kreolen, die sie und Alastair ihr zu Weihnachten geschenkt haben. Sie trägt eine Jogginghose aus rosa Baumwollstoff und ein passendes Sweatshirt, die kindlich an ihr wirken und doch ihre Kurven betonen, und diese Dichotomie schnürt Elisabeth die Kehle zu. Sie hat diese Lebensphase, auf die niemand sie vorbereitet hatte, selbst gehasst. Gefangene eines Körpers, den sie nicht mehr wiedererkannte, dessen Verwandlung Scham und Abscheu bei ihr hervorrief. Aber nichts hat sie mehr verunsichert als die Veränderungen, die zeitgleich bei den anderen stattfanden. Bei ihrem Bruder, der sie plötzlich nicht mehr als Spielgefährtin wollte, bei ihrer Mutter, die zwischen Sorge und Stolz schwankte, bei ihrem Vater, der nach und nach auf Distanz gegangen war. Bei ihren Klassenkameraden. Bei ihrem Cousin Ollie, den alle Mädchen im Dorf gurrend anschmachteten, während sie sich vorstellten, ihn eines Tages zu heiraten.

Rose neigt sich zum Ohr ihrer Mutter, und ihr warmer Atem streicht über Elisabeths Hals, die sich wider Willen verspannt.

»Er fasst mich an.«

Elisabeth schließt kurz die Augen, lang genug, um wieder das Gesicht ihres Cousins über ihrem zu sehen, im Halbdunkel des Stalls, und sie glaubt den nach Warnung klingenden Spruch der Männer von Glencoe, Oklahoma, zu hören: »Wenn sie alt genug ist zu bluten, ist sie alt genug zum Ficken.«

Kurz spürt Elisabeth die Gegenwart ihrer Eltern und ihres Bruders, die Last ihres Urteils, und sie blinzelt, um die Erinnerungen zu vertreiben und ihre Fassung wiederzuerlangen.

»Setz dich, Rose.«

Rose nimmt auf der Fensterbank Platz, und als Elisabeths Blick auf ihre jugendlichen Hände mit den ungeschickt lackierten Nägeln fällt, die auf ihren Oberschenkeln liegen, wird ihr übel. Sie bemüht sich, ihre Gedanken zu ordnen, ihre Worte zu wählen, aber als sie sich Rose zuwendet, drängt sich ihr das Gesicht ihrer Mutter auf. »Lizzie, das musst du falsch verstanden haben«, hatte diese behauptet. Und während die brüchigen Stiche ihrer alten Wunden aufplatzen, sagt Elisabeth den gleichen Satz zu ihrer Tochter.

Das Klicken einer Dose, die geöffnet wird, holt Elisabeth in die Realität zurück. Sie räuspert sich, wie um ihre Präsenz zu betonen, obwohl sie mit dem Gefühl kämpft, nach und nach zu verschwinden. Ihre Kinder sehen sie schon nicht mehr, hören sie kaum. Sie hätte gern ein Glas Wein, um diesen lästigen Nachmittag und die Fehler der Vergangenheit abzudämpfen. Aber Elisabeth untersagt sich in der Öffentlichkeit jeden Verstoß gegen die eigenen Prinzipien, egal in welcher Lage. Stattdessen benetzt sie ihre Lippen mit ihrer Limonade und bemerkt dann, als sie das Glas abstellt, dass Rose sie anschaut.

Sie sieht sie wieder an der Schwelle zum Teenageralter, die Züge von Scham verdunkelt, auf ein offenes Ohr hoffend, das ihre Mutter ihr nicht schenken konnte, tröstende Worte, die sie nicht den Mut hatte auszusprechen, und sie wendet rasch den Blick ab.

»Ich bin in einer Minute mit dem nächsten Gang zurück«, ruft Jacquelyn und schiebt mit einem lauten Schleifen ihren Stuhl zurück, bevor sie mit federnden Schritten in Richtung Küche davongeht.

»Ich helfe dir«, sagt Mathilde und folgt ihr.

Gäste *helfen nicht*, denkt Elisabeth missbilligend. Was ist das eigentlich für eine Welt, in der nicht mehr im Geringsten auf die Grundregeln des guten Umgangs geachtet wird, Regeln, die sie nie gewagt hätte zu umgehen.

Winston hört das *Pscht* der aufgehenden Dose und sieht sich wieder mit achtzehn am Tresen bei Leni's stehen, sein allererstes Bier vor sich. Aufgeregt wegen des Regelbruchs und der Illusion, erwachsen zu sein. Dass sein Onkel neben ihm steht, dem er so sehr ähneln möchte, macht ihn größer. Winston stellt sein Bier ein wenig heftig wieder ab, mit dem Gefühl, bereits reifer zu sein, cooler, mutiger. Der Alkohol steigt ihm schnell in den Kopf, und er genießt dieses neue Wohlgefühl, das einer Welle gleicht, die ihn sanft schaukelt.

Er weiß nicht mehr genau, wie es dazu gekommen ist. Er meint, Onkel John gegenüber die Meisterschaften in Allgemeinbildung erwähnt zu haben, bei denen seine Schule am Vortag gegen die Edington High angetreten ist, und den Sieg seines Teams, dessen Kapitän er ist. Solche akademischen Wettkämpfe interessieren niemanden, im Übrigen bezweifelt Winston, dass er aus diesem Erfolg auch nur einen Hauch Ansehen ziehen wird. Aber Onkel John hat seinen Triumph gelobt und beschlossen, dass sie ihn auf der Stelle feiern müssten. Warum aber bei Leni's, wo Winston doch noch nicht alt genug ist, um Alkohol trinken zu dürfen? Im Anschluss würde dieser viele Gelegenheiten haben, darüber nachzudenken, aber in dem Augenblick, gutgläubig und neugierig, nahm er die Einladung an. Er hat zunächst Vorbehalte, als John die erste Runde bestellen will, wendet ein, dass er erst achtzehn ist. Aber sein Onkel wischt diesen Umstand mit dem Handrücken beiseite.

»Du bist alt genug zum Wählen, Fahren und Ficken (bei diesen Worten läuft Winston hochrot an, beschämt, seinem Onkel in diesem Punkt widersprechen zu müssen). Und wenn wir im Krieg wären, wärst du alt genug, um an die Front geschickt zu werden. Also erspar mir deine Moralpredigt wegen einem kleinen Glas Bier.«

Die Autorität seines Onkels schüchtert Winston ein, er sinkt in sich zusammen.

»Na los, Winnie. Entspann dich!«, lässt dieser nicht locker, wieder gut gelaunt. »Ich trinke auf deinen Erfolg!«

Winston wirft dem Barkeeper einen Blick zu, ein altersloser Typ, der alles gesehen und gehört hat. Er trocknet mechanisch ein Glas ab, und schaut sie teilnahmslos an, als Onkel John sich zu ihm neigt, um das Bier zu bestellen.

»Heute Abend feiern wir meinen Neffen!«, ruft er und gibt Winston einen kräftigen Klaps auf den Rücken, der diesen fast von seinem Hocker rutschen lässt.

Der Barkeeper bringt ihnen kommentarlos das Bier, ohne Winstons Alter zu überprüfen, und kehrt zu seinem Abwasch zurück. Vom Reiz des Verbotenen angestachelt, betrachtet der Teenager die Tröpfchen auf dem Rand des Glases. Sean, das weiß er, klaut ihrem Vater heimlich Bier. Alle coolen Typen an ihrer Schule haben bereits ihr erstes Besäufnis hinter sich. Jeder Jugendliche, der die Gelegenheit bekommt, trinkt Alkohol. Und im Grunde sind Onkel Johns Argumente stichhaltig. Wenn das Gesetz ihn für alt genug hält zum Wählen, ist er es sicher zum Trinken. Winston fällt eine Entscheidung und führt das Glas an die Lippen, unter dem erfreuten Lächeln seines Onkels.

Dank des gedämpften Lichts und weil er halb betrunken ist, findet Winston Leni's nun deutlich anheimelnder. Das Licht, das durch die schmutzigen Scheiben dringt, erfasst wirbelnde Staubkörner, und diese Stimmung, in der sich Geheimnis und Testosteron mischen, erinnert ihn an den Saloon in einem Western. In einer schummrigen Bar ein paar Biere zu zischen, ist zweifellos das Männlichste, was er je im Leben getan hat, stellt er stolz fest. Er richtet sich auf und wirft sich in die Brust, um dem fortschreitenden Kontrollverlust besser entgegenzusteuern, der seinen Körper und seine Gedanken erfasst.

»Die Blonde dahinten wirft dir schon die ganze Zeit Blicke zu.«

»Was?«

Er dreht sich zu seinem Onkel, die beginnende Übelkeit unterdrückend.

»Die Blonde an der Jukebox«, fährt Onkel John fort und deutet mit dem Kinn in die entgegengesetzte Ecke des Raums. »Ich glaube, da hast du Chancen.«

Winston schaut in die angegebene Richtung. Auf die Distanz, im Halbdunkel der Bar und weil seine Trunkenheit seine Sicht trübt, kann er nicht sagen, ob das Mädchen hübsch ist, und noch weniger, ob es Interesse an ihm hat.

»Ich weiß nicht …«, sagt er mit einer schrecklich näselnden und kindlichen Stimme.

»Na los, Eure verstopfte Majestät, keine falsche Bescheidenheit!«

Für gewöhnlich erschauert er bei diesem Spitznamen, aber heute Abend ist es ihm egal. Winston schmunzelt sogar, wie es seinem desillusionierten Westernhelden entspricht. Endlich betrachtet sein Onkel ihn als Mann. Winston ist groß geworden, er ist einer, der den Mädchen gefällt. Er nimmt einen letzten Schluck, um sich Mut anzutrinken, und während er schwankenden Schrittes auf sein Ziel zugeht, mit leicht glasigem Blick, ohne genaue Vorstellung, was er sagen oder machen wird, beschließt Winston, dass dieser Abend zu den großen Lektionen seines Lebens zählen wird.

»Morgen geht es dir besser.«

Auf die Haube des väterlichen Wagens gestützt, den Blick auf das Erbrochene zu seinen Füßen gerichtet, hört Winston seinen Onkel kaum. Er fühlt weder seine Gliedmaßen noch die Kälte um sich herum, nichts als den Aufruhr in seinem Magen. Doch trotz Trunkenheit, trotz der Abfuhr des Mädchens, das keineswegs ein Auge auf ihn geworfen hatte, empfindet er einen sonderbaren Stolz, als ob diese Demütigung einem Aufnahmeritual gleichkäme, aus dem er abgehärtet und klüger hervorgeht.

Er richtet sich mühsam auf, spürt, wie alles um ihn herum schwankt, und kämpft gegen die Übelkeit. Dann vollführt er eine ungeschickte halbe Drehung und geht zur Beifahrerseite. Er lässt sich auf den Sitz fallen, und mit einem gesunden Reflex schnallt er sich an.

»Hach, was für ein Abend!«, ruft Onkel John und setzt sich ans Steuer.

Er lacht, während er den Schlüssel ins Zündschloss steckt und ruckartig Gas gibt, vom Zustand seines Neffen, bei dem dieses Manöver eine erneute Welle der Übelkeit auslöst, wenig beeindruckt. Winston wackelt mit dem Kopf, schließt die Augen und betet, dass er sich nicht im Wagen seines Vaters die Seele aus dem Leib kotzen wird. Nach und nach lullt ihn die Wärme des Wagens ein, zusammen mit dem sanften Brummen des Motors, und Winston schläft ein.

Er träumt, dass er in der Schule auf die Bühne geht und seinen Pokal entgegennimmt, beweihräuchert von einer Schülermenge, aus der plötzlich Marie Lutgers auftaucht, die hübsche Brünette, auf die er seit der Vierten steht und die er nie gewagt hat anzusprechen, und Winston kann die unwahrscheinliche Szene gerade so genießen, bevor er brutal auf die Seite geschleudert wird.

Die Wucht des Aufpralls scheint die Zeit anzuhalten, und er spürt die Masse, die von der Haube des Wagens abprallt, mehr, als dass er sie sieht. Eingeklemmt vom Sicherheitsgurt, ist er sich des Schmerzes in seiner Schulter nicht gleich bewusst, und seine Kopfschmerzen, Vorboten seines ersten Katers, verschwinden mit dem Adrenalinstoß.

Die Verwirrung und der Alkohol mindern Winstons Klarsicht, der die Lage nicht erfassen kann. Ihm steht der Mund vor Staunen noch weit offen, als der Wagen mit knirschenden Reifen wieder anfährt.

Alles danach ist eine verschwommene Abfolge von Bildern und Empfindungen. Onkel John, der die Schlüssel auf die Konsole wirft. Das Geräusch seiner Schritte im Flur, der zum Gästezimmer im Erdgeschoss führt. Das

Knarren der sich schließenden Tür. Und die Panik, die Winston erfasst, als er allein ist. Sein stockender Atem im Dunkeln. Was haben sie angefahren? Ein Tier? Einen Menschen? Er weiß, dass Onkel John den Vorfall nicht erwähnen wird und es nichts bringen würde, ihn zu befragen. Es hat sich sicher um einen Hirsch oder einen Dachs gehandelt. Ganz bestimmt. Sonst wäre Onkel John ausgestiegen.

Am nächsten Tag, bevor er zum Unterricht geht, untersucht Winston unauffällig das Auto. Keine Kratzer. Keine Blutspuren. Hat er alles geträumt? Er fühlt sich noch dumpf, er hebt den Arm und befühlt die Beule an der Stirn, dort, wo sein Kopf gegen die Scheibe der Beifahrertür geknallt ist. Onkel John ist nirgends zu sehen, zu Winstons Erleichterung, dem es mehr schlecht als recht gelingen wird, zumindest für ein paar Stunden seine bösen Vorahnungen auszublenden. Aber in der Schule wird er mit der gesamten Schülerschaft in die Sporthalle beordert, wo der Direktor ihnen den Tod eines Schülers mitteilt, der in der Nacht von einem flüchtigen Fahrer überrollt worden sei. Der betreffende Schüler wurde auf einer Landstraße gefunden, die Winston glaubt, mit seinem Onkel auf dem Rückweg von Leni's genommen zu haben. Zufälle existieren, aber wie hoch ist die Wahrscheinlichkeit, dass ein Tier und ein Jugendlicher in derselben Nacht auf derselben Strecke überfahren werden?

Winston kennt das Opfer nicht, ein Junge aus der Dritten, von dem der Direktor in den höchsten Tönen spricht. Er hört ohnehin nicht mehr zu. Er ist von dem, was er gehört hat, wie vor den Kopf gestoßen. Und voller

Entsetzen bei dem Gedanken, Komplize eines Verbrechens zu sein. Natürlich ist er nicht selbst gefahren, aber er war dabei, er hat den Unfall gesehen. Müsste er nicht zur Polizei, um zu sagen, was er weiß oder meint zu wissen? Was würde aus Onkel John werden? Würde er ins Gefängnis kommen? Und er selbst?

Nachdem er der Familie und den Freunden des Schülers sein Beileid bekundet hat, verkündet der Direktor, dass der Unterricht an diesem Tag ausfällt. Zerrissen zwischen Furcht und Erleichterung, verlässt Winston rasch das Schulgebäude. Zu Hause vergräbt er sich in seinem Zimmer, um zu grübeln, gedanklich Listen aufzustellen, wie er am besten vorgehen soll. Onkel John ist immer noch nicht da. Umso besser, denn Winston hat überhaupt keine Lust, mit ihm zu sprechen. Er möchte bei seinem Vater Rat suchen. Dieser würde bestimmt wissen, was zu tun ist.

Winston muss sich zwei Stunden gedulden, bis Alastair nach Hause kommt. Er hört dessen Schritte auf der Treppe, hört, wie die Tür seines Büros zugeht, und undeutliche Geräusche eines Telefongesprächs. Der Jugendliche lauscht der Stimme, und als er sicher ist, dass sein Vater aufgelegt hat, geht er hinunter und klopft an die Tür. Niemand stört Alastair, wenn er arbeitet, das ist eine Regel, von der Winston normalerweise nicht abweichen würde. Aber die Lage ist alles andere als normal.

»Winston? Du schaust vielleicht finster drein.«

»Ich muss mit dir sprechen«, stammelt er und schließt die Tür hinter sich.

Nur selten dringen die Kinder in Alastairs Reich vor, und Winston fühlt sich auf dessen Territorium eingeschüchtert. Hunderte von Büchern füllen die deckenhohen Regale: klassische Literatur, Biografien, Werke über Philosophie, Wirtschaft und Politik. Winston zweifelt nicht daran, dass sein Vater sie alle gelesen hat, und diese Gelehrsamkeit führt ihm seine eigene Bedeutungslosigkeit vor Augen. Obwohl er seit dem Kindergarten Klassenbester ist, in allen Aktivitäten, die er betreibt, ausgezeichnet wurde, ist Winston dennoch überzeugt, nicht zu genügen.

Ein Glas Whisky steht auf dem Schreibtisch neben einem Stapel Akten, auf die Alastairs Zeigefinger trommelt, während er wartet, dass sein Sohn eine Erklärung abgibt. Die Vorhänge sind zugezogen, und die einzige Lichtquelle ist eine Schreibtischlampe, die den Raum schwach golden ausleuchtet und ihm eine stark männliche und drückende Stimmung verleiht. Die Wände verströmen den Geruch von Pfeifenrauch, den Winston mit Alastair verbindet. Er macht einen Schritt nach vorn und räuspert sich.

»Ein Junge aus der Schule ist heute Nacht umgekommen, überfahren von jemandem, der geflüchtet ist. Und ich glaube, dass Onkel John derjenige ist. Ich war dabei.«

Alastairs Gesicht bleibt regungslos, aber etwas an der Art, wie er Winston anschaut, lässt diesen an seinem Geständnis zweifeln.

»Und was hattet ihr um die Zeit draußen zu suchen?«

»Er hat mich zu Leni's mitgenommen, um meinen Mannschaftssieg beim Wissensturnier zu feiern. Wir haben viel getrunken«, fügt Winston hinzu, um Ehrlichkeit bemüht.

»Du warst also betrunken?«

»Vielleicht ein wenig«, gibt er zu.

»Was genau ist geschehen, Winston?«

»Also, ich habe auf dem Rückweg im Auto gedöst, dann gab es einen heftigen Aufprall, der mich aufgeweckt hat, und ich habe etwas vom Auto abprallen sehen. Dann ist Onkel John weitergefahren. Er ist nicht einmal ausgestiegen.«

Sein Vater nickt. Er wirkt überhaupt nicht beunruhigt, und Winston weiß nicht, ob er sich darüber freuen oder sich sorgen soll.

»Das Wetter war gestern Abend trüb«, beginnt Alastair nach kurzem Nachdenken. »Die Wolken haben den Mond verdeckt, es war stockdunkel. Du bist dir nicht einmal sicher, welchen Weg ihr gefahren seid. Korrigier mich, wenn ich mich irre, Winston.«

»Also …«

»Nichtsdestoweniger *glaubst* du, *etwas* gesehen zu haben.«

Seine Stimme bleibt tonlos, aber Winston spürt die Ungeduld, und er senkt den Blick.

»Das wären viele Zufälle.«

»Ich habe schon Schockierenderes gehört. Glaubst du, dass das genügt, um den Ruf dieser Familie in Gefahr zu bringen?«

Winston blickt seinen Vater an, überrascht über die Wendung des Gesprächs. Die Frage nach Alastairs Ansehen ist ihm nicht in den Sinn gekommen und hatte in seinen Augen nichts damit zu tun, wie er sich verhalten sollte. Aber die dumpfe Empörung seines Vaters schüchtert ihn ein, und er schilt sich innerlich für seine aufschreckenden Theorien und seine Unfähigkeit, die Lage in ihrer ganzen Komplexität zu erfassen.

»Ich dachte, dass wir es vielleicht der Polizei sagen sollten.«

»Und ich denke, dass wir überhaupt nichts tun sollten. Deine Interpretation der Tatsachen ist fehlerhaft, Winston. Du hattest zu viel getrunken, du hast nichts gesehen, du stellst gewagte Vermutungen an. Die Rehe hier sind unberechenbar. Wie viele Kadaver liegen da ständig am Straßenrand rum?«

Dieses Mal bleibt Winston stumm, gibt sich geschlagen. Er ist nicht gänzlich beruhigt, aber Alastairs Argumente erscheinen ihm schlüssig. Die Panik beeinflusst sicher sein Urteilsvermögen, während sein Vater mit kühlem Kopf nachdenkt. Ja, er hat recht, seine Version der Geschehnisse ist viel glaubhafter als seine eigene. Als Alastair sieht, wie sein Sohn zögert, fügt er sanfter hinzu:

»Es ist gut, dass du zu mir gekommen bist. Ich schätze dein Vertrauen und deine Diskretion.«

Winston nickt, auch wenn er hinter dem vorgeblichen Kompliment eine Art Warnung erkennt. Er würde sich gern einreden, dass es sich tatsächlich um die beste Lösung handelt. Dann geht er hinaus, und erst viel später am Abend fällt ihm auf, dass Alastair den Namen seines Bruders nicht ein Mal erwähnt hat.

»Trinkst du deinen Champagner nicht?«

Winston schreckt auf und blickt finster auf das Glas in seiner Hand.

»Es ist deins.«

Rose nimmt sein Glas und trinkt mit antiquierter Vornehmheit ein paar Schlucke. Es ist so verlockend, Rose und all die Frauen ihres Schlags als Karikaturen zu betrachten. Hübsch. Feierwütig. Einfältig. Winston ruft sich ihr Gespräch von vorhin in Erinnerung und kommt zu dem Schluss, dass einen gerade diejenigen häufig überraschen, von denen man es am wenigsten erwartet. Als ob sie seine Gedanken lesen könnte, zeigt ihm seine jüngere Schwester durch das Kristallglas ein verschwommenes Schmunzeln.

Sein Blick richtet sich auf einen Punkt in der Landschaft, und schließlich geht ihm auf, dass er die Stelle betrachtet, wo ihr Vater gesessen hatte. Die Tischrunde hat ohne ihn nicht die gleiche Ausstrahlung. Auch nach dreißig Jahren nicht. Wie bei einem Lächeln, dem ein Zahn fehlt, wirkt seine Abwesenheit störend. Sein Stuhl wurde natürlich schon vor Langem weggeräumt, aber der Abdruck ist geblieben, und Winston fragt sich, ob nur er es bemerkt.

Und da fällt es ihm wieder ein. Seine Autoschlüssel. Die Frösche. Die flüchtige Erinnerung am frühen Nachmittag. Im Sommer drang ihr Quaken durch die Abenddämmerung und vermischte sich mit der nächtlichen Feuchtigkeit. Wie die der Grillen lassen ihre hartnäckigen und hohen Rufe an lange Sommerabende denken. Als der Wagen stoppte, kurz bevor Onkel John wieder Gas gab, hatte ihr fröhliches Quaken den Wagen erfüllt.

Beim Essen ist alles köstlich wie immer, aber es zieht sich in die Länge. Benommen von der Wärme und den Speisen, beteiligt sich Raj nur soweit nötig an den Festlichkeiten. Er reicht zum vierten Mal die Lachsplatte an Sean weiter, beeindruckt vom unstillbaren Appetit seines Schwagers, der sich seine sportliche Figur bewahrt hat.

Er kann nicht anders, als von Zeit zu Zeit Emma zu beobachten. Sie hat nur wenig gegessen, was ihn nicht überrascht. Er findet, dass sie nicht gut aussieht, und weiß, dass sie ihm seit ihrem kurzen Gespräch auf der Terrasse aus dem Weg geht. Er wundert sich dennoch über ihre Reaktion. Oder macht sich vielmehr Sorgen. Aber wozu? Emmas Probleme gehen ihn nichts an, ebenso wenig, wie sie mit ihnen umgeht. Aber ihre Entscheidung zu schweigen, zwingt Raj in die Rolle des Komplizen, und diese Last gesellt sich zu all seinen anderen Sorgen.

»Das ist nicht möglich.«

Das war alles, was sie gesagt hat. Sie atmete stoßweise, keineswegs erleichtert über die medizinische Diagnose, die doch die schlimmsten Befürchtungen, die sie zu diesem Termin geführt hatten, ausschloss. Als er mit den Ergebnissen zurückkam, lächelte Raj innerlich in dem Glauben, einen Anlass zur Freude mitzubringen. Ja, sie würden gemeinsam über die falsche Deutung der

Symptome lachen. Denn Emma würde nicht Krankheit und Tod entgegentreten müssen, sondern Leben empfangen. Doch als er es ihr verkündete, blieb die junge Frau stumm. Offensichtlich war die frohe Botschaft, die Raj zu überbringen glaubte, nicht so froh.

»Keine Verhütungsmethode ist zu hundert Prozent wirksam«, sagte er schließlich mangels eines besseren Trostes.

»Ja, darauf bin ich auch schon gekommen.«

Ihre Verzweiflung beunruhigte den Arzt. Sean wollte eine Familie, er hatte es Raj bei einem zu weinseligen Thanksgiving vor ein paar Jahren gestanden, als er Emma gerade kennengelernt hatte. »Sie wird die Mutter meiner Kinder«, hatte er mit einem beschwipsten Kichern, aber dennoch sehr ernsthaft geflüstert. Raj war an jenem Abend vor dem Leuchten in seinen Augen zurückgeschreckt, vor Seans Bitte, die er zu erkennen glaubte, ihm zuzureden. Raj fiel es schwer, den lustigen und vertrauensseligen Sean mit dem sorgenvollen Mann in Einklang zu bringen, für den letztendlich doch nicht alles selbstverständlich war.

Sein Schwager wäre über Emmas Schwangerschaft hocherfreut. Der Alkohol hatte ihm an jenem Abend die Zunge gelöst, ihm das Geständnis entlockt, das er sich unter anderen Umständen nicht erlaubt hätte. Aber sein Wunsch, selbst wenn er ihn betrunken formuliert hatte, war keine flüchtige Idee gewesen. Sein Herz hatte gesprochen. Er und Emma waren nun seit fast zwei Jahren verheiratet, seit fünf zusammen, hatten sie denn nie darüber geredet?

»Es ist noch früh, du hast noch alle Optionen, Emma«, hörte er sich aus ärztlichem Pflichtgefühl heraus sagen. »Aber es wäre gut, wenn du mit Sean darüber sprechen würdest.«

Warum hatte sie zu ihm kommen müssen? Und warum hatte sie keinen Schwangerschaftstest gemacht?

»Ich habe so aufgepasst«, murmelte sie.

Sie traute sich nicht, ihn anzusehen, und ihre Scham, ihre Nervosität und Verwirrung warfen in Raj die Frage auf, was sie an einem Mann wie Sean anzog.

Emma besitzt eine zarte Schönheit, die Raj an die Frauenfiguren auf Vermeers Gemälden erinnert, diese melancholischen und fragilen Geschöpfe, Symbole der Tugend. Sie ist so reserviert wie redselig. So distanziert wie taktil. Sie vermittelt immer den Eindruck, sich entziehen zu wollen, im Gegensatz zu ihrem extrovertierten Ehemann, dessen Wesen den Charme eines Schauspielers und das stattliche Aussehen eines Politikers vereint.

Raj versucht manchmal, sich vorzustellen, wie ihre intimen Gespräche aussehen. Was tun sie in ihrer Freizeit, welche Filme schauen sie an? Und wenn sie nicht über ihre gemeinsame Zukunft sprechen, worüber zum Teufel sprechen sie dann? Ihre Verbindung bleibt in seinen Augen ein Mysterium, obwohl ihm deutlich bewusst ist, wie seine eigene Ehe bewertet wird.

Raj, der tadellos rechtschaffene Arzt, nicht besonders redselig, dieser Inder, der seine Zugehörigkeit zum Klan der privilegierten Weißen nachdrücklich betont. Was hat dieses Kind von einem anderen Kontinent mit der explosiven Rose zu schaffen? Ist sie ihm gegenüber nicht genauso gleichgültig wie Emma gegenüber Sean?

»Raj, kannst du mir den Lachs reichen?«

Aus seinen Gedanken gerissen, gibt Raj zum fünften Mal die Platte an seinen gierigen Schwager weiter. Sein Blick bleibt erneut an Emma hängen und wandert dann zu Rose. Jede hat ihr Geheimnis. Jede vermauert sich hinter einem Schweigen. Emma ist jedoch eine schlechtere Schauspielerin als Rose, sie wird sich am Ende verraten. Und Sean ist nicht so dumm, wie er wirkt, auch nicht so unbedarft. Also, wer weiß? Er ist vielleicht nicht vollkommen blind. Im Gegensatz zu Raj, der nichts gesehen hat.

Am anderen Ende des Tisches kratzt Rose mit der Gabelkante über ihren leeren Teller. Seit ihrem Teilgeständnis ertappt sich Raj dabei, ihr Verhalten obsessiv zu analysieren, auf jeden Blick, jede Geste zu achten, immer auf der Lauer nach einem Zeichen für den Missbrauch, den sie erlitten hat.

Es gibt jene Details, die er nun aufspürt, bedrückt und verwirrt von dem Offensichtlichen, das ihm zu lange entgangen war. Und all die anderen, die im Licht von Roses Geständnis eine neue Bedeutung erhalten.

Ihr aufreizender Stil, die Eile, mit der sie ihn einst in ihr Bett gezogen hat, ihr sexueller Appetit und diese Wut in ihr, untrennbar verbunden mit ihrer erotischen Ausstrahlung. Ein Schauer durchläuft Raj bei dem Gedanken, dass er sich so viele Jahre und bei einem so ernsten Thema dermaßen in die Irre hat führen lassen. Er, der sich für einen sensiblen Mann mit hoher Beobachtungsgabe hielt, hat nichts geahnt.

»Wenn du dein Glas nicht austrinkst, mach ich das«, hatte sie eine Woche zuvor zu ihm gesagt, als sie beim Nachtisch waren.

»Oder wir könnten es beide stehen lassen?«, hatte er vorgeschlagen.

Roses halb gelangweilte, halb ungeduldige Schnute hatte ihn an seine Jahre an der Highschool erinnert, als die einzige Reaktion, die er bei Mädchen auslöste, auf Gleichgültigkeit oder Abscheu hinauslief. Seine Miene verdüsterte sich, er bereute seine Zurückhaltung. Aber er war auf Abruf und scheute davor zurück, sich zu betrinken, nur um mit Rose mitzuhalten. Ohne weiter zu zaudern, nahm sie sein Glas und trank es in einem Zug aus. Dann schaute sie ihm direkt in die Augen, mit einem herausfordernden Blick voller Bitterkeit, der ihn verunsicherte.

In der Rückschau hätte ihr Verhältnis zum Alkohol ihn aufmerken lassen sollen. Diese Neigung, sich zu berauschen, ihr Herz auszuschütten und sich dann plötzlich zurückzuziehen. Das geschah nicht so oft, beschwichtigte er sich selbst. Und sie machte nie eine Szene. Wenn sie also zu viel getrunken hatte, gab Raj als nachsichtiger und verständnisvoller Ehemann vor, nichts zu bemerken und keinen Anstoß daran zu nehmen.

Er übernahm den Abwasch, lauschte dabei den Abendnachrichten, die aus dem Fernseher im Wohnzimmer kamen. Als er wieder erschien, erwähnte der Moderator die Festnahme eines Anwalts aus der Gegend, beschuldigt, einem Pädophilennetzwerk anzugehören, das Kinderpornografie besaß und im Internet verbreitete.

»Wie grässlich«, stieß Raj aus, der wie immer bereute, den Nachrichtenkanal angelassen zu haben.

»Ach was, mach mal keinen Aufstand.«

»Du findest das wohl nicht schockierend?«

Sie zuckte mit den Schultern.

»Schockierend, vielleicht. Überraschend, nein. Es ist ja nicht so, als würde das nicht jeden Tag geschehen.«

»Das bedeutet nicht, dass man sich nicht darüber aufregen kann.«

»Ja, gut. So ist die Welt eben. Das sollte man besser akzeptieren.«

»Was genau akzeptieren?«

»Dass es viele Männer gibt, die Kinder bevorzugen.«

Sie sprach in einem harten, schneidenden Tonfall, den er nicht von ihr kannte.

»Und das ist ernsthaft etwas, was du akzeptierst?«

Sie hatte ihn mit einer Mischung aus Zorn und Mitleid angesehen, bevor sie sagte:

»Als hätte ich die Wahl gehabt.«

Beim Anblick von Rajs Gesichtsausdruck senkte sie den Blick, bereute ihre Worte sicher und, ausnahmsweise, die drei Gläser Wein, die sie getrunken hatte.

»Was willst du damit sagen?«, stieß Raj mühsam hervor und setzte sich neben sie.

Erneut zuckte sie mit den Schultern, und er unterdrückte den Impuls, sie zu schütteln. Er nahm die Fernbedienung und schaltete das Gerät aus, legte dann seine Hand auf Roses. Sie blieb regungslos, das Gesicht von ihm abgewandt, und ihr Schweigen jagte Raj mit einem Mal Angst ein.

»Hat dir jemand wehgetan?«, flüsterte er, unfähig, diese Worte mit lauter Stimme auszusprechen.

Sie trommelte auf dem Tisch herum, den Kopf gesenkt, neben Raj, der zwischen dem drängenden Bedürfnis, die Wahrheit zu erfahren, und der zwingenden Notwendigkeit, Rose bei ihrem Geständnis nicht zu drängen, hin- und hergerissen war. Der Abend war so schön gewesen … Nichts hatte auf eine solche Wendung hingedeutet. Raj konnte nicht zurück. Auch Rose musste wissen, dass es zu spät für Ausflüchte war.

Das fragile Gleichgewicht seiner Existenz traf Raj wie ein heftiger Schlag ins Gesicht. Das Fundament seiner Ehe bröckelte, erschüttert von Roses schwammiger Anspielung und allem, was diese infrage stellte, beginnend mit ihm selbst.

»Das ist lange her, Raj. Ich weiß nicht, warum ich das gesagt habe.«

An ihrer Stimme hörte er, dass sie mit Mühe die Tränen zurückhielt.

»Weiß noch jemand anderes davon?«

Er fühlte sich wie ein Bulle mitten im Verhör, der es eilig hat und kein Mitgefühl empfindet, nicht wie ein Ehemann, der seine Frau in einem so schmerzhaften Augenblick unterstützt. Was Roses Antwort bestätigte:

»Was ändert das?«

»Ich versuche nur zu verstehen. Wer, Rose?«

Aber sie hatte sich endgültig wieder verschlossen.

»Ich bin müde, ich gehe ins Bett.«

Am nächsten Morgen war er mit dem Duft von Kaffee und Waffeln aufgewacht und hatte Rose in der Küche vorgefunden, die summend das Frühstück zubereitete. Er hatte es nicht gewagt, ihr abgebrochenes Gespräch vom Vortag zu erwähnen, nicht gleich, und hatte sich damit begnügt, die Waffeln zu verspeisen. Aber nachdem er sich zum zweiten Mal Kaffee eingeschenkt hatte, konnte er nicht mehr an sich halten:

»Werden wir wirklich so tun, als ob nichts wäre?«

»Wovon sprichst du?«

Sie lächelte wie in ihren besten Zeiten, und sie war so schick und strahlend, ihr Haar hübsch verwuschelt, dass er zögerte, ihre gute Laune zu verderben. Es wäre so einfach, so praktisch gewesen, einfach die Augen zu verschließen. Aber seine Feigheit wäre schwerer zu ertragen gewesen als die Wahrheit, also ließ er nicht locker.

»Rose, die Sache mit dem pädophilen Anwalt in den Nachrichten gestern Abend …«

»Was soll damit sein? Ich kann mich nicht erinnern.«

Das war ihre Abwehrstrategie, verstand er. Er hatte ein Fenster von ein paar Minuten gehabt, in denen Rose ihre Vorsicht hatte fahrenlassen, ein Geheimnis angedeutet hatte, das sie letztendlich nicht bereit war zu teilen. Dass sie nun log, war unwichtig. Es zählte nur, dass Raj im entscheidenden Moment nicht die richtigen Worte gefunden hatte, sie zum Reden zu bringen.

Alle seine Versuche sollten sich in der Folge als erfolglos erweisen. Rose würde systematisch die Flucht ergreifen, sich seinem Blick entziehen, dem Trost und der Sicherheit, die er ihr so gern bieten wollte.

Roses erschütterndes Teilgeständnis hatte eine Woche vor dem Barbecue bei Elisabeth stattgefunden, ein Familientreffen, das bei Raj für gewöhnlich nur amüsierte Langeweile hervorrief. Er studierte dann seine Schwiegerfamilie, deren Mitglieder so schlecht zueinanderpassten wie zufällig ausgewählte Kleidungsstücke. Alles, von ihren Prinzipien zu ihrem Stil über ihre berufliche Karriere und ihre Persönlichkeit, schien sie gegeneinander aufzubringen. In Rajs Augen waren ihnen nur ihr Name gemeinsam, das soziale Milieu und die Vorteile, die es mit sich brachte. Was es nicht weniger faszinierend machte, sie zu beobachten, wie sie sich in der gleichen Umgebung verhielten, und anhand von alltäglichen Szenen und scheinbar höflichen Wortwechseln ihre verschiedenen Unstimmigkeiten und ihr gegenseitiges Unverständnis zu erkennen.

Für gewöhnlich nutzte Raj diese Gelegenheiten also, um seine Analyse der Beziehungen zwischen den Haynes zu vertiefen. Aber seit Roses Geständnis erschienen ihm seine Beobachtungen so gefällig und vereinfachend wie diejenigen, die sie betrafen. Was er nach all den Jahren über sie wusste, war auf das bearbeitete Bild beschränkt, das sie vermittelten, und Raj war nah genug dran, um zu wissen, dass nichts Substanzielles durch die undurchsichtige Oberfläche drang.

Kurz vor dem Fest kreisten zwei Fragen ständig in seinem Kopf: Wer wusste Bescheid? Und wer war Roses Peiniger? Ein Verwandter, ein Freund der Familie, ein Lehrer? Konnte es einer ihrer Brüder sein? Er glaubte nicht an diese These, zog ihr die eines vertrauten

Erwachsenen vor, vor dem Rose sich nicht in Acht genommen hatte.

Vor Ort konnte er Jacquelyns köstliche Horsd'œuvres kaum genießen und hörte dieser mit halbem Ohr dabei zu, wie sie ihm ihre Pläne zur traditionellen indischen Küche vortrug. An ihrem erwartungsvollen Lächeln war leicht zu erkennen, dass sie sich für ihre noblen Inklusionsbemühungen Lob erhoffte.

Als er älter wurde, hatte Raj gelernt, den Blick der Weißen, all ihre Vorurteile und ihre Ignoranz zu tolerieren. Er machte sich nichts mehr aus ihrer Unfähigkeit, ihn aufzunehmen und sich zu erinnern, dass er genauso amerikanisch war wie sie, dass er in New Jersey aufgewachsen war und seine Erziehung auf der amerikanischen Kultur beruhte und nicht auf irgendeiner althergebrachten indischen Tradition. Als Teenager hatte er sich gegen die Urteile, die ihn auf seine Hautfarbe reduzierten, gewehrt, indem er ein Betragen an den Tag legte, das ihm nicht entsprach, das er aber für geeignet hielt, dem Klischee, das man ihm systematisch anheftete, zu widersprechen. Aber er stellte am Ende fest, dass es nichts änderte, wenn er öffentlich fluchte, seine Liebe zu Baseball in ein Megafon schrie oder eine Harley Davidson fuhr, und diese bittere Erkenntnis hatte ihn befreit. Er hatte keine Kontrolle über die Meinung der anderen oder ihre Dummheit. Also konnte er sie auch akzeptieren oder, noch besser, ihr keine Bedeutung beimessen.

Jacquelyn hat nicht einen Hauch Boshaftigkeit an sich, und sie handelt mit den besten Absichten. Es ist nicht wichtig, dass ihr Vorschlag eine Beleidigung verbirgt.

Meistens überwiegt Rajs Sympathie für diese wohlmeinende, aber ungeschickte Frau seine Verärgerung. Aber heute treffen die Abgeschmacktheit seiner Schwägerin, die Selbstgefälligkeit hinter ihrer übertriebenen Rücksicht einen Nerv bei Raj, und er fürchtet, dass er überstrapaziert werden könnte. Nachdem er die vage Hoffnung hatte, seiner Schwägerin eventuell Informationen zu Roses Anschuldigungen zu entlocken, ist er nun sicher, dass sie nichts von alldem weiß.

»Jacquelyn!«

Elisabeths schneidender Tonfall bildet einen Kontrast zu der warmen Stimme ihrer Tochter, und Raj findet wie immer, dass seine Schwiegermutter den Duft von Ärger und Überdruss verströmt. Sie grüßt ihn mit einem Kopfnicken und einem freundlichen Glanz in den Augen, den Raj als Entschuldigung interpretiert. Sofern sie etwas von dem, was ihre Tochter gesagt hat, aufgeschnappt hat, bedauert sie dies sicher, denkt Raj, obwohl er sich unzählige Male an den feststehenden Vorstellungen, die sie von ihm hegt, gestoßen hat.

Er erblickt Emma, die sich so unauffällig wie eine Katze durchs Wohnzimmer bewegt, und schaut auf seine Uhr. Nicht einmal drei Uhr. Ein Stück weiter unterhält sich Rose mit ihrer Nichte. Die Kleine ist gewachsen und sieht ihr ähnlich. Die gleichen weichen Locken, die gleiche schlanke Figur, die gleichen ausladenden Kurven. Der Anblick der beiden Körper, die drei Jahrzehnte trennen, lässt in Raj den alten Wunsch nach einer Familie erwachen, dem er abgeschworen hatte, weil er bei Rose auf wenig Resonanz traf. Als er sie so neben ihrer jüngeren Kopie sieht, wird Raj von einem vertrauten Schmerz eingeholt, bei dem sich Reue und Fantasien abwechseln. Er betrachtet die Spiegelung dieses Paralleluniversums und all seine Möglichkeiten, geopfert aus Liebe zu der Frau seines Lebens. Raj vermutet, dass er für Rose immer mehr empfunden hat als sie für ihn. Eine Tatsache, die er hinnimmt, auch wenn er allmählich spürt, welchen Preis er dafür zahlt.

Er hat genug Vertrauen in Rose, um neben all den imposanteren und attraktiveren Männern, denen sie begegnet und die besser zu seiner anziehenden Ehefrau passen würden, nicht vor Eifersucht zu vergehen. Mit den Jahren ist ihm aufgegangen, dass kein Mann, so charismatisch und intelligent er sein mag, sie zu zähmen vermocht hätte. Denn es gehört zu Roses grundlegendem Wesen, dass sie keinem gehört. Auch wenn er diese Unabhängigkeit bewundert, kommt es vor, dass Raj eine Form der Unverfügbarkeit darin sieht, sogar einen Fluchtimpuls. Und auch wenn er sich wegen dieses Ungleichgewichts gesorgt hat, hat er zwischenzeitlich beschlossen, sich damit abzufinden.

Er schenkt Lucas' Rede wenig Beachtung. Sein Schwager versteckt hinter seinem aufgesetzt heiteren Tonfall ein spürbares Unbehagen. Es ist wohl nicht immer einfach, mit Jacquelyn verheiratet zu sein und zwei Jugendliche aufzuziehen. Lucas ist so ein Mann, der zurückgelehnt lebt, mit einem angenehmen Gehalt, festen Arbeitszeiten und einem Alltag, der einen Hauch zu festgelegt ist, in dem jedes Detail, von der Automarke bis zu den Ausgaben über die beruflichen Ambitionen und die sexuelle Lust, den mustergültigen Regeln der Mäßigung folgt. Ein hübsch geordnetes Leben, ruhig und vorhersehbar, durch das Lucas halb wach, halb zufrieden zu gleiten scheint.

Jacquelyn windet sich unter der Lobrede ihres Mannes errötend auf ihrem Stuhl, und ihre Unschuld erweicht Raj letztendlich, sein Ärger verfliegt. Dass zwei so gegensätzliche Frauen wie sie und Rose Schwestern sein können, überrascht ihn immer wieder. Dass sie sich gut verstehen, grenzt für ihn an ein Wunder. Rose, die gern kritisiert, hat über ihre Schwester nie ein böses Wort verloren. Sie respektieren sich, ohne sich nah zu sein, und Raj hat auch den Eindruck, dass sie sich eine Bewunderung entgegenbringen, deren Grund ihm entgeht.

»Es riecht verbrannt«, sagt Naomy, ohne von ihrem Handy aufzublicken.

Sean, dessen Teller endlich leer ist, geht zum Grill. Dicker grauer Rauch quillt empor, als er den Deckel abnimmt, und durch die Wolke sieht Raj ihn zwei verkohlte Würstchen vom Rost nehmen.

»Schau an, mir hat niemand gesagt, dass es Würstchen gibt«, stellt er enttäuscht fest.

»Das sind Winstons«, schaltet sich Mathilde ein. »Sie haben weniger Salz. Winston, wann hast du sie auf den Grill gelegt?«

»Hm?«

Der Angesprochene schaut erst seine Frau, dann seinen Bruder verwundert an, bevor er die Antwort auf seinem Teller sucht.

»Nun ...«

Schuldbewusst wie ein Kind, das man bei einer Dummheit ertappt hat, rutscht er auf seinem Stuhl hin und her, und Raj erkennt den Richter hinter dieser reuevollen Miene und den eingesunkenen Schultern kaum wieder. Ist er überarbeitet? Belastet ihn ein besonders delikater Fall? Raj weiß nicht viel über seinen Schwager, er unterhält zu ihm nur eine distanzierte und respektvolle Beziehung, die auf ein paar Begegnungen im Jahr beruht. Sie tauschen bei diesen Gelegenheiten nur die üblichen Höflichkeiten aus. Winston strahlt wenig Wärme aus, aber eine Rechtschaffenheit, die Raj beeindruckt und einschüchtert. Seine natürliche Autorität und seine Klarsicht verleihen ihm etwas Erhabenes, das es, so stellt der Arzt es sich vor, unmöglich macht, ihn zu belügen. Obwohl er ihn hoch achtet, findet es Raj tatsächlich schwierig, sich mit ihm zu unterhalten. Er ist ein brillanter Mann mit einwandfreiem Moralkodex, aber wenig einnehmend. Und diese Ernsthaftigkeit, die perfekt zu seinem Beruf als Richter passt, macht ihn nicht zum bevorzugten Gesprächspartner bei informellen gesellschaftlichen Anlässen. Raj weiß nie, was er zu ihm sagen soll, er traut sich nicht, nach seinen laufenden Fällen zu fragen, aber weiß abgesehen von seiner beruflichen Tätigkeit im Grunde nichts über Winstons Leben. Was sind seine Interessen? Hat er überhaupt welche? Raj kann ihn sich nicht anders vorstellen als in seinem ewigen dunklen Anzug, in Gedanken bei irgendeiner undurchdringlichen juristischen Verwicklung.

Die Verwandlung, die er heute miterlebt, ist also faszinierend und beunruhigend zugleich. Winston wirkt kleiner, zusammengesackt, und es ist für Raj aufwühlend zu sehen, wie dieses Symbol der Standhaftigkeit und des Anstands in sich zusammensinkt wie ein alter Lappen.

Mathilde neben ihm schaut verärgert. Sie haben sich sicher gestritten, vermutet Raj, der wider Willen an sein Gespräch mit Rose denken muss. Er muss die Dinge klarstellen, die Wahrheit herausfinden, so schmerzhaft sie auch sein möge. Er hat bislang nicht die richtige Taktik angewandt. Zu passiv, zu geduldig. Wenn er Antworten will, muss er sie einfordern.

Dann geschehen mehrere Dinge gleichzeitig. Naomy fällt das Handy aus der Hand, das mit einem lauten Knacken auf den Steinplatten aufkommt. Sean verbrennt sich beinahe, als er sich die verkohlten Würstchen zu genau anschaut. Mathilde, die ihren Champagner in einem Zug austrinken will, verschluckt sich und hustet in ihre Faust. Emma schiebt lautstark ihren Stuhl zurück. Und Lucas rennt plötzlich von der Terrasse.

Die darauffolgenden Sekunden prägen sich mit chirurgischer Präzision in Rajs Gedächtnis ein: Lucas eilt den sanften Abhang zum Pool hinunter, in dem etwas Buntes treibt. Das reglose Kind auf der Wasseroberfläche, der Sprung seines Schwagers, die kleinen nassen Fußabdrücke um den Pool herum, die respektlose Schönheit des Tages und des idyllischen Rahmens, die unverzeihliche Unaufmerksamkeit von ihnen allen.

Ein Luftzug bewegt Rajs Hemd, als Mathilde ihn im Vorbeilaufen streift, und ihr Schrei erreicht ihn nicht unmittelbar. Klang und Bild sind wie versetzt. Die Szene läuft bruchstückhaft ab, zugleich scharf und abgehackt, und Raj weiß nicht, wie viel Zeit vergangen ist, als seine Reflexe einsetzen. Er läuft ebenfalls zum Pool. Kniet sich neben Thomas' reglosen Körper. Befühlt seinen feuchten Hals auf der Suche nach einem Pulsschlag, stellt fest, dass das Kind schwach atmet. Raj dreht den Jungen sanft auf die Seite, stützt dabei seinen Kopf und öffnet vorsichtig seinen Mund, um die Atemwege freizulegen.

Er geht methodisch vor, wie im Operationssaal, und seine Konzentration ist so hoch, dass er die Aufregung um sich herum, die Schreie und Mathildes Tränen vergisst, seine eigenen Gefühle. Thomas' Überleben hängt von der Schnelligkeit seines Handelns und seinen Entscheidungen ab.

»Ruft den Notarzt!«, ordnet er an für den Fall, dass dies nicht schon geschehen ist.

Dann weist er Sean an, ihm Handtücher zu bringen. Er benutzt das erste, um ein Kissen zu formen, das er sacht unter den Nacken des Kindes schiebt, und breitet das zweite über seinen nassen Leib, um es aufzuwärmen. Mit den Fingern am Handgelenk des Jungen überwacht Raj weiter den Puls, bis der Krankenwagen eintrifft.

Beim Anblick seines bewusstlosen Sohnes im Gras ist Winston sicher, dass dieser Unfall einer widerwärtigen Strafe für seine Jugendsünden gleichkommt. Karma. Auch wenn er nicht daran glaubt. Plötzlich geht ihm auf, dass Thomas ihm wenig, sogar überhaupt nicht ähnelt. Seine rundlichen Züge und sein Teint erinnern an die Sanftheit seiner Mutter. Und er hat sich verändert. Obwohl er noch weich ist, haben sich seine Gliedmaßen inzwischen verlängert, er ist gewachsen, seine Haare sind länger, und seine feinen Gesichtszüge erinnern an die Porzellanpuppen, die Jacquelyn als Kind sammelte. Winston kommt also der Gedanke, dass dieser Junge wie ein Fremder auf ihn wirkt. Und dann, als die Starre der ersten Augenblicke vergeht, fleht er die Krankheit an, ihn eines Tages von diesem Stück Erinnerung zu befreien.

Aber reiflich überlegt, will Winston nicht vergessen. Je weiter die Realität in ihn einsickert, sein Herz und seine Gewissheiten stört, zwingt er sich, jede Empfindung, die mit dem Moment einhergeht, festzuhalten. Er würde den Anblick von Thomas am liebsten in seinem Gedächtnis eingravieren, den Kontrast zwischen seinem starren Körper und der kindlichen Anmut, die er ausstrahlt, das bunte Krebsmotiv seiner Badehose, die aus einem Souvenirshop auf Aruba stammt, den Chlorgeruch des Pools, vermischt mit dem süßlichen Geruch von Sonnencreme und dem so sommerlichen von Grillfleisch.

Wird sein Junge im Gras seinen Abdruck hinterlassen, wenn man ihn fortgetragen hat? Wenn Winstons Befürchtungen sich bewahrheiten, wird er hierherkommen, um zu gedenken, oder diesen Ort für den Rest seiner Tage verfluchen?

Winston hört kein Wort von dem, was die Rettungssanitäter sagen. Er nickt, den Blick auf Thomas gerichtet, der nun auf einer Trage liegt, das Gesicht von einer Sauerstoffmaske verdeckt. Die Szene ist so unwirklich, dass er sich kurz einreden kann, dass sie nichts mit ihm zu tun hat oder sich bald in Luft auflösen wird.

Er zuckt zusammen, als Mathilde seine Hand nimmt, und er sucht in ihren Augen nach einer Antwort, einem

Urteil oder einer Erklärung, die nicht kommt. Stattdessen sieht er blanken Schmerz und eine solche Verzweiflung, dass er den Blick abwendet.

Synchron steigen die Eltern in den Krankenwagen, hinter ihnen schließen sich die Türen, und die Ambulanz fährt unter dem gleichgültigen Zwitschern der Vögel davon.

Jacquelyn sieht zu, wie das Gefährt verschwindet, mit einem sonderbar vertrauten Gefühl, das sie nicht gleich identifizieren kann. Es ist das gleiche Gefühl von Ohnmacht, Schuld und Gewissensbissen, das sie Jahrzehnte zuvor verspürt hat, als sie ihren Vater ertappte.

Die beiden Vorfälle haben nichts gemein, und die aktuelle Situation ist viel dramatischer. Aber sie wecken auf die gleiche Weise ihren Sinn für versäumte Pflichten, ihren angekratzten Stolz und vor allem ihre Unfähigkeit zu bewahren, was ihr lieb und teuer ist.

Zudem spielt sie den Film des Nachmittags ab, um den Augenblick zu bestimmen, in dem sie versagt hat. Wann und warum war sie abgelenkt?

Wie auch immer der Ablauf war, und genau wie vor dreißig Jahren, kann sich Jacquelyn keine Variante vorstellen, bei der sie nicht schuldig ist.

1989

Er sieht sie nicht einmal. Auch wenn daran nichts ungewöhnlich ist, sie wird oft nicht wahrgenommen. Jacquelyn ist weder zart noch besonders unauffällig. Ihr Gang ist entschlossen, von ihrem Vater hat sie die laute Stimme geerbt, sie ist fast so groß wie ihre Brüder, doch aus einem unbekannten Grund scheint sie nie jemand zu bemerken.

Es ist plausibel, dass ihr Vater Jacquelyn nicht gesehen hat, weil er dort, unter diesen Umständen, nicht damit rechnet, ihr zu begegnen. Aber alles, was Jacquelyn fühlt, ist das belastende Gefühl, unsichtbar zu sein.

Die Straße ist an diesem frühen Nachmittag fast ausgestorben. Eilig überquert Jacquelyn die Hauptstraße in Richtung des kleinen Bistros, in dem die Schulsekretärin ihr aufgetragen hat, einen Kaffee für den Direktor zu holen, da die Maschine des Sekretariats defekt ist. Jacquelyn ist gern behilflich, aufmerksam gegenüber anderen, deren Prioritäten leicht zu ihren eigenen werden. Sie handelt aus Güte und erwartet keine Gegenleistung. Wer weiß, vielleicht loben sie all die Leute eines Tages in den höchsten Tönen, ach, Jacquelyn, dieses stets hilfsbereite und liebenswürdige Mädchen, diese intelligente Schülerin, auf die man zählen konnte!

Sie lächelt im eiskalten Wind, schiebt den Gedanken beiseite, dass man sie vielleicht ausnutzt, ihr Mitgefühl und ihr Bedürfnis, gefällig zu sein. Nein, Jacquelyn will die Beweggründe derjenigen, die ihre Hilfe in Anspruch nehmen, lieber nicht ergründen. Auch wenn sie sich immer öfter vorstellt, den Leuten, die sie zu einem Nein nicht fähig halten, eine Abfuhr zu erteilen – am Ende gibt sie immer nach.

Sie zieht gerade ihren Schal zurecht, als sie ihn erblickt. Seine Ausstrahlung ist so stark, dass sie die Frau an seiner Seite nicht gleich bemerkt. Seinem Besitzer entsprechend, vereint sein gutsitzender Anzug, wie alle seine Mehrteiler vom alten Dierrowitz maßangefertigt, Eleganz und Schlichtheit. Er kaschiert auch Alastairs leichtes Übergewicht und lässt ihn imposanter erscheinen, als er eigentlich ist.

Etwas an seinem Verhalten macht Jacquelyn jedoch stutzig, ein Eindruck, den sie sich damit erklärt, dass er seine Brille nicht trägt. Er wirkt entspannt, heiter, wie verjüngt, und dieser Anblick passt nicht zu der Steifheit, die ihn sonst ausmacht. Selbst sein Gang ist schwungvoller, seine Schritte federnd, er wirkt auf seine Tochter wie ein Mann, der von seinen alltäglichen Sorgen befreit ist.

Da erst nimmt sie die schlanke Frau im Bleistiftrock wahr, die beinahe traben muss, um mit ihrem Vater auf gleicher Höhe zu bleiben. Jacquelyn stellt fest, dass sie deutlich jünger ist. Eine Sekretärin denkt sie. Sein Vater wechselt sie oft.

Aber der berufliche Aspekt ihrer Beziehung zerbröselt, als Alastair und die Unbekannte an der Straßenecke stehen bleiben und sich küssen. Ein so kurzer Kuss, dass Jacquelyn glaubt, ihn sich eingebildet zu haben. Aber der Blick, den sie danach tauschen, ist unmissverständlich, und die Jugendliche beobachtet die Szene mit klopfendem Herzen und zittrigen Beinen, als ob sie es wäre, die man in flagranti erwischt hätte.

Sonderbarerweise macht sie die Entdeckung der Affäre nicht wütend. Sie ist zu verblüfft. Nicht von der schockierenden Indiskretion, die Alastair, der sonst überlegt handelt, an den Tag legt, sondern von seiner guten Laune, seiner Entspanntheit. Er wirkt lebendiger auf sie als je zuvor, und sie begreift plötzlich, wie schlecht sie ihn kennt.

Dieser wortkarge Vater, der seine Zeit und Mühen ständig dem Gelingen seiner Geschäfte widmet, dieser Vater, der sich nur zwischen den vier Wänden seines Büros bewegt und Einsamkeit, eine gute Zigarre und seine Zeitung über alles schätzt, dieser Vater ist also ein Wesen aus Fleisch und Blut, ausgestattet mit Begehren. Es ist verstörend, sich einzugestehen, dass er sich am Ende nicht auf seine Verträge, seine Anwesenheit beim Essen und auf die lakonischen Wortwechsel mit seiner Familie reduzieren lässt. Er ist ein Mensch wie jeder andere, mit Geheimnissen und verborgenen Gedanken, von denen Jacquelyn nichts weiß.

Aber nun teilen sie ein Geheimnis. Und auch wenn sie es nicht verrät, kann sie es nicht abstreiten und es noch weniger vergessen. Hatte es noch andere Frauen in Bleistiftröcken gegeben? Wusste ihre Mutter Bescheid? Sie sieht erneut das Strahlen ihres Vaters und stellt sich vor, wie er ihnen verkündet, dass er sie wegen seiner Sekretärin, oder wer diese Frau auch immer ist, verlassen wird, den Koffer gepackt und die Abschiedsrede vorbereitet. Prägnant, endgültig.

Auf der anderen Straßenseite fasst Alastair seine hübsche Begleitung am Ellenbogen, und sie verschwinden an der Ecke eines Backsteinhauses. Bis zu dem Tag war seine Person auf den Geschäftsmann reduziert. Auf Handlungen und Worte, die Jacquelyn nie miterlebt hat. In ihrer Vorstellung schrieb er an seinem Schreibtisch Anmerkungen in Unterlagen, saß einem Aufsichtsrat bei, bellte Anweisungen und führte ein Telefonat nach dem anderen. Sie hatte nicht vorausgesehen, dass er diesen Rahmen sprengen könnte.

Diese Denkweise ist so naiv, dass Jacquelyn sich Vorwürfe macht, mehr als ihrem Vater. Zu welcher unbekannten Facette von Alastair hat diese Frau Zugang? Und warum hat sie, Jacquelyn, nie versucht, ihn besser kennenzulernen?

Als sie an dem Abend nach Hause kommt, geht Jacquelyn gleich auf ihr Zimmer. Wie oft um diese Zeit, bereitet ihre Mutter in der Küche das Abendessen zu, aber heute hört sich das Klappern der Töpfe in Jacquelyns Ohren anders an. Sie stellt sich vor, wie ihre Mutter sich in ihrer zu großen Küche betätigt, die Handgriffe fahrig von unterdrückter Wut. Das helle Klirren der Teller und des ungeduldig verteilten Bestecks spiegeln ihre innere Verfasstheit wider.

Verwirrt setzt Jacquelyn sich auf ihr Bett. Um sie herum ist alles tadellos aufgeräumt, bildet einen Gegensatz zu dem Chaos in ihrem Kopf. Wie gewöhnlich weiß sie nicht, wie sie sich verhalten soll, gebremst von der entmutigenden Furcht zu verletzen oder zu enttäuschen.

Konflikte vermeiden, keine Partei ergreifen. Das ist ihre Devise. Aus diesem Grund hat sie nicht den Mut, ihren Vater zur Rede zu stellen. Oder ihre Mutter. Diese Art von Initiative und das Risiko, das sie bereithält, passt nicht zu ihr. Und jagt ihr gehörig Angst ein. Und wer weiß, wenn sie nicht lockerlässt, wird sie sich vielleicht einreden können, dass sie das Gesehene falsch gedeutet hat. Kinder sollten sich ohnehin nicht in die Angelegenheiten ihrer Eltern einmischen. Es ist nicht an ihr einzuschreiten, denkt sie, während im Nebenzimmer das dumpfe Geräusch des Rucksacks ertönt, den Rose auf den Boden geschleudert hat.

Was würde ihre Schwester an ihrer Stelle tun? Die eigensinnige und waghalsige Rose. Im Gegensatz zu ihren anderen Geschwistern ist sie so unabhängig, und nichts scheint sie aus der Fassung zu bringen. Sie würde bestimmt sagen, dass sie das Problem nichts angeht, dass sie darin keine Rolle zu spielen hat, und zu etwas anderem übergehen, ohne sich weiter zu quälen.

Wie sehen Roses Probleme eigentlich aus? Mit welchem Dilemma müssen sich hübsche und beliebte junge Mädchen wie sie befassen? Roses Tür geht leicht knarrend auf, und Jacquelyn legt sich hin, während sie den erstickten Stimmen ihres Onkels und ihrer Schwester lauscht.

Ihre Innigkeit ärgert sie. Rose ist jünger als sie, sie geht noch nicht einmal auf die Highschool, und doch zieht sie Onkel Johns Aufmerksamkeit auf sich. Ihr zwinkert er verschwörerisch zu, ihr steckt er heimlich Geldscheine zu, damit sie sich damit Naschereien oder Schminke kauft, und er erkundigt sich immer zuerst nach ihr, wenn er sie besucht. Diese Bevorzugung frustriert Jacquelyn. Rose ist nur ein üppiges Kind. Eine Jugendliche, der es an Raffinesse und Bildung fehlt, frivol und unreif. Das versucht Jacquelyn sich einzureden, denn in Wirklichkeit kann sie nicht anders, als ihre Schwester so undurchsichtig zu empfinden wie Sumpfwasser, unter dessen Oberfläche flüchtige, nicht greifbare Schatten entlanghuschen. Genau darin liegt ihre Anziehungskraft, geht ihr auf. Sie ist nicht zu deuten, und was ist reizvoller als ein Rätsel?

Im Nebenzimmer verstummen Onkel Johns Schritte, und Jacquelyn seufzt, bevor sie sich mit angezogenen Beinen zur Wand dreht. Der Gedanke, sich ihrem Onkel anzuvertrauen, stößt sie ab, sie befürchtet, als Petze zu gelten. Aber sie sieht sich auch nicht mit ihren Geschwistern sprechen oder mit ihren wenigen Freunden. Jacquelyn fühlt, mit der frühreifen Hellsicht, die aus ihr einen gequälten Erwachsenen machen wird, dass sie eine Information besitzt, die sie für sich behalten muss. Ein Familiengeheimnis, wie es so viele gibt, mehr oder weniger gut verborgen, das sie ignorieren darf, bis es unter anderen Umständen und, mit ein bisschen Glück, nicht in ihrem Beisein herauskommt. Aber lässt sie ihr Schweigen bis dahin nicht zum Komplizen ihres Vaters werden?

Schuldig, was auch immer sie tut und was auch immer sie verschweigt, beschließt Jacquelyn, ihrem Onkel

John zu gestehen, was sie weiß. Sie lauscht auf das leise und vertraute Knarren des alten Holzes, als er die Treppe hinuntergeht, und wartet ein paar Minuten, bevor sie ihm folgt.

»Onkel John?«, flüstert sie und klopft sachte an die Tür.

Er murmelt eine unverständliche Antwort, und die Jugendliche öffnet einen Flügel. Auch wenn ihr Onkel auf die fünfzig zugeht, sieht sein Zimmer aus wie das eines Teenagers. Getragene Kleidung liegt zusammengeknüllt auf dem Boden, sein Bett ist ungemacht. Er hat auch schon eine Weile nicht mehr gelüftet, stellt Jacquelyn fest, als sie die abgestandene Luft einatmet. Trotz ihres Hangs zur Pedanterie ist ihr die Unordnung der anderen normalerweise egal. Aber nun, da sie in diesem vernachlässigten Unterschlupf steht, der vor Dreck strotzt, fühlt sie sich plötzlich unwohl.

»Ah, Jacquelyn!«

Die Enttäuschung ist seiner Stimme anzuhören, und Jacquelyn bemüht sich, sich nicht daran zu stören. Er lächelt dennoch, was sie als Einladung versteht. Sie knetet ihre Hände, weiß weder, wo sie anfangen soll, noch, ob sie sich an die geeignete Person wendet.

»Man könnte meinen, dich beschäftigt etwas«, kommt er ihr zuvor.

Er richtet sich auf, bereit, ihr zuzuhören, aber Jacquelyn hört einen Hauch Sarkasmus in seinem Tonfall, der sie verletzt. Er wirkt nicht so neugierig, wie sie es erwartet hat, und sie fühlt sich, wie so oft gegenüber den Erwachsenen, schrecklich unwichtig.

»Ich habe etwas mit angesehen, was ich nicht hätte sehen sollen«, sagt sie mit erstaunlich ruhiger Stimme.

Onkel John wartet, und sein Schweigen ermutigt seine Nichte weiterzusprechen.

»Es betrifft unsere Familie. Ich habe etwas gesehen, das alles zerstören könnte, wenn ich es erzähle.«

Erleichterung breitet sich in Jacquelyn aus, als ob sich ihr belastendes Geheimnis, einmal ausgesprochen, in etwas Luftiges und Leichtes verwandelt hätte. Die Jugendliche atmet tief ein, hat es eilig, alles zu erzählen, aber Onkel John unterbricht sie.

»Warum willst du mit mir darüber sprechen?«

Die Härte in seiner Stimme bringt Jacquelyn aus dem Gleichgewicht, und sie bedauert, nicht mehr zurückzukönnen. Onkel John ist ein sorgloser Mensch, der gern über seine eigenen Witze lacht und ernste Themen hasst. Er meidet es, sich mit den Problemen anderer zu befassen, und das Wesen dieser Unterredung weckt vielleicht sein Misstrauen.

»Mit wem sonst?«, antwortet sie und hat dann das komische Gefühl, dass sich, kaum sind ihr die Worte über die Lippen gekommen, etwas in ihrem Onkel endgültig verschließt.

»Was hast du gesehen, Jacquelyn?«

Sie zögert, beißt sich auf die Lippe.

»Ich will nicht ins Detail gehen. Ich weiß nur, dass es Mom nicht gefallen wird, wenn sie es erfährt.«

Er senkt den Kopf, er wirkt auf Jacquelyn ungewöhnlich besorgt. Plötzlich erscheint er viel älter, ernster oder beides.

»Du hast noch nicht mit Lizzie gesprochen?«, fragt er ängstlich.

»Noch nicht.«

»Sag ihr nichts. Sprich mit niemandem.«

Dieses Mal klingt seine Stimme unsicherer. Als er endlich zu Jacquelyn aufschaut, springt seine Überzeugung auf sie über, und sie nickt ihm zu, erleichtert, die richtige Entscheidung getroffen zu haben oder sich ihr eher entzogen zu haben, indem sie jemand anderen an ihrer Stelle hat wählen lassen.

»Es bleibt unser Geheimnis, Rose. Nicht wahr?«

Sie hört die Betonung, als handelte es sich wirklich um eine Frage. Als ob er ihr die Wahl lassen würde. Sie würde Jahre brauchen, um zu akzeptieren, dass Onkel Johns Geheimnis nicht ihres war, sondern es fälschlicherweise geworden ist.

»Du wirst so doch nicht vor die Tür gehen?«

Es soll autoritär und empört klingen, aber Rose hört auch einen Hauch Unsicherheit. Die Augen ihrer Mutter scheinen nach einer sich entziehenden Wahrheit zu suchen, dann verschleiern sie sich. Sie hat Angst vor mir, denkt Rose, die daraufhin begreift, dass sie daraus einen Nutzen ziehen kann.

»Wie denn, so?«, entgegnet sie und reckt das Kinn, berauscht von ihrer eigenen Waghalsigkeit und diesem neuen Kräfteverhältnis.

Jacquelyn neben ihr erstarrt und wendet sich zur Haustür.

»Ich warte im Auto auf dich«, sagt die Ältere zu ihr und schlüpft hinaus.

Sie würde sich ihrer Mutter nicht entgegenstellen, denkt Rose stolz. Niemand in diesem Haus, nicht einmal Alastair, wagt es, sie so herauszufordern, und am Ende des langen Blickwechsels mit Elisabeth versteht Rose, was an ihr nagt. Nicht sie ist es, die ihre Mutter fürchtet, sondern ihr Geheimnis.

Sobald Rose im Wagen sitzt, fährt Jacquelyn los. Sie macht keinerlei Bemerkung zum Aufzug ihrer Schwester. Es ist nur ein Pinselstrich mehr, der dazu dient, ihre Identität zu übertünchen. Denn Rose ist nicht so schamlos, wie ihre Kleidung es nahelegt. Hinter ihrem kessen Lächeln und ihren zu stark geschminkten Wimpern bleibt sie gern unerreichbar. Und wer weiß schon, wie es unter dieser künstlichen Schicht, unter ihrer Kleidung wirklich aussieht?

Trotz ihrer siebzehn Jahre hat Jacquelyn das Gefühl, die Jüngere zu sein. Sie hat keinen Freund, keine Erfahrungen mit der Liebe und nicht die geringste Glaubwürdigkeit in der begrenzten Welt der Teenager. Sie könnte von ihrer Schwester lernen, nicht umgekehrt. Rose nimmt ihre Weiblichkeit viel besser an. Sie scheint sich diesen Frauenkörper, der nicht ihrem Alter entspricht, sofort zu eigen gemacht zu haben, sie weiß, wie sie ihr

Kindergesicht schminken muss, um es subtil älter wirken zu lassen, sie beherrscht die Kunst, zu reizen und sich zu entziehen. Dann ist Rose eben unverschämt, zumindest zeigt sie Entschlossenheit, sie wartet nicht darauf, dass ihr jemand zeigt, welchen Weg sie einschlagen oder wie sie sich verhalten soll. Diese Sicherheit, die nicht zu ihrer Jugend passt, löst bei Jacquelyn Bewunderung und Neid aus.

Wie Sean besitzt Rose eine magnetische Anziehungskraft. Eine angeborene Eigenschaft, die sie stets von anderen Frauen unterscheiden wird, auch wenn diese hübscher, erfahrener oder sympathischer als sie sein sollten.

Die Hände ans Lenkrad geklammert, sucht Jacquelyn nach einem Gesprächsthema, um das Schweigen zu brechen. Sie hat keine Lust, etwas zu dem Wortwechsel zwischen ihrer Mutter und ihrer Schwester zu sagen, und weiß im Übrigen auch nicht, auf welche Seite sie sich schlagen soll, wenn sie nicht irgendwo mittig stehen bleiben wird. Über Jungs oder Partys will sie lieber auch nicht sprechen, um sich nicht lächerlich zu machen. Sie wird auch nicht die kommenden Prüfungen, ihre Lieblingskurse oder verhasste Lehrer diskutieren, denn Rose ist die Schule gleichgültig. Um ehrlich zu sein, scheint Rose alles gleichgültig zu sein, vor allem sie selbst.

Aus den Augenwinkeln beobachtet sie ihre Schwester, die an ihren Nagelhäuten herumknibbelt, und fürchtet, dass sie nichts gemeinsam haben. Würden sie sich, einmal erwachsen, näherstehen? Ist sie die Einzige, die sich deswegen sorgt?

Sie denkt daran zurück, wie der Direktor zu Wochenbeginn den Tod von Edward McCabe verkündet hat. Es gab Gerüchte, dass er sich mit Rose traf. Jacquelyn fragt sich, ob es stimmt, gesteht sich ein, dass es möglich ist, aber unüberprüfbar. Nun, da er tot ist, traut sie sich nicht, sie darauf anzusprechen. Es wäre ungerecht, unangemessen, und Rose würde ohnehin nichts zugeben.

Rose hat viele »Freundinnen«, die um sie herumfliegen wie verstreutes Konfetti auf einer Party. Oberflächliche und austauschbare Mädchen. Sie haben alle das gleiche nervtötende, schrille Lachen, tragen ihr Haar wie Blair Warner in der Serie *Facts of Life*, und bestimmt gibt jede von ihnen täglich die, bis auf ein paar Variationen, gleiche vorhersehbare Litanei über Herzschmerz, Sorgen und Hoffnungen von sich. Eine umschwärmte Einzelgängerin, so wirkt Rose auf ihre Schwester.

»Was ist in dem Beutel neben deiner Tasche?«, fragt Rose und verdreht sich den Hals, um auf den Rücksitz zu schauen.

»Kleine Sandwiches. Ich habe zwischen der Tutorenstunde für die Erstklässler und der Probe mit meiner Musikgruppe wahrscheinlich keine Zeit, in die Kantine zu gehen.«

Beim Anblick von Roses gierigen Augen fügt sie hinzu:

»Du kannst dir gern eins nehmen.«

Rose wirft ihr einen Blick zu, wahrscheinlich überrascht, dass ihre Schwester Zeit findet, sich vor dem Unterricht einen Snack zuzubereiten. Dann nimmt sie ein

Sandwich, zieht vorsichtig die schützende Frischhaltefolie ab und beißt hinein.

»Wahnsinn, das ist so lecker, Jacquelyn!«

Die Angesprochene wirft Rose einen misstrauischen Blick zu, sucht nach verstecktem Spott, aber die Jugendliche leckt genießerisch ihre Finger ab und nickt vor sich hin.

»Ehrlich, was ist da drauf?«

»Oh, nur eine Mischung aus Frischkäse, feinen Kräutern und Lachs«, antwortet Jacquelyn, geschmeichelt von dem unerwarteten Kompliment. »Und ein wenig Honig.«

»Also, das nenne ich eine Begabung, Jacquelyn!«

Rose legt den Kopf zurück und schließt die Augen, ohne die Freude zu bemerken, die ihrer Schwester in die Wangen geschossen ist. Dass diese blöden Sandwiches es schaffen, sie Rose näherzubringen, wirkt wie ein Witz. Doch sie freut sich deshalb nicht weniger. Begabung. Niemand hat je dieses Wort benutzt, um Jacquelyn zu beschreiben. Sie sei brav, gründlich, fleißig und höflich. Aber begabt? Das ist viel befriedigender als all die anderen angeblichen Stärken zusammengenommen. Es verweist auf Leidenschaft und Kreativität. Denn Begabung kann man sich nicht erarbeiten. Für Jacquelyn, die sich für so fade hält wie ihren Imbiss, kommt dies einer Erleuchtung gleich.

Sie fühlt in sich Aufregung aufsteigen bei dem Gedanken, ihre Kochkünste auszubauen, und sei es nur, um erneut die kindliche Freude im Gesicht ihrer Schwester zu sehen.

An diesem kalten Oktobermorgen entdeckt die Jugendliche auf diese Weise ein Talent, das sie immer weiter perfektionieren wird, mit dem einzigen Ziel, denen Freude zu bereiten, die ihr am wichtigsten sind.

Durch die halb offene Tür ist Alastairs Arm zu sehen, der reglos auf dem mauvefarbenen Teppich liegt. Mehr kann Jacquelyn vom Treppenabsatz aus, wo sie halb verschlafen im Nachthemd steht, nicht erkennen.

»Was ist passiert?«, stammelt sie an Winston gewandt, der aus dem Schlafzimmer seiner Eltern stürzt.

»Geh zurück in dein Zimmer, Jacquelyn« antwortet der Bruder mit harter Stimme, die seinem ausweichenden Blick widerspricht.

»Ist etwas mit Dad?«

Er blinzelt, entweder um die Tränen zurückzuhalten oder um der Lüge vorzugreifen, die er seiner Schwester auftischen wird.

»Alles wird gut.«

Sein Tonfall hält sie davon ab, weiter nachzufragen, und Jacquelyn geht einen Schritt zurück. Die schreckliche Verständnislosigkeit in ihrem Gesicht erweicht ihren Bruder wohl, denn seine Züge werden sanfter, und er legt seiner jüngeren Schwester die Hände auf die Schultern. Jacquelyn stellt dabei fest, wie groß und imposant er ist, und die Realität, die man vor ihr im elterlichen Schlafzimmer verbirgt, wird davon kurz überstrahlt: Auch Winston ist nun erwachsen.

»Mach dir keine Sorgen. Ich kümmere mich um alles.«

Sein Lächeln verbirgt seine Gefühle nur schlecht, und bei seinen Worten, die er aus einem Pflichtgefühl heraus, aber ohne Überzeugung gesagt hat, begreift Jacquelyn, dass ihrer aller Leben gerade aus den Fugen geraten ist.

»Dad ist tot.«

»Woher weißt du das?«

Jacquelyn stellt die Frage reflexartig, aber es wäre ihr lieber, wenn ihre Schwester schweigen würde. Am liebsten wäre ihr, wenn diese ihr Zimmer verlassen würde und die Aufregung um sie herum nachließe. Dann könnte sie sich unter der Decke verkriechen, die Augen schließen und die Wahrheit bis zum Morgen ausblenden. Diesen schrecklichen Albtraum hinauszögern. Aber wie das Leben hält auch Rose nicht inne.

»Ich habe ihn gefunden.«

Diese Eröffnung ist so unerwartet, dass es Jacquelyn den Atem verschlägt. Sie bemerkt, dass ihre Schwester ungewöhnlich ruhig ist, und fragt sich, ob ihre Mutter ihr eine von ihren Beruhigungspillen gegeben hat, deren Konsum sie selbst abstreitet, die sie aber nimmt, wenn sie am Ende ihrer Kräfte oder niedergeschlagen ist. Jedes ihrer Kinder hat sie mindestens einmal dabei überrascht, aber es handelt sich um ein heikles Thema, das in ihrem Haus nicht angesprochen wird. Rose hat den gleichen verschwommenen Blick, den gleichen geglätteten Gesichtsausdruck, aber als sie sich noch einmal zu Jacquelyn umdreht, sieht ihr diese den Schrecken an.

Sie würde sie gern in den Arm nehmen, wie es die Rolle der älteren Schwester vorschreibt. Aber sie denkt wieder an Winston, an das Zittern seiner Hände, die er zum Trost auf ihre Schultern legte, was ihre Qual aber nur verschlimmert hat. Also sagt sie nichts, rührt sich nicht. Erstarrt zwischen zwei Möglichkeiten, die ihr beide unangemessen erscheinen.

»Ich habe Bauchweh, ich wollte von Mom eine Wärmflasche ausleihen. Die Tür zum Schlafzimmer war angelehnt, also habe ich sie geöffnet. Er lag auf dem Boden. Ich habe gleich gewusst, dass er nicht schläft, weil seine Augen offen standen.«

Sie erzählt es in einem Atemzug, ohne ihre Schwester anzusehen.

»Aber ...«

Jacquelyn bricht ab, unfähig, den Satz zu beenden. Ihr Kopf ist voller Fragen, aber der Schock wirkt wie eine Barriere, gegen die die Wörter stoßen.

»Mom hat ein Bad genommen«, fährt Rose im gleichen monotonen Tonfall fort. »Sie ist schnell aus der Wanne gestiegen. Ich habe sie zuvor noch nie ganz nackt gesehen.«

Sie blinzelt mehrmals, überrascht, diese nebensächliche Information geteilt zu haben, überrascht, dem überhaupt Bedeutung beizumessen. Überrascht über ihre Verwirrung.

Der Schrei. Jacquelyn erinnert sich nun. Deshalb war sie aus ihrem Zimmer gekommen. Wer hat den Schrei ausgestoßen? Ihre Mutter? Ihre Schwester? Und wie spät ist es eigentlich? Sie hat am nächsten Tag eine Matheprüfung. Ob sie die wohl verschieben könnte? Diese unangebrachte Überlegung schützt sie kurzzeitig vor der schrecklichen Nachricht.

»Sein Körper war noch warm.«

Die Information schwebt wie eine Wolke im Raum, die dichter wird, sich von ihrem Entsetzen nährt. Sie hüllt Jacquelyn vollkommen ein, und plötzlich hat sie Schwierigkeiten, Luft zu bekommen. Sie schwankt und stützt sich auf ihren Schreibtisch, lässt sich dann auf ihr Bett fallen. Rose kommt zu ihr, setzt sich neben sie und nimmt ihre Hand.

Ihre Haut ist weich und warm, und Jacquelyn saugt die Berührung auf, voller Bedauern, nicht die Stärke ihrer jüngeren Schwester zu haben.

Danach erhält Jacquelyn kaum mehr Informationen. Ihr wird nur gesagt, dass es sich um eine – auf den ersten Blick beabsichtigte – Überdosis Insulin handelt, fatal für einen Diabetiker wie ihren Vater. Im Grunde eine banale Familientragödie. Eine unglückliche Geschichte, die in die Kategorie »Dinge, die eben passieren, und nicht nur den anderen«, fällt. Und rasch spricht niemand mehr über den Verstorbenen, niemand ist so mutig, die Erinnerung an diesen schrecklichen Abend aufleben zu lassen. Jacquelyn muss ihre Fragen für sich behalten. Welche Rolle hat die Frau im Bleistiftrock gespielt, wenn sie überhaupt eine gespielt hat bei dieser Tragödie? Hat sie ihren Vater verlassen? Hat sie ihn erpresst? War sie in seinen Gedanken, als er beschlossen hat, dass sein Leben nichts mehr wert ist? Und hätte sie, Jacquelyn, etwas sagen sollen?

Nun sieht sie darin keinen Sinn mehr, und sie will den Ruf des Patriarchen nicht beschädigen. Sie könnte es nicht ertragen, den Schmerz ihrer Mutter zu vergrößern und die Erinnerungen ihrer Geschwister zu verändern. Ihr innerer Frieden war ihre Zweifel wert. Sie vermutet, dass auch die anderen offene Fragen haben. Und sie überlegt, dass es vielleicht das ist, was es bedeutet, erwachsen zu sein. Allein zu sein mit seinen Zweifeln und seiner Reue.

2021

Diese Art von Unfall kommt in Familien wie der unseren nicht vor, denkt Sean und entfernt sich von der Trage, auf der Thomas liegt. Nicht in einem solchen Viertel. Nicht im Beisein von neun verantwortungsvollen Erwachsenen.

Er schaut zu, wie seine Schwägerin und sein Bruder in den Krankenwagen steigen, und etwas an der Art, wie sich Letzterer bewegt, lässt ihn stutzen. Sein Körper widersetzt sich ihm, seine Bewegungen weisen eine neuartige Steifheit auf, die Sean sich mit den Umständen erklärt. Dennoch wirkt Winston zarter auf ihn als in seiner Erinnerung, älter, und kurz bevor sich die Türen hinter ihnen schließen, ist in seinem Gesicht eine Zerbrechlichkeit zu sehen, die seinen jüngeren Bruder in Angst versetzt.

Winston ist seit dem Tod des Vaters die Stütze der Familie. Er hat seine Aufgabe pflichtbewusst erfüllt, glänzte bereits zuvor durch seinen inneren Antrieb und seine Rechtschaffenheit. Sean sieht ihn zum ersten Mal wanken, und dieser Anblick beunruhigt ihn.

Der Krankenwagen fährt davon. Die Bäume um sie herum zittern im leichten Wind, in den sich die angenehmen Gerüche des verlassenen Grills mischen. Diesen Geruch wird Sean bald nicht mehr ertragen können.

Und er wird sonnigen Tagen, an denen alles zu idyllisch wirkt, misstrauen.

Er geht zur Terrasse, während das sorglose Zwitschern der Vögel und das ferne Lachen aus anderen Gärten ihm in den Ohren klingen. Die übrige Familie folgt ihm ins Haus, erfüllt vom gleichen Unbehagen.

Sean lässt sich auf eines der Sofas fallen, und die Angst, die ihn quält, versetzt ihn Jahre zurück, in denselben Raum.

1989

»Mom hat ein Beruhigungsmittel genommen. Und ich habe mit dem Arzt gesprochen. Er ist zu dem Schluss gekommen, dass es sich um eine Überdosis Insulin gehandelt hat. Wahrscheinlich beabsichtigt. Ich habe es den Mädchen noch nicht gesagt.«

Sean starrt seinen Bruder an, von seinem ruhigen Tonfall beinahe ebenso betäubt wie von dem, was er ihm eben mitgeteilt hat. Winston wirkt so distanziert, hat er den Sinn seiner eigenen Worte überhaupt erfasst?

Angesichts seiner Ruhe und Entschlossenheit begreift Sean, dass er ihn unterschätzt hat, den ein wenig arroganten bebrillten Schlauberger, diesen Opi, für den die Mädchen hinter seinem Rücken nur freundlichen Spott übrighaben. Kein Typ, den man sich als Sieger bei einem Kampf vorstellt. Und doch wird Sean klar, dass von ihnen beiden Winston hervorstechen wird.

Seine Überlegenheit beschränkt sich nicht auf seine Intelligenz. Er besitzt eine stattliche Erscheinung, die einschüchternd wirkt, und er strahlt eine Mischung aus Klarsicht und Allwissenheit aus, die, davon ist Sean überzeugt, ihm sein ganzes Leben lang Gehör und Respekt verschaffen wird. Er wird ein Mann sein, dessen Meinung man schätzt und dessen Zustimmung man sucht. Seine Vorzüge werden die Erinnerung an den dürren

Jugendlichen überstrahlen, wenn es nicht bereits der Fall ist, und in ein paar Jahren wird alles, was die Leute sehen werden, ein brillanter Erwachsener sein. Alastairs würdiger Sohn.

Sean fühlt sich in seiner Sportjacke mit einem Mal lächerlich klein. Das Kleidungsstück, auf das er lange Zeit auf alberne Weise stolz war, lastet auf ihm wie ein Symbol für alles, was ihn von den anderen Männern der Familie unterscheidet. Er ist nicht aus demselben Holz geschnitzt wie Alastair oder sein Bruder, und es ist zu spät für den Versuch, das Gegenteil zu beweisen.

»Er hat keinen Brief hinterlassen«, fügt Winston hinzu. Er schluckt schwer, und Sean ahnt, welche Anstrengung es seinen Bruder kostet, die Fassung zu bewahren.

Wenn er den Mut hätte, würde er ihn fragen, wie er sich nützlich machen kann, aber er findet die Worte nicht und spielt nur mit dem Bund seiner Jacke, verstrickt in seiner Bedeutungslosigkeit. Winston hat sich um alles gekümmert. Winston hat die Dinge in die Hand genommen. Von ihm, Sean, erwartet niemand etwas, was sollte er also beisteuern können?

In dem Moment geht ihre Mutter durchs Wohnzimmer, blind für alles in ihrer Umgebung. Mit ihrem opalblonden Haar, ihrer durchscheinenden Haut und ihrem Morgenmantel aus elfenbeinweißer Spitze erinnert sie an einen Geist, der durch die Flure des Hauses streift. Sean fällt zum ersten Mal auf, wie dünn sie ist. Und klein. Ihre Steifheit und ihre Strenge passen schlecht zu ihrem Körperbau. Der eines Sperlings. Zart und zerbrechlich. Von hinten könnte man sie fast für ein Kind halten. Ihr vom Beruhigungsmittel geglättetes, ausdrucksloses Gesicht hat etwas Erschreckendes, aber es ist Sean lieber als zur Schau getragener Kummer. Er kann sich Elisabeth nicht in Trauer aufgelöst vorstellen. Niemand hat Zugang zu den Schwächen und Gefühlen ihrer Mutter, und die echte Elisabeth Haynes, davon ist er überzeugt, hat sich irgendwo in ihr zurückgezogen.

Die Familie weiß nicht viel über sie, über ihre Kindheit, über ihre Vergangenheit vor der Heirat mit ihrem Vater, als ob ihr Leben erst am Tag der Vermählung begonnen hätte. Davor verliert sich ihre Spur, vielmehr hat Elisabeth sie sorgfältig verwischt. Als sie klein waren, haben die Haynes-Kinder nur ein paar vage Informationen auflesen können, so widerstrebend preisgegeben, dass sie bald die Hoffnung aufgaben, mehr zu erfahren: Elisabeth ist auf dem Land in Oklahoma geboren und aufgewachsen, mit ihrem Bruder und ihren Eltern, Farmern, und hat mit zweiundzwanzig Jahren ihren Vater in einem Restaurant der Stadt kennengelernt, wo er sich mit örtlichen Unternehmern traf, um eine Investition im Ölsektor zu besprechen. Das schwarze Gold dieser trostlosen Breiten des Bible Belt.

Trotz der fehlenden Details lässt sich Elisabeths Lebensweg erahnen. Alles Übrige hat sich Sean nach und nach zusammengereimt. Ein hübsches Mädchen vom Land, das ein anspruchsloses Leben führte und zufällig in Alastairs Lichtkegel geriet. Sie hatten nichts gemeinsam, abgesehen von ihrem Alter und vielleicht der Sehnsucht nach einer Fremdheit, die der andere repräsentierte. Elisabeth hatte noch nie einen Mann wie ihn getroffen. Sein Benehmen, seine Aussprache, all diese Feinheiten, die seinen Rang ausmachten, hatten sie, mehr als sein Rang selbst, angezogen. Er war, im Gegensatz zu den Männern ihres Dorfs, distinguiert und kultiviert.

Elisabeth hingegen besaß den ungekünstelten Charme der Mädchen vom Land. Sie war eine Frau, die den Preis der Arbeit kannte und nichts für selbstverständlich hielt. Ihre Erziehung, ihr Verhältnis zur Arbeit beruhten auf Werten, die mit denen Alastairs übereinstimmten. Vielleicht war es ihrer Jugend geschuldet, die Härte ihres Charakters zu mildern. Oder ihre Starrheit war erst langsam gereift, genährt von wachsender Unzufriedenheit, Wut und Überdruss.

Sean kann sich seine Mutter nur sehr schwer jung und sorglos vorstellen. Sie sich als Kind vor Augen führen, wie sie über die wilden Ebenen von Oklahoma streift, in einfachen Kleidern, aber strahlend. Tatsächlich könnte er sie nicht anders beschreiben als geziert, verärgert und perfekt zurechtgemacht. Eine Karikatur des verklemmten gehobenen Bürgertums, das sich lautlos im goldenen Käfig bewegt.

Nur einmal erhaschte Sean einen Blick auf die Frau, die sie hätte sein können. An einem Nachmittag, an dem sein Footballtraining abgesagt wurde, war er früher aus der Schule gekommen und hatte sie vor dem Fernseher überrascht, wo sie lauthals den Text von *Coat of Many Colors* von Dolly Parton mitsang, die das Lied auf der Gitarre spielte.

Die kräftige, süße Stimme seiner Mutter, ihr schleppender Südstaatenakzent hatten Sean dermaßen überrascht, dass er wie angewurzelt stehen blieb. Ihr tiefes Timbre war ihm fremd und erst recht diese Leidenschaft, und ihm kam die verrückte Vermutung, dass die Worte etwas in ihr berührten und einen Teil ihrer eigenen Geschichte offenbarten.

Sie sang von einer mittellosen Kindheit und einem bunten Mantel aus Lumpen, aber auch von Stolz und von einem Reichtum, der nichts mit Geld zu tun hatte.

Es war, als hätte er sie nackt überrascht, und Sean zog sich leise zurück. Später dachte er oft an diese Szene zurück, bei der er unwissentlich in die Intimsphäre seiner Mutter vorgedrungen war. Elisabeth hatte nie durchklingen lassen, dass sie aus einem ärmlichen Milieu stammt, und sie sich arm vorzustellen, war so, wie sie sich glücklich oder verliebt vorzustellen. Undenkbar. Lächerlich. Doch wenn Elisabeth es ablehnte, ihre Herkunft preiszugeben, dann sicher, weil sie sich dafür schämte, was sie gewesen war. Sean erzählte niemandem von seiner Entdeckung.

Auch ihr Vater hatte eine verborgene Facette. Auf gewisse Weise spiegelte er seine Frau, schuf die Illusion eines zufriedenen, ehrgeizigen, tadellosen Mannes. War er derart von seinem Leben enttäuscht gewesen, von seiner Ehe, seinen Kindern?

»Sie hat seit zwei Tagen nichts gegessen.«

Winstons Worte reißen Sean aus seinen Gedanken. Beim Anblick seiner konzentrierten Miene versteht er, dass Winston versucht, den Weg aufzuzeigen, um die Familie am Laufen zu halten.

Fast hätte Sean ihn gehasst, ihn und seinen verdammten Sinn fürs Praktische. Im Vergleich fühlt er sich so hilflos, unfähig, irgendeine Initiative zu ergreifen. Wird er von nun an in dieser Passivität dahintreiben, immer schneller, bis er den Halt verliert?

2021

Im Krankenwagen auf dem Weg zur Notaufnahme kommt Winston sich vor wie ein Zuschauer. Er ist sich vage seiner eigenen Hand bewusst, die auf der seiner Frau liegt, aber er bezweifelt, dass diese Geste auch nur den geringsten Trost spendet, und die Kraft zu sprechen hat er nicht. Es gelingt ihm auch nicht, seine Gedanken zu ordnen, und seine Empfindungen geraten durcheinander. Wut, Schuldgefühl, Kummer und Reue vermischen sich. Er stellt sich vor, wie er von außen wirken mag. Ein niedergeschmetterter Vater, ein verwirrter Ehemann, ein stummer und hilfloser Richter. Er betrachtet diesen armen Kerl, der sich mit seinen Gefühlen herumschlägt, und der Anblick entsetzt ihn.

Seine Aufmerksamkeit liegt dennoch ganz auf seinem Sohn, von dem er die Augen nicht abwenden kann. Er versucht, ihm Kraft und Hoffnung einzuflüstern, ihm durch die Hartnäckigkeit seines Blicks seine Liebe zu vermitteln, und in dem Moment, als sein Schluchzen ihm die Kehle zuschnürt, entscheidet Winston, dass er verantwortlich ist.

Seine Gebete werden nichts bewirken, und sein Glaube ist nicht stark genug, um mit einer göttlichen Intervention zu rechnen. Alle Fehler ergeben sich aus Entscheidungen. Tatsächlich gibt es eine sehr einfache

Erklärung für die Situation: Thomas ist ins Wasser gefallen, weil niemand aufgepasst hat. Punkt.

Durch den Nebel seiner Verzweiflung hört Winston Fetzen der Unterhaltung zwischen Mathilde und dem Sanitäter. Die Begriffe »Hypoxämie«, »Asystolie«, »Sauerstofftherapie« prallen an den Wänden des Krankenwagens ab und klingen in seinen Ohren wie eine fremde Sprache.

Ist es die pragmatische Art seiner Frau, die ihn davon abhält, von seiner Diagnose zu erzählen, abgesehen von seiner Feigheit? Er hört sie schon irgendwelche Plattitüden von sich geben, wie »Ein Schritt nach dem anderen« oder »Die Medizin hat viele Fortschritte gemacht«. Sie würde auf Geduld und Optimismus setzen, würde die deprimierenden Wahrscheinlichkeiten taktvoll umschiffen, ihn ermutigen, den Glauben zu bewahren. Sie würde ihm Unterstützung und Liebe schenken, die Winston nicht annehmen kann. Er will nicht, dass man ihn anders behandelt, er will vor allem nicht, dass man ihn anders liebt. Aber er weiß, dass es unausweichlich ist. Zu Recht oder zu Unrecht wird er Mitleid in jedem Blick lesen, in jedem Wort, in jedem längeren Schweigen.

Aber heute scheinen all diese Sorgen weit weg, Herausforderungen aus einem anderen Leben. Also blinzelt er, um die Szene vor seinen Augen zu verscheuchen, weigert sich einzugestehen, dass sie ihn wirklich betrifft. Wie vor mehr als dreißig Jahren, als er seinen Vater fand.

1989

Alastairs Augen sind geöffnet, aber das ist nicht das Detail, das Winstons Aufmerksamkeit bannt. Zuerst sticht ihm die Stellung seines Körpers ins Auge. Er liegt auf dem Teppichboden wie eine Marionette mit verbogenen Gliedmaßen, von seiner Stattlichkeit und Würde ist nichts mehr übrig. Das hochgeschobene Pyjamaoberteil enthüllt graue Härchen und einen Bauchansatz.

Winstons erster Gedanke, als er den Raum betritt, ist, dass es sich nicht um seinen Vater handeln kann. Dieser Mann sieht Alastair nicht ähnlich. Er sieht so gewöhnlich, fast vulgär aus, wie er da eingezwängt in seinem zu kleinen Flanellpyjama liegt. Nein, ihr Vater kann nicht tot sein, er hat noch so viel zu erledigen, Anrufe zu tätigen, Verträge zu unterzeichnen. Wie soll die Welt ohne ihn funktionieren? Das ist ganz einfach undenkbar. Hinter ihm bewegt sich Rose, sie weint und redet gleichzeitig, aber ihr Bruder hört ihr nicht zu. Er beugt sich über Alastair und betrachtet sein Gesicht.

Dunkle Säcke liegen unter seinen Augen, und sein Haar ist an den Schläfen ergraut. Winzige braune Flecken übersäen seine Stirn, und tiefe Falten haben sich in seine Mundwinkel gegraben. Seine Haut wirkt so rau und dünn wie die der Tambourins, die Winston als kleiner Junge spielte, und all diese Merkmale zusammengenommen enthüllen ihm eine andere Wahrheit. Sein Vater ist gealtert, ohne dass er es bemerkt hat.

Dann sieht Winston einen Fleck Zahnpasta auf dessen Brust, was ihn verunsichert. Wenn man ihn so sieht, würde man nicht glauben, dass dieser Mann ein vermögender Toter ist, dass sein Leben angenehmer oder beneidenswerter gewesen wäre als das anderer.

Ein warmer Lufthauch streicht über seinen Nacken, und Winston dreht sich zu Sean um, der durch den Schrei seiner Schwester aufgeschreckt wurde. Seinem jüngeren Bruder steht der Mund offen, seine Augen sind weit aufgerissen, und Winston weiß, dass er, wie er selbst einen Moment zuvor, das Offensichtliche nicht glauben will. Winston stellt erschrocken fest, dass er ihn noch nie so verstört gesehen hat. Er entfernt sich von seinem Bruder, um sich neben den Vater zu knien und unnützerweise dessen Puls zu fühlen. Er fühlt, dass die anderen dies von ihm erwarten, dass dies nun seine Rolle ist, egal, ob er bereit ist oder Lust dazu hat. Er muss ruhig bleiben und methodisch vorgehen. Er ist nun der Mann in der Familie.

Seine Mutter ruft etwas Richtung Tür, und Winston hastet in den Flur, wo Jacquelyn steht, mit hängenden Armen und der verwirrten Miene einer Touristin, die verloren auf dem Bahnsteig einer fremden Stadt steht.

»Was ist los?«

»Geh wieder in dein Zimmer, Jacquelyn.«

Sein harter Ton überrascht ihn selbst, und Jacquelyn nutzt sein Schweigen, um zu fragen:

»Ist etwas mit Papa?«

Sie versucht nicht, über die Schulter ihres Bruders zu schauen, sie schaut nur ihn an, in Erwartung einer Antwort, und da er weder den Mut hat, sie zu belügen, noch, ihr die Wahrheit zu sagen, weicht Winston der Frage aus und legt ihr die Hände auf die Schultern. Sie wankt nicht, schaut ihm direkt in die Augen, und er sagt mit vorgetäuschter Sicherheit:

»Alles wird gut.«

2021

In der großen Familienküche räumen Rose und Jacquelyn die Reste des Buffets weg. Die Wirkung des Alkohols ist verpufft, und Rose schaut zu, wie ihre Schwester die Plastikbehälter zu gleichen Teilen mit unberührtem Nachtisch befüllt, genervt von dieser krankhaften Sorgfalt. Im Gegensatz zu ihrem Körper, durch den unkontrollierte Schauer laufen, bewegen sich Jacquelyns Hände mit mechanischer Genauigkeit. Wie schafft ihre Schwester es nur, einen so kühlen Kopf zu bewahren?, fragt sich Rose. Sie selbst zuckt seit jeher beim kleinsten Windstoß zusammen. Ist sie insgeheim der Überzeugung, dass die Katastrophe bald nur noch eine Anekdote ist, die man sich bei den nächsten Familienfesten erzählen wird? Oder ist Verdrängung, wie für ihre Mutter, ihr engster Verbündeter?

Rose würde ihre Schwester am liebsten an den Schultern packen und schütteln. Warum hast du nichts gesehen?, würde sie brüllen, den Unfall ihres Neffen und ihr eigenes Unglück vermischend. Diese Familie hat Gefahr noch nie erkennen können und erst recht nicht bannen. Im Grunde ist es keine Überraschung, dass Thomas unter Wasser geraten ist, es ist sogar eher erstaunlich, dass es nicht schon früher geschehen ist. Sie mussten ihre Hochnäsigkeit, die Arroganz zu glauben, sie seien gegen Gefahr immun, irgendwann bezahlen.

Raj hatte sie in Hinblick auf den Zustand ihres Neffen beruhigt, wollte jedoch nichts versprechen. Also ist Rose nicht fähig, sich an diese Hoffnung zu klammern. Sie rechnet lieber mit dem Schlimmsten und stellt sich darauf ein, so würde der Schock abgemildert sein. Diese Regel hat sie sich vor langer Zeit auferlegt. Sie erträgt es nicht mehr, überrumpelt zu werden.

Als sie ins Wohnzimmer geht, erblickt sie Raj, der allein in einer Ecke steht, und Schuldgefühle steigen in ihr auf. Seit ihrer Enthüllung zehn Tage zuvor umkreist er sie, ohne ihr zu nahe zu kommen, in der Hoffnung, dass sie den ersten Schritt tut. Dass sie sich von allein erklärt. Raj ist keiner, der sie hart angehen würde, aber seine latente Ungeduld trägt dazu bei, dass sie sich sperrt. Rose muss niemandem Rechenschaft ablegen. Auf das Mitgefühl der anderen kann sie verzichten. Sie hat dieses Gebot der Transparenz in einer Beziehung im Übrigen schon immer für gefährlich gehalten. Aber nach dem, was sie am Nachmittag durchlebt haben, denkt sie, ist es vielleicht an der Zeit, offen und ehrlich zu sein. Ihr Geheimnis belastet sie nach all den Jahren, und sie kann nicht abstreiten, dass es auch ihre Ehe beeinflusst. Sie wird mit Raj sprechen, über ihren Onkel, über Edward, über ihre Vergangenheit. Aber sie wird es nicht mit dem Ziel tun, beruhigt oder verstanden zu werden. Sie wird laut die Wahrheit aussprechen, vor jemandem, der ihr, das weiß sie, Glauben schenken wird.

1989

Der Direktor steht an seinem Pult in der Sporthalle, wo alle wichtigen Ankündigungen gemacht werden, und hält seine feierliche Lobrede. Entsetztes Flüstern brandet auf, aber Rose hört nicht zu. Sie hat Edward erst am Abend zuvor gesehen. Sie haben sich im Park auf halbem Weg zwischen ihrem Haus und dem Stadtzentrum getroffen, wo er wohnt. Er ist also auf dem Nachhauseweg gestorben. Erfasst von einem Auto, den Informationen des Direktors nach. Rose fragt sich, warum er sich in diesen düsteren Details ergeht. Sie will sich Edward nicht in seinen letzten Augenblicken vorstellen. Aber die Worte des Lehrers zerren sie auf die ausgestorbene Straße im Halbdunkel, die der Teenager entlangläuft, und sie stellt sich vor, wie er sich aufrichtet, auf das Brummen horcht, dann die Panik in seinen Augen, in denen sich das Scheinwerferlicht reflektiert, die Viertelsekunde Verblüffung vor dem tödlichen Aufprall. Sie ist umso aufgewühlter von dieser Nachricht, da sie weiß, dass Edward diese Welt unglücklich verlassen hat.

Anstatt wie gewöhnlich mit ihm rumzumachen, hat sie ihm im Park mitgeteilt, dass sie sich nicht mehr sehen könnten. Dass es ihr nicht gefalle, dass sie sich heimlich trafen, dass dieses ganze Versteckspiel ihr das Gefühl gäbe, sich etwas vorwerfen zu müssen, sie aber auch nicht bereit sei, zu ihrer Beziehung zu stehen.

Rose wankt auf ihrem Stuhl. Sie ist die Einzige, die weiß, dass Edward mit einer Lüge gegangen ist. Ihrer. Und er bestimmt gerade darüber nachgrübelte, als er erfasst wurde. Vielleicht ist das sogar der Grund für seinen Unfall. Er war abgelenkt und konnte dem Wagen nicht rechtzeitig ausweichen.

Aber wie hätte Rose ihm die Wahrheit sagen können, von der sie selbst nur unscharfe, flirrende Umrisse erkennt? Wie soll sie ausdrücken, was sie selbst nicht definieren kann? Dass sie ihn mag, ihn anziehend findet, es aber nicht ausstehen kann, wenn er sie berührt? Dass jedes Mal, wenn seine Hände über ihren Körper wandern, sich ihre Nackenhaare sträuben, ihr Herz schneller klopft und ihr schwindelig wird? Wie soll sie ihm verständlich machen, dass sie trotz all ihrer Anstrengungen nicht ihn sieht, wenn sie die Augen schließt, nicht an ihn denkt?

Solche Überlegungen teilt man nicht mit seinem Freund, also hat Rose beschlossen, auf Abstand zu gehen, solange es nicht zu wehtut.

Der Direktor erwähnt nun die kommende Beerdigung, und Rose wird von ihren Schuldgefühlen überrollt. Wenn sie ihre Trennung aufgeschoben hätte, wenn sie an dem Tag noch einmal nachgegeben hätte, wäre der ganze Ablauf dieses Abends ein anderer gewesen, und Edward wäre verschont worden.

Nun ist es zu spät, um mit irgendwem darüber zu sprechen. Die Leute würden glauben zu verstehen, welche Rolle sie bei dem Tod des Jugendlichen gespielt hat und sie zur Verantwortung ziehen. Und ihr Bruder Sean würde ihr nie verzeihen.

Rose würde gern den Saal verlassen, sie erträgt den Klang des Namens ihres Freundes nicht mehr, das quietschende Echo der zwei Silben im Mikrofon des Direktors. Sie schließt die Augen, beugt sich nach vorn und presst die Hände auf ihre Ohren.

2021

»Lass sie nicht aus den Augen.«

Elisabeth schluckt bei der Erinnerung an das Gespräch, das sie mit ihrer Mutter führte, kurz nachdem sie von ihrer ersten Schwangerschaft erfahren hatte.

»Ein Wimpernschlag, mehr braucht es nicht, um sie zu verlieren«, hatte diese sie gewarnt.

Ein paar Jahre zuvor hatte Elisabeth einen kurzen Wortwechsel zwischen ihren Tanten mitangehört, bei dem von einem Bruder von Mary Ann Garrett die Rede gewesen war, der jung gestorben sei. Da sie nicht mehr erfuhr, musste Elisabeth alle möglichen Szenarien erfinden. Sie stellte sich diesen Kindsonkel vor, wie er die Treppe runterfiel, fiebrig und mit Halluzinationen in feuchten Laken, wie er in einem Bach den Halt verlor, wie er ein wenig zu nah an ein nervöses Pferd heranging. Die Unendlichkeit der Möglichkeiten, verbunden mit dem Schweigen, das auf dem Thema lag, machte die verborgene Wahrheit umso schmerzhafter. Elisabeth hatte nicht den Mut gefunden, ihre Mutter danach zu fragen. Abgesehen von der Aussicht, unnötig Wunden aufzureißen, erschien es ihr nicht legitim, Informationen über ein Unglück einzufordern, das sie nicht betraf.

Unabhängig von Mary Ann Garretts Warnungen fürchtete Elisabeth das Mutterdasein. Sie hatte es gehasst, ihre Babys anderen anzuvertrauen, selbst qualifizierten Kinderfrauen, und sie erlebte jeden Schulbeginn als schmerzhafte Trennung. Auch wenn sie es nicht zeigte, ertrug Elisabeth ihre Abwesenheit nur schwer. Und während sie äußerst wachsam blieb, hatte sie sich, als sie größer wurden, eine vorsichtige Distanz auferlegt. Am Ende hatten alle ihre Vorsichtsmaßnahmen nicht genügt, um Rose zu beschützen. Und ihr Adlerauge, das jede Abweichung von der Normalität erfasste, hatte dabei versagt, Thomas' Fehlen zu bemerken.

Was für eine Mutter ist sie gewesen? Und was für eine Großmutter ist sie geworden? Nur ein Wimpernschlag, man hatte sie gewarnt.

Ihr Mann hatte dagegen einen unauslöschlichen Eindruck bei ihren Kindern hinterlassen. Als angebetete und gefürchtete Vaterfigur, zugleich unausweichlich und unerreichbar, hatte Alastair ihnen Respekt, Interesse und den Wunsch eingeflößt, wiedergeliebt zu werden. Sein Beitrag zu ihrer Erziehung war jedoch geringfügig gewesen. Aber dessen ist sich nur Elisabeth bewusst. Weil er da war, wenn es zählte: bei Musikvorführungen, Zeugnisverleihungen, Sportturnieren, an Geburtstagen. Elisabeth hatte es vielleicht auf sich genommen, sie zu allen Proben zu fahren, sich versichert, dass sie ihre Hausaufgaben machten, ihnen Pausenbrote, Picknicks und Kuchen gemacht, sie hatte vielleicht lauter applaudiert als er, aber das bemerkte niemand. Nicht auf sie schauten die Kinder. Nicht auf ihre Reaktion achteten sie. Und gibt es eine bitterere Erfahrung für eine Mutter, als mit einem abwesenden Ehemann konkurrieren zu müssen? Denn unabhängig von der wohlwollenden Erinnerung, die ihre Kinder von ihm bewahren, war Alastair nicht *wirklich* da. Physisch, ja, aber seine Gedanken waren weit weg von ihnen, und sein Herz hatte ihnen nie gehört.

Elisabeth ist nicht mehr wütend auf ihn. Sie hatte es den Umständen, der Engstirnigkeit der damaligen Zeit zugeschrieben, dem äußeren Druck. Was konnte sie Alastair schon vorwerfen?

Ein metallisches Klacken holt sie aus ihren Gedanken, und sie dreht sich zu Rose um, die auf der Küchenbank sitzt und ihren Schuhabsatz gegen das Tischbein schlägt. Ihr Hass wäre leichter anzunehmen als diese Ambivalenz, die sie überall wie einen schmutzigen Schleier hinter sich herzieht. Was bedeuten Roses rätselhaftes Lächeln, ihr schriller Kleidungsstil und dieses durchdringende, lauthalse Lachen eines Mädchens, das nie erwachsen geworden ist? All diese Nuancen und Widersprüche machen sie so undurchschaubar.

Elisabeth stellt sich manchmal vor, in der Zeit zurückzureisen zu dem Punkt, als es noch möglich war, den Lauf der Dinge zu beeinflussen. Sie würde ihre Töchter anders formen, um aus ihnen starke und resistente Frauen zu machen, nicht diese summenden Fliegen, die in alle Richtungen schwirren, ohne sich niederzulassen. Um sich bemerkbar zu machen und das Schweigen zu brechen, äußert Elisabeth also das Erste, was ihr in den Sinn kommt:

»Alastair hat lange überlegt, ob er den Pool bauen lassen soll, der ihm zufolge deutlich höhere Versicherungskosten für das Haus mit sich gebracht hat.«

Eine vollkommen unangebrachte Bemerkung, kaltherzig, und Elisabeth erstarrt, erschrocken über ihre eigene Unsensibilität. Ihre Töchter drehen sich gleichzeitig um und schauen sie erstaunt hat. Auf einmal würde sie gern zurückweichen, sich ihren Blicken entziehen. Was sehen sie in dem Moment?

»Setz dich, Mom, ich werde dir einen Tee machen.«

Jacquelyn steht plötzlich vor ihr, umfasst sanft, aber fest den Arm ihrer Mutter und führt sie zu einem Stuhl. Mit peinlicher Sanftmut gehorcht Elisabeth, und als ihre Tochter eine dampfende Tasse vor sie stellt und ihr gutmütig die Schulter knetet, hat die alte Dame einen schockierenden Ausblick darauf, was sie in ein paar Jahren erwartet. Kurz ist sie geneigt, ihre Tasse zu zerschmettern und gleichzeitig die alberne Fürsorge ihrer ältesten Tochter. Sollen sie doch alle zum Teufel gehen! Dann fängt sie Roses Blick auf und versteht, dass sie das Gleiche wie ihre Schwester denkt: Ihre Mutter ist dabei zu vergehen, die unerschütterliche Matriarchin wird sogar sicher bald das Zeitliche segnen. Welches Erbe wird Elisabeth ihnen hinterlassen? Welche Erinnerung werden sie an die distanzierte Frau haben, die sie geliebt hat, ohne es zu zeigen?

1970

Die Landschaft hinter der Scheibe des Wagens ist sepia-farben. Die Bäume, die die Straßen dieser anonymen Stadt säumen, haben ihre Herbstfarben verloren und beginnen, ihre Blätter abzuwerfen. Die Gärten, eingegrenzt durch Zäune mit abgeblätterter Farbe, wirken fahl und vertrocknet. Das Auto fährt eine Allee entlang, dann eine andere, mit gleichbleibender Geschwindigkeit. Abgesehen von ein paar Details ist jede Straße mit der vorherigen identisch, und im Laufe der Reise in ihr neues Leben denkt Elisabeth, dass sie, wie dieses konturlose Bild, das hinter ihnen verblasst, ebenfalls bereits verschwindet.

Eine Hand auf dem gerundeten Bauch beharrt Elisabeth, von ihren Zweifeln gelähmt, dennoch darauf, die Umgebung zu bewundern. Es ist friedlich, sauber und hübsch, beruhigt sie sich, während vor ihrem inneren Auge das flirrende Sonnenlicht auf den Weizenfeldern von Oklahoma auftaucht, die ungleichen Hügel ihres Geburtsorts und sie den sauren, aber belebenden Geruch des Viehs riecht. Ihre Kindheit war nicht einfach, die letzten Jahre erst recht nicht, aber die Angst, die Elisabeth am Rand dieser unbekannten Welt erfasst, lässt sie schwindelig werden.

Sie zählt bis zehn, zwanzig, dann bis dreißig. Das Baby in ihrem Bauch bewegt sich. Es ist unzufrieden in seiner Blase, denkt Elisabeth, genau wie ich. Im September 1970 ist Elisabeth Haynes im fünften Monat schwanger. Sie ist dreiundzwanzig Jahre alt, besitzt keinen Abschluss, da sie die Highschool nach drei Jahren verlassen hat, um ihren Eltern nach dem Traktorunfall ihres Vaters auf der Farm zu helfen, und hat von der Welt nur ihre Heimatstadt gesehen. Doch sie wird bald Mutter sein, und sie hat einen Ehemann. Einen Mann, der so stattlich ist wie sie klein, so kultiviert wie sie ungebildet. Ein Angetrauter, der so anders ist als sie selbst, dass ihre Heirat ihr wie eine Fata Morgana vorkommt, die sich jeden Augenblick auflösen kann. Sie kann es übrigens nicht ganz glauben, dass ihre Fahrt in dem Cadillac mit den weichen Sitzen sie nach New York führen wird, woher er stammt.

Elisabeth macht zum ersten Mal eine so weite Reise, es ist tatsächlich das erste Mal, dass sie Oklahoma verlässt. Sie wäre nicht imstande, alle Staaten aus dem Gedächtnis aufzuzählen, noch weniger, sie auf einer Karte zu finden. Alles, was Elisabeth bisher gebraucht hatte, war in ihrem Dorf erreichbar gewesen. Die Farm, ihre Familie, ihre kleine Gemeinschaft, die zusammenhielt, in guten und in schlechten Zeiten. Im Gegensatz zu ihrer eigenen Mutter, die nichts so sehr bewunderte wie Hollywood-Schauspielerinnen von bescheidener Herkunft wie sie selbst, diese Frauen, die es trotz ihrer Umstände »geschafft« hatten, hatte Elisabeth nie angestrebt, ein anderes Leben zu führen.

Ihre ganze Kindheit über spielte sich ihre Mutter ständig als Dame von Welt auf, ein Betragen, das sie sich von den damaligen Stummfilmsternchen abgeguckt hatte. Ihre tadellose Dauerwelle, ihre alten, aber täglich gebügelten Kleider, die Reinlichkeit ihres winzigen Hauses ohne fließend Wasser, erbaut im Schlamm: eine wenig beneidenswerte Existenz, die sie mit lächerlicher Eleganz ausfüllte. Mit welchem Ziel? Elisabeth hat es nie verstanden. Aber sie ahnt, dass ihr eigener Weggang an die Ostküste, an der Seite eines reichen, kultivierten Ehemannes, in den Augen ihrer Mutter ihren größten Triumph darstellt.

»Du wirst dort ein schönes Leben haben«, hat diese ihr am Tag vor ihrer Hochzeit versprochen, als ob ihres kläglich gewesen wäre und alles recht wäre, um ihm zu entfliehen.

Die Augen ihrer Mutter glänzten im Dunkeln, und Elisabeth verstand sofort, dass sie nicht sentimental war. Sondern neidisch.

»Wir sind fast da.«

Aus ihren Erinnerungen gerissen, richtet Elisabeth sich auf ihrem Sitz auf. Sie haben ein schickes Viertel erreicht. Die Häuser werden seltener und liegen auf mehreren Hektar großen Grundstücken verborgen, die im Gegensatz zu den Gärtchen zuvor einwandfrei gepflegt sind. Hier wird auf jedes Detail geachtet, und alles scheint dazu da, Bewunderung auszulösen. Das erkennt Elisabeth an der strengen Symmetrie der Büsche, die die Privatalleen säumen, an der glänzenden Sauberkeit der Luxuslimousinen, an der ausgesuchten Architektur der Häuser und ihren Ausmaßen. Es ist, als hätte man eine Postkarte des Reichtums vor Augen, und in diesem

Augenblick sieht Elisabeth vorher, dass diese Opulenz sicher faszinierend, aber auch ein Symptom für Langeweile ist.

Hier malt kein Kind über die Linien, denkt sie, und sie fühlt in sich Zweifel aufkeimen bei dem Gedanken an die Verhaltensregeln, die sie ihrem Sprössling wird beibringen müssen. Sie sieht auch vorher, dass sie, um respektiert und ebenbürtig behandelt zu werden, so tun muss, als ob dieses fremde Territorium ihr Zuhause wäre, als ob all die Rituale und Gewohnheiten, so anders als die ihr vertrauten, auch ihre wären.

Sie nimmt sich also das Versprechen ab, dass ihr Kind dieser verblüffenden Perfektion entsprechen wird. Ausgeschlossen, dass man eines Tages seine Wurzeln mütterlicherseits aufdeckt, gleichbedeutend mit Unkultiviertheit und Prekarität. Ausgeschlossen, dass man es ablehnt, unter dem Vorwand, es sei anders. Elisabeths Priorität wird also sein, ihren Akzent auszumerzen. Und zu diesem Schwur, ihre Identität aufzugeben, kommt die traurige Gewissheit, dass nichts ihrer Mutter mehr Freude bereiten würde.

Elisabeth fügt sich mit erstaunlicher Leichtigkeit in die Rolle ein, die sie sich zu Beginn ihrer Ehe auferlegt hat. Nach und nach, indem sie auf dem brandneuen Fernseher im Wohnzimmer die Aussprache der Schauspielerin Shirley Jones in der Sitcom *The Partridge Family* studiert, gelingt es ihr, ihren Akzent abzulegen. Sie dehnt die Vokale nicht mehr, und ihre Mundwinkel bewegen sich beim Sprechen kaum. Ihre einst singende Betonung wird flacher. Die Syntax einwandfrei. Sie verkürzt die Verneinung nicht mehr, konjungiert jedes Verb richtig und gleicht es dem richtigen Pronomen an. Die provinziellen Ausdrücke fallen weg, zugunsten von gehobenen, sorgfältig gewählten Formulierungen, die Elisabeth in ihren neuen Umständen für angemessen hält.

Zu Beginn amüsiert sie dieses Spiel, so wie es die in ihrer Mutter schlummernde Schauspielerin amüsiert haben musste. Aber in dem Maße, wie sie diese Persönlichkeit überstülpt, sich in den Kopf einer anderen hineindenkt – deutlich zufriedener und vom Glück gesegnet –, ändert sich Elisabeths Sichtweise. Sie sieht sich schließlich durch ein neues Prisma, durch den Blick der Leute von hier. Dieses Landei ohne Hirn, das nur dazu gut ist, Kühe zu striegeln und Hühner zu halten. Was fand sie nur am Landleben? Was an der undankbaren Schufterei ihres Vaters war bitte edel? An dem bescheidenen Alltag aller Farmer, die unaufhörlich und seit Generationen die gleichen aufreibenden Handgriffe durchführen? Fehlt es ihnen nicht schrecklich an Neugier, Ehrgeiz, Raffinesse? Und sie, die gegangen ist, ähnelt sie ihnen noch? Was bitte hat Alastair in diesem nichtswürdigen Mädchen gesehen?

Nach und nach hinterfragt Elisabeth ihre alten Werte. Im harten Licht ihres Vorstadtlebens verliert ihre frühere Umgebung – der ständige Misthaufengeruch, die mittelmäßige Küche, ihr unbequemes Heim – an Glanz, bis sie unansehnlich wird. Ein anstrengender Alltag, bestehend aus Beschränkungen und Schmutz, aus dem sie nicht den kleinsten Stolz ziehen kann. Aus Scham und

Abscheu befreit sich Elisabeth von ihrer Geschichte und vergräbt sie.

Um alles, was ihr aus ihrer Sicht noch fehlt, auszugleichen, verwandelt sie sich in eine tadellose Hausfrau. Sie bemüht sich, die Regeln zu lernen, die in ihrem neuen Zuhause gelten, dem gehobenen Bürgertum. Sie steht jeden Tag im Morgengrauen auf, schminkt sich und bereitet dann das Frühstück zu. Sie wachst, scheuert, bürstet und schleift ab, sodass in Alastairs Augen immer alles blitzt. Sie überprüft manisch ihre Fingernägel und ihre Frisur, fürchtet, kleine Zweige darin zu finden oder andere Reste ihres Lebens auf dem Land. Sie weigert sich, jemanden anzustellen. Diese Aufgabe obliegt ihr, bestimmt sie. Wenn dieses Haus das ihre ist, dann ist sie es sich schuldig, sich darum zu kümmern. Vor allem fürchtet Elisabeth die Konfrontation mit Angestellten aus einem prekären Milieu, sie fürchtet, in den Spiegel zu schauen und entlarvt zu werden.

Sie befolgt alle abgedroschenen Ratschläge ihrer Mutter. Sie stellt die Bedürfnisse ihres Gatten über ihre eigenen, hört ihm zu, ohne das Risiko einzugehen, sich anzuvertrauen, gibt sich ihm hin, wann immer er will, unabhängig von ihren eigenen Wünschen, und quält sich nach jeder Schwangerschaft damit, ihre Figur zurückzubekommen.

Und während dieser ganzen erschöpfenden Verwandlung hofft ein Teil von ihr insgeheim, dass Alastair sie bittet, der echten Elisabeth, in die er sich verliebt hat, die er um ihre Hand angehalten hat, die Möglichkeit zu lassen, sie selbst zu sein. Aber entweder bemerkt dieser die Veränderungen nicht, oder er arrangiert sich damit. Wie dem auch sei, er macht nie auch nur die kleinste Bemerkung zu diesem Thema. Und so, wie sie es auf der Fahrt nach New York vorhergesehen hat, verschwindet Elisabeth Garrett, geboren in Glencoe, Oklahoma, allmählich.

Zu Beginn ihrer Liebe erschien Alastair ihr so adrett, so intelligent, so freizügig, aus einer Welt, die ihrer entgegengesetzt war und deren Funktionsweise er ihr sicher erklären würde. Und er, was sah er in ihr? Elisabeth hat sich nie entschließen können, ihm diese Frage zu stellen. Sie selbst hat sich durch sein kultiviertes Auftreten und seine schönen Manieren verführen lassen, die so effizient den Rest verdeckten.

Denn hinter seinem freundlichen Lächeln und seiner galanten Art kämpfte Alastair mit seinen eigenen Dämonen. Er verhüllte seine Fehler so gut, dass sie schwer zu erkennen waren, aber als aufmerksame Beobachterin hatte Elisabeth sie rasch entdeckt, als sich die Aufregung der Flitterwochen gelegt hatten.

Alastair, ein freiheitsliebender Mann, testete gern seine Grenzen. Er hatte rasch andere Frauen umworben. Keine der Affären dauerte sehr lange. Aber er wurde immer wieder rückfällig und versteckte es kaum. Er trank zu viel. Er ging nicht immer achtsam mit Geld um, wenn auch sein Schneid und seine Liebe zum Risiko zu seinem Reichtum beigetragen hatten. In Wirklichkeit, wenn man einmal von seinem Geld, seiner Aussprache und seiner Herkunft absieht, glich Alastair Haynes jedem anderen Mann aus Glencoe: untreu, impulsiv und dem Alkohol zugetan. Und angesichts dieser enttäuschenden Wahrheit hatte sich Elisabeths Herz erneut verschlossen.

Was hätte ihre Mutter wohl dazu gesagt? Elisabeth hatte sich mit ihr nur wenig ausgetauscht, und acht Monate nach ihrem Weggang erlitt sie einen Herzinfarkt. Hätte sie das Verhalten ihres Schwiegersohns bedauert? Vielleicht. Hätte sie Elisabeth geraten, ihn zu verlassen? Sicher nicht. Scheidung hatte in Mary Ann Garretts Universum keinen Platz. Dieser Verrat war schlimmer als Fremdgehen. Eigentlich wusste Elisabeth genau, was ihre Mutter ihr gesagt hätte, nämlich das Gleiche wie Jahre zuvor, als ihre Tochter ihr erzählt hatte, was mit ihrem Cousin im Stall geschehen war: »Lizzie, meine Liebe, so sind die Männer eben.«

2021

Heute beherbergt das Haus nichts mehr, was Alastair gehört hat. Sein Büro wurde ausgeräumt, und niemand setzt mehr einen Fuß hinein. In der Zeit nach seinem Tod dachte Elisabeth mehrmals daran umzuziehen. Damit rechneten ihre Kinder, und das ist es, was sie sich gewünscht hätten. Aber sie konnte nicht. Zu viele Erinnerungen hingen an diesem Haus, in dem ihre Familie gewachsen ist, und sie fand nicht die Kraft, auch sie in Kartons zu packen.

Und sie lebt mit dem Gespenst ihres Mannes viel besser zusammen. Tatsächlich ist es seit seinem Tod leichter, Alastair zu lieben. Und Elisabeth fürchtet sich davor, ihn zu verlassen, den Mann, der sie so lange definiert hat.

Manchmal ängstigt sie diese makabre Abhängigkeit. Ist sie denn verrückt, die Gesellschaft eines Verstorbenen ihrer Freiheit vorzuziehen? Ähnelt sie so sehr ihrer Mutter, die nur durch ihren Mann existierte und glaubte, ohne ihn nichts wert zu sein? Worin besteht denn nach all den Jahren Elisabeths Identität? Hat sie sich auf das Dasein als Ehefrau und Mutter beschränkt? Hat sie es aus Feigheit, aus Mangel an Alternativen oder aus Faulheit so gehalten?

»Seid ihr sicher, dass wir nicht ins Krankenhaus fahren sollen?«

Rose hat diese Frage gestellt. Sie spielt an ihren Armbändern rum, schlägt weiter ihren Absatz gegen das Tischbein und ihre hellen, mit Eyeliner betonten Augen sind auf ihre Mutter gerichtet. Alles an ihr strahlt Angst und Unsicherheit aus, und wieder kann Elisabeth nicht anders, als das kleine Mädchen über die Frau zu legen. Jacquelyn steht reglos in einer Ecke und wartet ebenfalls auf das mütterliche Urteil.

Sie sollen sich endlich zusammenreißen, meine Güte! Wenn sich Elisabeth in einem sicher ist, dann darin, dass sie keine Antworten besitzt. Die Kinder sollten das inzwischen verstanden haben. Und sie kann Tatenlosigkeit und Trägheit nicht ausstehen, eben weil diese sie seit Jahren ausmachen. Hofft man immer noch, dass die Kinder einem so wenig wie möglich ähneln? Ihre Mutter dachte, dass es Elisabeth bei den Reichen gut gehen würde. Dass sie ein so einfaches und leichtes Leben haben würde, wie ihres hart war. Es würde ihr an nichts fehlen, also wäre sie glücklich. Und das wünschte sie ihr: ein Leben, das dem ihren in nichts ähnelt. Als es so weit war, hatte Elisabeth ebenfalls einen Film aus einer anderen Welt auf ihre Töchter projiziert, in der sie selbstgenügsam wären und von niemandem abhängig. Eine Welt, die für ihre Großmutter unerreichbar war, für sie selbst auch, deren Umrisse aber am Horizont erkennbar waren. Heute, vor diesen in Erwartung erstarrten Erwachsenen, die ängstlich darauf warten, dass man ihnen sagt, was zu tun ist, kommt Elisabeth zu dem Schluss, dass sie kläglich versagt hat.

»Es bringt nichts, das Krankenhaus zu besetzen.«

Rose schweigt und schlägt schneller mit dem Absatz gegen den Tisch. Elisabeth ahnt die Wut, die in ihr kocht, spürt die glatte Oberfläche, die plötzlich zittert, in Bewegung gerät. Ist ihre Frage ein Test? Versucht sie zu beweisen, dass Elisabeth unzugänglich für den Schmerz der Ihren ist? Dass sie kein Herz hat? Nur dass Rose, wie ihre Geschwister, nichts über ihre Mutter weiß. Oder nur wenig.

Jacquelyn hält die Luft an. Während des kurzen Wortwechsels zwischen Rose und ihrer Mutter hat sich die Atmosphäre verändert. Die Luft, schwerer und dichter, scheint sie zugleich zu erdrücken und festzuhalten. Diese stumme Härte lässt etwas so Schreckliches durchscheinen, dass Jacquelyn das tut, was sie immer tut, wenn sie sie zu spüren bekommt: Sie verzieht sich.

Ohnehin macht sie sich Sorgen um Thomas. Wenn Freddy sich nicht in ihre Gedanken gedrängt hätte, sagt sie sich immer wieder, ohne diese unglückliche Ablenkung, hätte sie rechtzeitig gehandelt.

Sie hätte Thomas nicht aus den Augen lassen sollen. Der Pool hätte zugedeckt bleiben sollen. In ihre Fantasien verstrickt, hat Jacquelyn vergessen, ihren Neffen zu begrüßen, und sie könnte nicht sagen, was er getragen, was er gesagt oder getan hat, bevor er sich ins Wasser wagte. Sicher, Thomas ist nicht ihr Sohn, sie war auch nicht die einzige Erwachsene in seiner Nähe. Aber ihre

Unaufmerksamkeit zwingt sie, sich ihrem Verhalten der letzten Wochen zu stellen.

Sie sucht Lucas' Augen, der auf dem Sofa sitzt, und ihr Herz schwillt vor Kummer und Liebe bei dem Gedanken an, dass Thomas ohne dessen Eingreifen sicher ertrunken wäre. Am Ende unterschätzt Jacquelyn nicht nur sich selbst. Während sie ihren Mann von hinten betrachtet, denkt sie an alle seine Stärken, die ihr entgangen sind oder die sie nicht geschätzt hat.

Am Montag wird sie die Reinigungsfirma anrufen und ihren Vertrag kündigen. Sie hat genug Zeit und Kapazitäten, um sich selbst um den Pool zu kümmern, beschließt sie.

Der Lyrata-Ficus, der eine Ecke des Wohnzimmers schmückt, wirkt so niedergedrückt wie sie alle. Seine oberen Blätter sind braun geworden, und Lucas stellt überrascht fest, dass bei den Haynes nicht alles ständig perfekt ist. Der Lyrata, obwohl eine beliebte Pflanze, gedeiht selten im Haus. Er ist empfindlich und braucht eine bestimmte Menge Licht und Feuchtigkeit. Seine Schwiegermutter täte gut daran, einen Luftbefeuchter zu kaufen, denkt Lucas, den der Zustand des Ficus stört und der ein wenig beleidigt ist, dass er nicht nach seiner Expertenmeinung gefragt wurde.

Er legt den Kopf zurück. Die Farbe auf der Stuckrosette in der Mitte der Decke blättert stellenweise ab, und der prächtige Kristallleuchter ist mit einer feinen

Schicht Staub bedeckt. Lucas hat selten Gelegenheit, sich den Raum genauer anzusehen, und er stellt fest, dass das Anwesen wie seine Besitzerin gehörig gealtert ist.

Wo ist Elisabeth eigentlich? Er sieht ihre Umrisse in der angrenzenden Küche. Jacquelyn stellt eine Tasse Tee vor ihre Mutter und knetet sanft ihre Schulter, ohne den gerührten Blick ihres Mannes zu bemerken. Lucas kann sich die Gefühle seiner Frau leicht ausmalen und ihre Widerstandskraft, die ihn mehr als je zuvor beeindruckt.

Er fühlt sich gelähmt durch den Schock und seine Machtlosigkeit. Seit der Krankenwagen davongefahren ist, durchlebt er in Endlosschleife seinen Sprint zum Pool. Thomas' Anblick, wie er bewusstlos an der Wasseroberfläche treibt, lässt ihn nicht los, und er ahnt, dass er ihn um den Schlaf bringen wird. Warum hat er den roten Fleck seiner Badehose im Augenwinkel nicht früher bemerkt? Er hatte einen guten Blick über den Garten und den unterhalb liegenden Pool. Und warum hat er sich nicht über die Abwesenheit des Jungen bei Tisch gewundert? Er könnte nicht schätzen, wie lange Thomas bei ihnen war, wenn er überhaupt zu ihnen gekommen ist. Hat er mit jemandem von ihnen gesprochen? Seit wann ist er so blind für seine Umgebung?

Aus der Küche dringen die gedämpften Stimmen von Jacquelyn und Rose. In einem solchen Moment würde er viel dafür geben, die Gelassenheit seiner Frau zu besitzen. In ihrer Familie ist sie der Fels in der Brandung. Und die unerschütterliche Unterstützung, die alle für selbstverständlich nehmen. Der Platz, den sie einnimmt, führt ihm oft seine eigene Bedeutungslosigkeit vor Augen. Die Mädchen sind groß, sie hören nur noch halb auf ihn. Was seine Frau betrifft, die tausend verschiedenen Aktivitäten nachgeht, eine Expertin im Multitasking, so scheint Langeweile ein Fremdwort für sie zu sein. Sie wirkt, als könnte sie sich unendlich oft neu erfinden. Doch was definiert ihn, Lucas?

Camilla hat einen Riss in dieser bequemen Eintönigkeit hinterlassen. Ihre Spontaneität, ihre mysteriöse Aura, ihre Zerbrechlichkeit lassen ihn zweifeln. An seinen Entscheidungen, seinem Lebenswandel. An seiner Ehe. Alles erscheint ihm so glatt, so konventionell, als wäre sein ganzes Leben vorbestimmt gewesen, ohne auch nur das geringste Zutun seinerseits. Camilla, die nie selbst eine Versuchung dargestellt hat, verkörpert den Ruf aller »Was wäre, wenn«, die ignoriert oder begraben wurden.

Als er sieht, wie Jacquelyn sich um ihre Mutter bemüht, fühlt Lucas einen Stich der Trauer. Auch wenn sie ihn in ihrer Unbeholfenheit rührt, sieht sie nicht, dass ihre Liebenswürdigkeit nervt? Dass ihre Fürsorge erstickt?

Jacquelyn, Rose und Elisabeth kommen zu ihnen ins Wohnzimmer. Seine Frau setzt sich neben ihn, streift ihn leicht mit ihrem Rock und flüstert ihrer ältesten Tochter etwas Beruhigendes ins Ohr. Andererseits, was würden wir tun, ohne die Jacquelyns auf dieser Welt? Diese tief mütterlichen Wesen, so angenehm verlässlich und großzügig. Am Ende dieses erschöpfenden Tages fühlt Lucas, umringt von seiner Frau und seinen Töchtern, dennoch erdrückende Einsamkeit. Von Gefühlen überwältigt, schiebt er Lisa einen Arm in den Rücken und legt seine Hand in die von Jacquelyn.

Eines ihrer Haare hängt an Seans T-Shirt, und Emma beobachtet den goldenen Faden, widersteht dem Impuls, es zu entfernen. Sie denkt an ihre DNA in diesem Haar, dann an das Geheimnis, das in ihrem Bauch heranwächst. Sie hat Sean noch nichts gesagt, und sie wird es heute auch sicher nicht tun. Tatsächlich schweigt Emma, weil sie nicht weiß, was sie will.

Sie ist achtundzwanzig und seit nicht einmal zwei Jahren verheiratet. Sean und sie haben das Thema Kinder nie ernsthaft besprochen. Er, vermutet sie, um sie nicht zu verschrecken. Und sie, weil sie dachte, dass sich die Frage erst in ein paar Jahren stellen würde.

Als Kind war Emma sich sicher, dass sie einmal Mutter sein würde. Der Anblick einer Schwangeren oder eines Babys, das sich an seine Eltern schmiegt, bereitete ihr Freude, und sie sehnte den Tag herbei, da sie wäre wie sie. Sie wäre eine erfüllte Frau, und ihr Haus, voller Gelächter und Liebe, wäre glücklicher als das, in dem sie aufgewachsen ist.

Sean hat alles, um ein herausragender Vater zu sein. Seine Freundlichkeit, seine Geduld, sein Humor. Aber mit der Zeit hat sich Emmas Sehnsucht nach einem Kind aufgelöst und Raum für Ängste geschaffen. Die Angst, eine dieser ständig erschöpften Hausfrauen ohne Sozialleben zu werden, die Angst, nicht alles kontrollieren zu können, dem nicht gerecht zu werden, überfordert zu sein. Heutzutage wird Mutterschaft in den Medien stärker thematisiert und nicht nur durch die rosarote Brille, mit fröhlichen Babys und erfüllten, erholten Müttern, die von einem zugewandten Partner unterstützt werden. Emma hat also begriffen, dass der Traum, den man ihr als Kind verkaufte, nichts mit dem echten Leben zu tun hat und dass er, wie alle großen Vorhaben, einen Preis hat. Und diesen Preis zahlen, egal, was behauptet wird, die Frauen.

Als sie mit dreiundzwanzig Jahren Sean traf, stand es für sie also nicht an erster Stelle, eine Familie zu gründen. Und fünf Jahre später hat sich das nicht geändert. Sie liebt ihre Unabhängigkeit, die Freiheit, spontan übers Wochenende wegzufahren, die Woche nicht auf die Minute genau und Monate im Voraus planen zu müssen. Ihre Arbeit gefällt ihr, sie teilt ihre Leidenschaft gern mit den Künstlern und Kunden. Mit Sean hat sie das Gefühl, sich endlich gefunden zu haben, und sie fürchtet, hinter einer Schwangerschaft und dann hinter einem Kind zu verschwinden. Wie viel Raum würde für ihre Paarbeziehung bleiben und vor allem für sie selbst? Sie ist nicht gegen die Idee, sie bleibt einfach nur abstrakt, eine annehmbare Vorstellung, die in weiter Ferne schwebt.

Wenn sie sich die schreckliche Szene vom Nachmittag vor Augen führt, kann Emma nicht anders, als darin ein Zeichen zu sehen. Sie wagt kaum auszusprechen, was ihr seit der Entdeckung ihrer Schwangerschaft im Kopf herumgeht, ein trauriges Wort, ein radikales Ende, das sie nicht mit einer Lösung in Einklang bringen kann.

Nichtsdestoweniger existiert diese Wahlmöglichkeit. Und sie kommt ihr immer wieder in den Sinn. Sie weiß, dass sie mit Sean darüber sprechen muss und dass jede Entscheidung ein Risiko birgt – und Verlust.

Übelkeit überkommt sie, und sie geht so unauffällig wie möglich zur Toilette. Es achtet ohnehin niemand auf sie. Alle sind in Gedanken bei Thomas, jeder versucht, seine Rolle zu analysieren, das, was er hätte tun können oder müssen.

Während sie sich die Stirn mit einem kalten Handtuch abtupft, denkt Emma an Mathilde. Unweigerlich würde der Mutter die Schuld zugeschoben. In dieser Gesellschaft, in der jeder Beitrag väterlicherseits beklatscht wird, haben Mütter kein Anrecht auf Fehler. Es wird nicht genügen, dass ihre Schwägerin sich von dieser Prüfung erholt, sofern es ihr gelingt, sie würde sich den Blicken der anderen stellen müssen, ihrem einhelligen und unmissverständlichen Urteil. Für sie wird Mathilde immer die Hauptschuld tragen.

Und das, obwohl es keine respektablere Frau gibt. Emma kann sich vorstellen, was sie im Moment fühlen muss. Sie hofft, dass Winston ihr zur Seite steht und dass dieser schwere Tag ihre Ehe nicht nachhaltig beschädigt.

Als Emma ihr Spiegelbild erblickt, denkt sie nach: Und sie, was für eine Mutter wäre sie? Mit welchen Herausforderungen und Dramen würde sie es zu tun bekommen? Sie hätte so gern ein paar Garantien, die Sicherheit, dass ihr, wenn sie dem vorgezeichneten Weg folgt, das Schlimmste erspart bleibt.

Durch die dünne Tür hört Emma, wie Jacquelyn ihre älteste Tochter beruhigt. Man kennt die Menschen nicht, bevor man sie nicht in einer Krise erlebt hat, denkt sie, beeindruckt von der Ruhe, die ihre Schwägerin ausstrahlt. Von ihnen allen hält sie sich eindeutig am besten. Indem sie sich praktischen Aufgaben zuwendet, sich um jeden kümmert. Emma bedauert, ihre altruistische Natur nicht früher erkannt zu haben und die Kraft, die sie in sich hat. Sie kehrt widerstrebend ins Wohnzimmer zurück und schaut durch den Raum. Wen hat sie noch falsch eingeschätzt?

Sean hat sich der Terrasse zugewandt und betrachtet die Landschaft. Emma kann seinen Gesichtsausdruck nicht erkennen, nur sein Profil bewundern. Er ist ihr immer viel schöner vorgekommen als sie selbst. Trotz ihrer Heirat, ihrer Verbundenheit und allem, was sie in fünf Jahren gemeinsamen Lebens geteilt haben, zweifelt sie manchmal noch an seinen Gefühlen. Sie verdächtigt ihn, die Gründe, die ihn zu ihr geführt haben, nicht erfasst zu haben, denn diese Erkenntnis würde manche schmerzhafte Wahrheit ans Licht zerren, der er sich nicht stellen will. Emma vermutet, dass sie Sean die Illusion schenkt, sein früheres Ich wiederzufinden, an die glorreiche Zeit seines Lebens anzuknüpfen, von der er sich nicht ganz lösen kann. Ist er bereit, Vater zu werden? All die Veränderungen anzunehmen, die diese neue Aufgabe mit sich bringt? Sie wünschte, sie hätte Roses Selbstsicherheit oder Jacquelyns Pragmatismus. Alles außer dieser lähmenden Unentschlossenheit und der Angst, den Respekt der anderen zu verlieren, wenn sie

sich durchsetzt. Sie ist eindeutig die Unreifere in ihrer
Ehe, lautet Emmas bitteres Fazit, bevor sie tief einatmet
und sich zu Sean beugt.

»Sollen wir eine Runde drehen?«

Mathilde hat keine Tränen und zum Schreien keine
Kraft. Am Bett ihres bewusstlosen Sohnes ist alles, was
sie im Sinn hat, ihr gewaltiger Fehler. Ihre unverzeihliche Nachlässigkeit. Und die Gewissheit, die sie nie
wieder verlassen wird, was auch immer geschieht: Sie
ist eine schlechte Mutter.

Wer hätte das gedacht? Eine wachsame und ängstliche
Mutter wie sie, eine Mutter, zu der sie außerdem erst
spät wurde, die sich nach drei Fehlgeburten und einer
wenig erfreulichen Prognose keine Hoffnungen mehr
machte. Wie hatte sie so unaufmerksam sein können?

Mathilde kennt die Antwort bereits, auch wenn sie
keinen Trost aus ihr zieht. Die Gegenwart anderer Erwachsener, der Blick auf den Pool von der Terrasse aus,
die Tatsache, dass Thomas, ihr schüchterner und ängst-
licher Thomas, normalerweise nicht herumstromert.
Diese Elemente zusammengenommen gaben ihr ein fal-
sches Gefühl von Sicherheit. Aber das ist nicht alles. Sie
war besorgt, sie ist es seit Wochen.

Sie, die immer der Meinung war, großes Glück zu
haben, da sie eine reibungslose Ehe ohne Geheimnisse
führt, ist mit einem Mal misstrauisch. Sie weiß nicht
mehr, was ihr den Floh ins Ohr gesetzt hat. Eine unge-

wöhnliche Betonung, ein gezwungenes Lächeln oder ein Blick, in dem schwach etwas Verborgenes lag. Auch wenn er ein diskreter und zurückhaltender Mann ist, war Winston nie geheimniskrämerisch.

Der Gedanke, dass er sie betrügen könnte, hat sie natürlich gestreift, aber sie hielt ihn nicht für so wagemutig oder unreflektiert, um sich einen solchen Fehltritt zu leisten. Man hält sich in seiner Beziehung immer für ungefährdet, natürlich, egal, was die Statistiken sagen. Aber sie hat dafür keine Anzeichen gesehen. Was sie gefühlt hat, auf so unterschwellige Weise, dass sie es nicht in Worte hätte fassen können, ist eine Art von Unbehagen, etwas Schambehaftetes ihr gegenüber, das nach und nach ihren Umgang beeinflusst hat. Winston war in ihrer Gegenwart befangen, verstand sie schließlich, sie spürte seinen Wunsch zu flüchten und würde es nicht ertragen, der Grund dafür zu sein. Woher kam diese Störung, und wann war sie entstanden? Durch eine Bemerkung, die ihn gekränkt hatte?

Um eine Konfrontation zu vermeiden, aus der sie sich keine Klarheit erhoffte, suchte sie nach Indizien, fragte ihn unschuldig nach seiner Arbeit, seinen Kollegen, ihren Urlaubsplänen. Vergeblich. Winston blieb hermetisch verschlossen.

Auch heute, bei seiner Mutter, war er wieder ausgewichen. Und selbst hier, in diesem sterilen, kargen Raum, der von ihrem geteilten Kummer erfüllt ist, nimmt sie bei ihm eine Abwesenheit wahr, die sie erschreckt.

Als sie ihren Mann ansieht, seine groß gewachsene Gestalt, magerer als in ihrer Erinnerung, die sich über den kleinen Körper ihres Sohnes beugt, durchfährt sie die Gewissheit, dass beide sie verlassen werden, auf die eine oder andere Art. Mit zugeschnürter Kehle geht Mathilde zum Bett und berührt Winstons Arm. Er erstarrt, aber entzieht sich zu ihrer großen Erleichterung nicht.

»Winston«, setzt sie an.

Sein Adamsapfel zittert, und Mathilde spürt intuitiv, dass seine Traurigkeit über das, was sie vor Augen haben, hinausgeht. Sie versteht auch, dass er, was auch immer er vor ihr verbirgt, es nicht aus Boshaftigkeit tut und auch nicht aus Selbstschutz, er handelt ganz einfach unter dem Einfluss von Angst.

»Wir sollten reden.«

In diesem Moment kommt der Arzt herein. Mathilde versucht, aus dessen Erscheinen Trost zu ziehen, aus der Autorität, die sein weißer Kittel und sein Sachverstand vermitteln. Sie versucht zu erraten, was er ihnen verkünden wird, aber sein regungsloses Gesicht verrät nichts.

»Ich bin Doktor Meier. Ihr Sohn Thomas ist immer noch nicht bei Bewusstsein, aber sein Koma ist nicht mehr so tief. Wir überwachen seinen Zustand weiterhin engmaschig und kontrollieren regelmäßig den Sauerstoffgehalt im Blut ...«

»Aber wie sind seine Aussichten?«

Sie kann nicht anders, als ihn zu unterbrechen. Die Erklärungen des Arztes wie die der Krankenpfleger und der Rettungssanitäter zuvor erscheinen ihr paradoxerweise von überflüssiger Prägnanz, eine Fachsprache, die nur von ihrer Verzweiflung ablenken soll.

»Das kann ich zu diesem Zeitpunkt leider noch nicht voraussagen. Ich weiß, das ist nicht das, was sie hören wollen. Aber wir können jetzt nur warten.«

Warten. Mathilde kommt es so vor, als beherrsche dieses Wort ihr Leben. Und dass sie dieses Warten, das man ihr auferlegt, nie beeinflussen kann. Darauf warten, dass ihr Mann sich entschließt, sich ihr anzuvertrauen, darauf warten, dass die Partner der Anwaltskanzlei, in der sie arbeitet, sich herablassen, ihren Wert zu erkennen, warten, bis das erste Schwangerschaftsdrittel vorbei ist, bevor man sich freut. Warum muss sie sich nur immer so machtlos fühlen, sich in Geduld üben, ohne ihr Schicksal selbst bestimmen zu können?

Winston bewegt sich hinter ihr, bleibt dann neben ihr stehen.

»Danke, Herr Doktor.«

Seine Worte machen sie sprachlos. Warum dankt er ihm eigentlich? Und wie kann er es wagen, so ruhig zu bleiben? Es wäre ihr lieber, er würde herumbrüllen, aufstampfen, etwas an die Wand werfen. Egal, nur nicht diese devote Automatenstimme. Mathilde öffnet den Mund, um etwas zu sagen, aber der Arzt hat den Raum bereits verlassen, ohne dass sie es bemerkt hatte. Ihr ist jedes Zeitgefühl abhandengekommen, und sie vermag nicht zu sagen, seit wann sie hier sind, und auch nicht, ob dieser Albtraum am heutigen Tag oder letzte Woche begonnen hat.

Ein leichter Druck an ihrem Handgelenk holt sie in die Wirklichkeit zurück, und sie bemerkt Winstons Finger, die ihren Handrücken streicheln. Sie hat seine Berührungen immer gemocht, so sanft im Vergleich zu der Steifheit, die ihn ausmacht. Als sie zu ihm aufschaut, laufen stumme Tränen über seine Wangen. Er zieht sie wortlos an sich, und Mathilde lässt sich in seine starken Arme fallen, an den Körper geschmiegt, der sich jede Zerbrechlichkeit verbietet. Sie spürt seinen Herzschlag, und als er endlich spricht, könnte sie schwören, dass die Worte aus ihr kommen.

»Setz dich, Mathilde, es ist Zeit, dass ich dir etwas gestehe.«

Es hatte mit Kleinigkeiten angefangen. Einzelne Vorkommnisse, die ihn nicht weiter beunruhigten. Er vergaß Dinge, gab seiner Sekretärin mehrfach die gleichen Anweisungen. Einmal fand er sich in der Büroküche wieder, vor der ausgeschalteten Mikrowelle, ohne sich erinnern zu können, was er wollte. Er hatte seine Ausfälle zunächst auf die Müdigkeit geschoben. Er arbeitete zu viel, das sagten alle, er schlief nicht genug, ließ Mahlzeiten aus. Ja, er war überarbeitet. Alles, was er brauchte, war Erholung.

Kurz nach dem Memorial Day hatte Winston für die Woche ein Haus in Maine gemietet, in einem einfachen Dorf, zwei Kilometer vom Strand entfernt. Er hatte seine Sekretärin gebeten, ihn nur in äußerstem Notfall zu stören, und entschieden, seinen Laptop nicht mitzunehmen. Vor Ort genoss er die Natur, die Landschaft, die Gesellschaft seiner Frau und seines Sohnes. Na also, er war wieder in Form, bereit, erneut in den Sattel zu steigen, dachte er. Bis zu dem Morgen im Supermarkt, am Tag vor ihrer Abreise, wo er auf einmal zwischen dem Gang mit den Cornflakes und dem mit den Konserven eingefroren war.

Es war, als fände er nach einer unbestimmten Zeitspanne in seinen Körper zurück, ohne zu wissen, was er gesagt oder getan hatte. Etwas belastete ihn beim Gehen, und erst da bemerkte er den halb vollen Einkaufskorb in seiner Hand. Er hatte keine Erinnerung daran, den Laden betreten zu haben oder was er dort einkaufen wollte.

Ein Aussetzer, teilte ihm der Arzt eine Woche später bei einem Termin mit, von dem er niemandem erzählen sollte. Die Tests bestätigten, was Winston seit dem Vorfall mit der Mikrowelle in seinem tiefsten Innern vermutet hatte. Er verlor sein Gedächtnis. Sein größter Stolz, seine Vernunft ließ ihn vorzeitig im Stich, und es war unumkehrbar. Die Krankheit könne schnell voranschreiten oder auch nicht, jeder Fall sei einzigartig, hatte der Arzt präzisiert, man könne in diesem Stadium nichts voraussagen. Aber Winston las zwischen den Zeilen. Seine Karriere war beendet. Ein Richter konnte sich keine Aussetzer erlauben, so selten und harmlos sie sein mochten.

Er musste in Rente gehen. Auch wenn er noch tüchtig war, auch wenn er keine Lust hatte. Seine ganze Berufslaufbahn über hatte Winston die Gewissheit gehabt, dass er einen fundamentalen Beitrag zum Rechtssystem leistete. Er sichtete jeden Fall mit strenger Neutralität, er war so hochmütig zu glauben, dass sein Urteil mehr wert war als ein anderes. Dass er überlegter, unparteiischer und kompetenter war als viele seiner Kollegen. Er, der den ganzen Tagen Probleme bearbeitete, die von überdimensionierten Egos verursacht wurden, glaubte sich zu wertvoll, um ersetzt zu werden.

Er würde die laufenden Prozesse zu Ende führen und dann seinen Abschied verkünden. Er musste einen Vorwand nennen, der überzeugend genug wäre, um keinen Verdacht zu wecken. Denn es kam nicht infrage, dass er seinen Posten mit dem Eingeständnis seines Verfalls verließ. Kritik an seinem Weggang konnte Winston verkraften. Aber nicht das gezwungene Lächeln und die ausweichenden Blicke, erst recht nicht die seiner Feinde.

Das war nicht so kompliziert, hatte er sich beruhigt, und vielleicht maßen die Leute ihm viel weniger Bedeutung bei, als er es sich gern vorstellte. Sie würden ohne ihn weitermachen, ein neues Kapitel aufschlagen, jemand anderes würde seine Funktion übernehmen, und der Welt würde es nicht schlechter gehen.

Wo also hatte er es an Vorsicht fehlen lassen? Hatte er unbemerkt einen Hinweis hinterlassen, kompromittierende Unterlagen auf seinem Schreibtisch herumliegen lassen? Wie hatte er sich verraten? Er hatte niemanden über seine Diagnose informiert, wie also hatte diese verdammte Journalistin sie in die Finger bekommen? Winston saß noch einem wichtigen Prozess vor. Er riskierte, durch die Nachricht von seiner Krankheit diskreditiert zu werden. Man würde ihm vorwerfen, sich nicht zurückgezogen zu haben, das System in Gefahr zu bringen und die Zukunft der von dem Fall betroffenen Personen.

Eine solche Veröffentlichung könnte eine Lawine an Berufungen und Klagen auslösen, ganz zu schweigen von dem Schaden, den sein Ruf nehmen könnte. Wer also hatte die Journalistin informiert?

Die Möglichkeit eines Verräters missfiel Winston weniger, als selbst derjenige zu sein, der seinen Ruin verursacht hat. Er musste jedoch einräumen, dass die zweite Theorie die wahrscheinlichere war. Er war bereits nicht mehr vertrauenswürdig, und wäre diese Tatsache nicht so schwierig zu verdauen gewesen, hätte er die Ironie daran geschätzt: Er, Winston, der gefürchtetste Richter des County, hatte nun Angst vor seinem eigenen Schatten.

»Es tut mir leid, dass ich dem nicht gewachsen bin«, sagt er abschließend. »Ich wusste nicht, wie ich es dir sagen sollte. Ich wollte es dir nicht sagen.«

Mathilde tritt vor und nimmt seine Hand. Sie ist warm, und Winston umklammert sie dankbar. Sie spricht nicht gleich, und als sie es tut, hüllen ihre Worte ihn ein, so schützend wie ihre Umarmung.

»Ich verstehe dich, Winston. Auch wenn es mir lieber gewesen wäre, wenn du dich mir früher anvertraut hättest.«

»Ich konnte mich nicht dazu entschließen.«

Die Worte bleiben ihm halb im Hals stecken, und er senkt den Blick, während Scham und Kummer in ihm wettstreiten.

»Und ich glaubte, es sei mein Fehler«, fährt Mathilde fort, ohne seine Hand loszulassen. »Dass du genug hast oder ich etwas gesagt habe, was dir missfallen hat.«

Dass Mathilde sich die Schuld an seinem Verhalten geben könnte, war ihm nicht in den Sinn gekommen. All die Zeit hatte er sich nur um seine Außenwirkung gesorgt. Es war nicht Mathilde, sondern tatsächlich er selbst, den er mit seinem Schweigen zu schützen versuchte, und zu diesem Zweck hatte er die Auswirkungen ausgeblendet, die sein Versteckspiel auf seine Umgebung haben könnte.

»Das war nicht meine Absicht«, sagt er. »Ich wollte nicht, dass du mich anders siehst.«

»Ich weiß, Winston.«

Ihre Finger verschlingen sich mit seinen, und mit dieser einfachen Geste ist alles verziehen.

Die Erinnerung an die fatale Nacht in Begleitung seines Onkels taucht auf, und zum ersten Mal zwingt Winston sich, sich seine vergangenen Taten zu verzeihen. Er betrachtet die jugendliche Version seiner selbst und empfindet neue Zuneigung zu diesem einsamen und ängstlichen Jungen, dessen Leben wegen eines skrupellosen Erwachsenen aus der Bahn geworfen wurde. Er würde ihm gern Mut zusprechen, ihm sagen, dass er sich nichts vorzuwerfen hat. Dass sein Onkel ein komplizierter, instabiler Mann ist und dass Winston, unabhängig von der Tatsache, dass er bei ihm ist, seine Verantwortung nicht teilt.

Vielleicht hätte er, wenn jemand ihm das damals hätte verständlich machen können, sich nicht ein Leben lang Vorwürfe gemacht. Vielleicht hätte er sich von einer Last befreien können, die nicht seine war. Er hätte sich nicht mehr als Verräter oder Feigling gesehen, sondern als naiven und beeinflussbaren Jugendlichen, Opfer seiner Loyalität. Hör auf, für die Fehler anderer zu zahlen, fordert er sich auf und atmet tief Mathildes Duft ein. Hör auf, ständig deinem eigenen Prozess vorzusitzen, und leb dein Leben. Zumindest was davon noch bleibt.

»Ein Kaffee würde uns guttun, meinst du nicht?«, schlägt Winston vor.

»Eher zwei«, antwortet Mathilde mit einem schwachen Lächeln, kurz bevor eine Bewegung hinter ihr ihre Aufmerksamkeit auf sich zieht.

Elisabeth betrachtet bitter die kalte Flüssigkeit in ihrer Tasse. Sie wird diesen Tee, den man ihr bringt wie einer alten zerbrechlichen Dame, die man mit beleidigender Ehrerbietung behandeln muss, nicht anrühren. Sie steht nicht mal mit einem Bein im Grab, und schon begräbt man sie. Mit gesenktem Kopf lässt sie mit ihrem Löffel die Flüssigkeit wirbeln und versinkt im Anblick des bernsteinfarbenen Strudels. Ein Glas Bourbon wäre ihr lieber gewesen. Ein effizienterer Stimmungsaufheller als dieser dumme Tee mit blumigem Aroma.

1989

Ohne das Wissen ihres Mannes schenkt sich Elisabeth am Abend manchmal zwei Fingerbreit Whisky in eine Porzellantasse. Die Farbe erinnert an Tee, und dieser Trick ist besser, als zuzugeben, dass sie harten Alkohol schätzt. Anständige Mütter trinken nicht heimlich. Ehrlich gesagt, trinken sie überhaupt nicht. Diese Version ihrer selbst würde Alastair nicht gefallen, und trotz ihrer wachsenden Abneigung gegen ihn, kann Elisabeth sich nicht dazu entschließen, ihn zu enttäuschen. Und darin ähnelt sie ihrer Mutter. Untergeben, folgsam, unscheinbar. Nur bei den Kindern hat Elisabeth sich Respekt verschaffen können, und selbst diese Errungenschaft hat den Beigeschmack von Scheitern.

Seit sie im jugendlichen Alter sind, und noch mehr seit Roses Beichte, erlaubt sich Elisabeth diesen kleinen Verstoß immer öfter. Es kommt vor, dass sie gleichzeitig eine der von ihrem Arzt verschriebenen Pillen nimmt, ein Medikament, das »die sensiblen Nerven der Damen« beruhigen soll, wie er gern scherzhaft sagt, als ob Angstzustände das Schicksal des schwachen Geschlechts wären, für das es keine andere Kur gäbe. Was vielleicht nicht ganz falsch ist. Auf jeden Fall wirkt die Alchemie zwischen dem Alkohol und den Kapseln von Doktor Fritz hervorragend. Ohne sie hätte Elisabeth nicht den

Mut gefunden, sich ihren Dämonen zu stellen und sich gegen sich selbst zu erheben.

Roses Offenbarung ein paar Monate zuvor hat sie auf heftige Weise mit ihrer Vergangenheit konfrontiert. Man hat ihr so oft gesagt, dass sie selbst verantwortlich sei, dass sie am Ende davon überzeugt war. Ist das nicht die Losung, die man Mädchen einbläut, die sie verinnerlichen, noch bevor sie alt genug sind, um sie zu verstehen? Was auch immer ihnen zustößt, sie können es nur sich selbst zuschreiben.

Aber Elisabeth ist nicht mehr fünfzehn. Die Denkweise, die man ihr einst vorgesetzt hat, ist wie sie selbst gealtert und ihre Wirkung verblasst. Sie blickt nun von außen auf ihr Leben. Und die Mauer, die sie aufgebaut hat, die sie beschützen und verstecken soll, beginnt zu bröckeln.

Sie hat ihrem Schwager nie misstraut. Sein ulkiger Charakter, seine Originalität und die Faszination, die er auf die Kinder ausübte, haben zu ihrer Beruhigung beigetragen. Sie bedauerte bisweilen sogar, dass Alastair nicht mehr von diesen Vorzügen besaß.

Sie hat Roses Aussage keinen Glauben geschenkt, weil es zu schmerzhaft war. Erneut durchleben zu müssen, wie ihre eigenen Worte abgetan wurden. Und, was vielleicht noch schlimmer war, die Anschuldigungen ihrer Tochter brachten das familiäre Gebäude ins Wanken, das sie mühsam aufgebaut hatte. Aber nach und nach veränderten Roses Worte ihre Sicht. Elisabeth sah in der Unbekümmertheit ihres Schwagers nun den grausamen Spaß eines Jägers, der weiß, dass seine Beute in der Falle sitzt. In seinem Lächeln erkennt sie etwas Raubtierhaftes, in seinen Geschichten etwas Vulgäres, in seinen Gesten eine störende Vertraulichkeit. Sie sollte nicht überrascht sein, die schlimmsten Henker sind oft rhetorisch stark. Sie haben die Sprache ebenso im Griff wie ihre Opfer. Die junge Rose, die wie jede Jugendliche zu Übertreibung und Gefühlsduselei neigt, ist dem natürlich nicht gewachsen.

Erschüttert von der abscheulichen Wiederholung ihres eigenen Traumas, prüft Elisabeth die Argumente, die man ihr Jahrzehnte zuvor aufgetischt hat, und während dieser zu lange aufgeschobenen Innenschau, verpuffen deren Stichhaltigkeit, deren Erbarmungslosigkeit. Hat sie das Verhalten ihres Cousins wirklich provoziert? Und hat sie sich damit arrangieren müssen, unter dem Vorwand, dass er so viele andere, gute Seiten hatte?

Und dann reiste Onkel John ab. Löste sich in Luft auf, ohne Abschied oder Erklärung. Er verschwand kurz nach dem Tod dieses armen Schülers, daran erinnert Elisabeth sich noch, denn sie hatte es mit vier erschütterten Jugendlichen unter ihrem Dach zu tun und war umso erleichterter, dass ihr nicht auch noch ihr Schwager zur Last fiel. Niemand weiß, wann er wiederkommen wird. Jedenfalls kündigt Onkel John sein Kommen nie an, er ist es gewohnt aufzukreuzen, wann immer es ihm passt, und Elisabeth lebte mit der Angst eines plötzlichen Besuchs, bis zu dem Abend, als sie, gestärkt durch ihren Cocktail aus Beruhigungsmitteln und Alkohol, beschließt, dass sie genug hat.

»Dein Bruder ist hier nicht mehr willkommen«, verkündet sie Alastair aus dem Nichts, während er sein Hemd auszieht, um seinen Pyjama überzustreifen.

»Und das hast du einfach so entschieden?«

Er dreht sich nicht um, und die Gleichgültigkeit in seiner Stimme verletzt Elisabeth noch mehr als seine Weigerung, sie anzusehen.

»Er verhält sich nicht immer angemessen«, rechtfertigt sie sich, unfähig, die Worte ihrer Tochter wiederzugeben.

»Er war schon immer so. Unorthodox, ein bisschen verwegen …«

»Nun, seine Verwegenheit hat in unserem Zuhause nichts mehr zu suchen!«

»Sprich bitte leiser. Was soll dieser hysterische Anfall? John ist mein Bruder. Das ist mein Haus. Ich empfange darin, wen ich will.«

Er hat seine Pyjamahose angezogen, und ohne seinen einschüchternden Anzug wirkt er so gewöhnlich, dass Elisabeth sich fragt, was sie an diesem Mann einmal so beeindruckt hat.

»Er belästigt Rose.«

Es folgt ein langes Schweigen, das Elisabeth Zeit gibt, das ganze Ausmaß des Geheimnisses zu erfassen, das sie entschieden hatte zu bewahren.

»Wie bitte?«

Alastair wechselt plötzlich den Gesichtsausdruck, und Elisabeth ist verwirrt, statt Sorge Aggressivität zu sehen.

»Du hast mich richtig verstanden. In unserem Haus. Sie hat es mir gesagt.«

»Sie weiß nicht, wovon sie spricht. Sie hat sein Verhalten bestimmt nur falsch interpretiert.«

»Nein, Alastair.«

»Das ist lächerlich und außerdem beleidigend! Ich werde sofort mit Rose reden.«

»Bestimmt nicht, sie ist schon mitgenommen genug.«

»Rose? Die Jugendliche, die mit allem flirtet, was sich bewegt? Die sich rausschleicht und manchmal erst im Morgengrauen wiederkommt? Unsere Tochter, die jede Woche kürzere Röcke trägt, die, seit sie dreizehn ist, mit Jungen ausgeht? Sie soll ›mitgenommen‹ sein? Wer's glaubt!«

Elisabeth gefallen diese grässlichen Anspielungen überhaupt nicht, sie beschließt aber, nicht darauf einzugehen. Was hat sie sich erhofft? Dass Alastair sich ihrer Meinung anschließt? Seinen Bruder verleugnet? Sie hasst den Gedanken, Rose einer Befragung auszusetzen, einem oberflächlichen Prozess, dessen Ausgang ihr Vater schon festgelegt hat. Er würde sie der Form halber anhören, aber seine Meinung steht fest. Wozu sollte man sie also sprechen lassen? Ist das nicht noch grausamer, als ihr Schweigen aufzuerlegen?

»Ich verstehe, dass du dich um sie sorgst, Lizzie«, fügt Alastair hinzu, während er sich hinlegt. »Rose ist das verstörteste unserer Kinder. Und zudem das jüngste. Aber ich kenne meinen Bruder.«

Und ich meine Tochter, entgegnet Elisabeth in Gedanken. Aber sie erkennt, wie zwecklos ihre Antwort wäre. Ob Alastairs Haltung durch Verdrängung oder Angst vor einem Skandal motiviert ist, ändert nichts daran, wie abstoßend seine Reaktion ist. Als sie an dem Abend ihre Nachttischlampe ausknipst und die Schwere ihrer Machtlosigkeit und Schuld spürt, wird Elisabeth sich gewahr, dass sie, abgesehen von der Warnung in Alastairs Worten, auch eine Lektion erhalten hat, deren Moral die folgende ist: Halt den Mund, denn deine Stimme zählt nicht.

Am nächsten Morgen fühlt Elisabeth sich wie erschlagen, noch unter der Einwirkung der Bourbon-Benzodiazepin-Mischung. Dann kommt ihr wieder das Gespräch vom Vorabend in den Sinn. Alastair, grausam, illoyal und parteiisch, alle Schichten seines Verrats und das schwindelerregende Gefühl von Verlassenheit, als sie zu Bett ging. Sie hatte die naive Vorstellung, dass Mann und Frau einander folgen. Alastair ist immer allein vorangegangen, und es war an Elisabeth, in Laufschritt zu verfallen, um an seiner Seite zu bleiben. Wie ihre Mutter, wie all diese Frauen, denen sie vorgibt, nicht zu ähneln, folgt sie ihm unterwürfig, ohne je vom Weg abzukommen.

Was eine Frau ertragen kann, aus Angst oder aus Liebe, hat Grenzen, und was Elisabeth betrifft, ist es die verschlossene Miene ihrer jüngsten Tochter, die an diesem Morgen einen Schalter in ihr umlegt. Sie ist den ganzen Tag über unruhig, unfähig, sich zu konzentrieren, und versucht, sich eine Zukunft vorzustellen, in der sie allein am Steuer sitzt.

Ihre Ehe beruht auf einer Illusion oder eher einem schrecklichen Fehlschluss: dass sie jemand anderes hätte werden können und dass der begrenzte Raum, den sie in der von Alastair strukturierten und kontrollierten Welt einnimmt, ihr genügen würde. Eine Scheidung wäre unangenehm, aber der nötige Schritt, um sich zu befreien, und nebenbei das einzige Mittel, um ihre Tochter zu beschützen. Sie stellt sich Alastairs Wut vor und kann von vornherein sagen, dass diese Schlacht schreckliche Auswirkungen auf ihre Familie hätte. Aber das ist der Preis der Freiheit, und sie ist bereit, ihn zu zahlen.

Sie würde vorsichtig vorgehen müssen, unauffällig. Einen Anwalt kontaktieren, sich über ihre Rechte informieren. Alastair wäre ein furchterregender, erbarmungsloser Gegner, Elisabeth darf sich also keinen Fehler erlauben. Zumindest kennt sie seine Schwächen, die sie gegen ihn verwenden kann, aus denen sie einen Vorteil ziehen kann: seine vielen Affären. Aber ohne Beweise wären diese Anschuldigungen nicht mehr wert als Gerüchte. Und im Rahmen einer Eheauflösung, ahnt Elisabeth, bräuchte sie, wenn sie im Vorteil sein will, eine handfeste Waffe.

Die Gefühle, die sie überkommen, als sie in das Büro ihres Mannes geht, reichen von Zorn bis Ekel. Sie betritt Alastairs Territorium nicht gern, noch weniger mit unlauteren Absichten, und sie macht sich schreckliche Vorwürfe, sich selbst in diese Lage gebracht zu haben. Sie hat nicht den richtigen Mann geheiratet oder hat ihn nicht richtig lieben können. Es ist eine erbärmliche Erkenntnis, dass all die Ehejahre sie schließlich dazu bringen, heimlich ins Büro ihres Mannes einzudringen, auf der Suche nach belastenden Hinweisen. Erneut wetteifern Scham und Wut in ihr. Dazu hat Alastair sie also gemacht.

Auf dem Mousepad steht ein Glas mit einem Rest Bourbon neben einem imposanten Stift und einem gerahmten Foto, das die vier Haynes-Kinder im Garten des Hauses zeigt. Elisabeth schaut kurz in ihre lächelnden Gesichter und wird von tiefer Müdigkeit erfasst.

Sie nimmt den Stift, spielt mechanisch daran herum, während sie sich im Raum umschaut. Wer ist Alastair wirklich? Was für ein Mann verbirgt sich hinter dem Geld, der beeindruckenden Karriere und den tausend Errungenschaften? Elisabeth hätte es so gern herausgefunden. Sie streichelt die Einbände der Bücher in den Regalen, liest ein paar Titel, die sie wieder darauf stoßen, wie klein und ungebildet sie ist. Wollte Alastair bewusst eine Frau, die ihm unterlegen ist? Sah er in Elisabeths sozialem Milieu und ihrer oberflächlichen Bildung das Versprechen einer einfachen, konfliktfreien Verbindung und einer Zukunft, über die allein er entscheiden würde? Ist diese Fehleinschätzung die Ursache für ihre stumme Zwietracht?

Abgesehen von ihrer Wut empfindet Elisabeth tiefen Kummer für die junge gutgläubige Frau, die sie einmal war, die es zu eilig hatte, erwachsen zu werden und sich aus ihrem Umfeld zu befreien. Sie legt den Stift wieder auf den Tisch, öffnet eine Schublade, schaut durch die Kontobücher und Bankauszüge.

An der Oberfläche wirkt Alastairs Leben so geordnet. Aber wofür interessiert er sich, abgesehen von seiner Arbeit? Er bewegt sich sicher durch diese Welt, beruhigt von der Genauigkeit seiner Verträge, die unbestrittene Verlässlichkeit der Zahlen, von den konkreten Zielen der Geschäftswelt. Und am Ende hat er sich nie aus dieser Welt herausgewagt.

Mit doppeltem Eifer durchsucht Elisabeth die anderen Schubladen. Sie findet nichts Besonderes, lediglich Standardbelege für eine stolperfreie Existenz. Bis sie auf einen sorgfältig gefalteten Brief stößt, der leicht nach Vanille duftet.

Nach all der Zeit dachte Elisabeth nicht, dass sie Eifersucht empfinden würde. Und doch wird ihr Gesicht beim Lesen des Briefes heiß, und sie muss sich beherrschen, um das Papier nicht zu zerreißen. Sie stellt sich vor, wie Alastair die Zeilen genüsslich wieder und wieder liest, wie sein Herzschlag bei der Erwähnung intimer Momente schneller wird, seine Augen von Zeile zu Zeile wandern, sein ganzer Körper von einer Regung erfasst wird, die früher für sie reserviert war.

Der Brief ist nicht datiert, und Elisabeth wüsste die Verfasserin nicht zu identifizieren. Die Unbekannte könnte jede sein: eine Kollegin, Sekretärin, eine alte Eroberung oder eine Frau, der er auf der Straße begegnet ist. Welchem Leid, welchen anderen Demütigungen würde sie sich während des Scheidungsprozesses stellen müssen? Wütend, weil sie sich vom Offensichtlichen hat überrumpeln lassen, faltet Elisabeth den Brief wieder zusammen, steckt ihn sich in die Tasche und verlässt auf leisen Sohlen das Büro ihres zukünftigen Ex-Mannes.

Sie schluckt mehr Tabletten als sonst an jenem Abend, überzeugt, dass eine einzige nicht genügen wird. Sobald Alastair über die Schwelle des Schlafzimmers tritt, flüchtet sie sich ins angrenzende Bad, nicht in der Lage, ihm entgegenzutreten. Sie schützt eine Migräne vor, lässt sich ein Bad ein. Nach einer Stunde hat die Wirkung der Beruhigungsmittel eingesetzt, und sie findet die Kraft, wieder hinauszugehen. Und da hört sie Roses Schrei. Erschrocken stürzt Elisabeth nackt ins Zimmer, wo sie ihre jüngste Tochter über den leblosen Leib ihres Mannes gebeugt vorfindet.

Sie ist sicher, dass es sich um einen Herzanfall handelt, bis zur Diagnose des Gerichtsmediziners, die besagt, dass Alastair infolge einer versehentlichen oder beabsichtigten Überdosis Insulin gestorben ist, die eine starke und lange Unterzuckerung ausgelöst hat, den Verlust des Bewusstseins, dann irreversible Gehirnschäden.

Alastair war nie als depressiv eingestuft worden, aber er war ein so undurchschaubarer Mann, dass niemand, nicht einmal innerhalb seiner Familie, die Möglichkeit eines Suizids auszuschließen wagt. Später kam heraus, dass er ein paar bedeutende Schulden hatte, eine seiner ehemaligen Sekretärinnen vertrauliche Informationen an eine konkurrierende Firma weitergegeben hatte und ein großer Vertrag, den er seit Monaten verhandelte, im letzten Moment geplatzt war. Recht gewöhnliche Umstände, unter denen manche den Halt verlieren. Und Elisabeth hätte sich mit dieser Erklärung zufriedengeben können, wenn ihr nicht ein Detail bei ihrer improvisierten Durchsuchung plötzlich wieder eingefallen wäre.

Der dicke Stift auf Alastairs Schreibtisch war, wie die Rettungssanitäter ihr erklärten, kein gewöhnlicher Stift. Es war tatsächlich überhaupt kein Stift, sondern das neueste Gerät zur Insulininjektion für Diabetiker. Der Patient stellt die Dosis ein, indem er den Knopf an dessen Ende drückt. Die Injektion wirkt mit diesem Stift weniger beängstigend, fast spielerisch. Alastair war zu sehr auf sein Erscheinungsbild bedacht, um es im privaten Rahmen zuzugeben, aber seine Gesundheit litt unter seinem Lebenswandel. Er konnte es nicht ausstehen, wenn man ihn auf seine Krankheit ansprach, und auch wenn Elisabeth von seinem Diabetes wusste, hatte sie keine Ahnung, welcher Behandlung er sich unterzog.

Sie erinnert sich an den Stift, sie hat bei der heimlichen Durchsuchung von Alastairs Schreibtisch an ihm herumgespielt. Hat sie aus Versehen die Dosis verstellt? Aber hätte Alastair dies nicht überprüft, bevor er sich spritzte?

Die Suizidthese schien plausibel, weil Alastair sorgfältig war und ein Fehler bei der Dosierung schlecht zu seinem Charakter passte. Er lebte seit Jahren mit Diabetes, warum hätte er sich plötzlich irren sollen?

Man kann sich in Spekulationen nur verlieren, und Elisabeth sah keinen Anlass, dem Rätsel seines Todes eine dritte Hypothese hinzuzufügen, in der sie die Hauptrolle spielt.

Die Verstorbenen haben das Privileg, sich nicht mehr rechtfertigen zu müssen. Aber wenn nur der kleinste Verdacht auf eine Beteiligung Elisabeths an der Überdosis ihres Mannes bestände, würden ihre Kinder ihr nie verzeihen. Und die Justiz würde sich einmischen. Da die Wahrheit also außer Reichweite ist, beschließt Elisabeth, dass es klüger ist, die Version des Geschehens, an die bereits alle glauben, nicht infrage zu stellen.

2021

Der Tee ist süß, wie sie es mag, stellt Elisabeth freudlos fest, nachdem sie sich entschlossen hat, daran zu nippen. Jacquelyn wäre eine hervorragende Krankenschwester, denkt sie belustigt und bitter zugleich und wirft ihrer ältesten Tochter, die im Wohnzimmer neben ihrem Mann und ihren Töchtern sitzt, einen Blick zu.

Lucas hat seit seiner Heldentat vorhin den Mund nicht mehr aufgemacht. Er wird mit dem Trauma leben müssen, wie sie alle, und nur die Zeit wird entscheiden, ob der Vorfall sie ihr näherbringen oder noch weiter von ihr entfernen wird, von diesem Haus und den traurigen Erinnerungen, die sich darin stapeln.

Das Telefon klingelt, und die alte Dame fährt von ihrem Stuhl hoch, um abzuheben. Sie hört zu, während sie die acht Paar Augen, die mit besorgtem Blick auf sie gerichtet sind, ignoriert, dankt ihrem Gesprächspartner flüsternd und legt auf.

»Das war Mathilde. Thomas ist aufgewacht.«

Die Erleichterung erschlägt sie fast. Es ist jedoch zu früh, um zu sagen, ob Thomas bleibende Schäden davontragen wird, und wenn ja, wie groß sie sind. Niemand weiß, wie lange er unter Wasser war, und auch nicht, was ihn dazu veranlasst hat hineinzugehen. Jeder anwesende Erwachsene wird sich, in unterschiedlichem Maße, die Verantwortung für seinen Unfall zuschreiben, und alle werden den Film dieses düsteren Nachmittags viele Male vor ihrem inneren Auge abspielen. Schlaflose Nächte, Zweifel und ein paar ehrliche Gespräche werden folgen.

Entgegen den Voraussagen der Nachbarschaft verkauft Elisabeth das Haus nicht. Sie lässt auch nicht den Pool zuschütten. Stattdessen wird sie ihn mit einer hochmodernen automatischen Abdeckung versehen, die mit einem Schalter betätigt wird. Geschickt, sicher und leicht zu bedienen, selbst für alte Damen ihrer Statur. Auch wenn er im Mittelpunkt des Unglücks stand, hat der Pool in ihren Augen nur eine untergeordnete Rolle gespielt. Thomas hätte auch auf die Straße laufen, die Treppe herunterfallen, den Ofen aufmachen oder auf dem Balkon herumklettern können. Vor allem ihre Unaufmerksamkeit hat dazu geführt, dass er unter Wasser geriet, aber sein Unfall hätte tausend andere Gestalten annehmen können.

Elisabeth weiß nicht, ob ihre Entscheidung einhellige Zustimmung erfährt. Man wird sehen, wo Jacquelyn das nächste Fest organisieren wird. Noch ist es ihr Haus, und sie gedenkt zu tun, was ihr gefällt.